Halvarria

婚約破棄されたのに元婚約者の結婚式に招待されました。断れないので兄の友人に同行してもらいます。

2

Presented by Nanaka Aino
藍野ナナカ

Illust. 先崎真琴

Character Profile

フィル　*Phill*

アルベスの親友で、騎士の仕事の休暇の度にラグーレン領へ遊びにくる優しい男性。顔はとても整っているが身だしなみには無頓着で非常にマイペース。

実は王弟フィルオード殿下で、ルシアに対して密かに想いを寄せている。

ルシア　*Lucia*

ラグーレン子爵家の令嬢。

先代・先々代で作った多額の借金のため生活は質素で、社交界にもほぼ出ておらず貴族社会に疎い。

他人想いの優しい性格で領民から非常に愛されている。

ティアナ　*Tiana*

王都からやってきた敏腕メイド。

女性を最高に美しく装わせることに情熱を燃やしている。普段は口数の少ない淑女だが、女性の美を語らせるとアツい。

アルベス　*Albes*

ラグーレン子爵家の当主でルシアの兄。王国騎士として活躍していたが、父の死去により子爵位を受け継いで領地立て直しに専念している。どんな仕事もきちんとこなす真面目な性格。

Story

ある日突然、婚約者に婚約破棄を言い渡された子爵令嬢のルシア。

さらに後日、今度はその元婚約者がルシアの従妹と結婚するといって二人の式の招待状まで送ってきた。

明らかにルシアの侮辱を目的とする行為に動揺する子爵兄妹だが、家格的に欠席は許されず兄は多忙で一緒に行けそうもない。


兄妹が途方に暮れていると、騎士の仕事の休暇中に領地へ遊びに来ていた兄の友人フィルが結婚式への同行を申し出てくれた。

いつもだらしなくてマイペースなフィルだが、それでも元婚約者の結婚式へ一人で赴くよりは心強いと同行をお願いすると、彼によって人が手配されルシアが結婚式で恥をかかないようにと怒濤の準備が始まった。

その甲斐あって、元婚約者の結婚式でも嘲笑されることなく、むしろ会場の目を奪いすぎるほど。

しかし貴族たちの視線はルシアではなく、隣のフィルに向けられているようで――。


それもそのはず、いつも優しくマイペースな兄の友人フィルは、現王の弟で王位継承権第三位のフィルオード殿下だった。

真実を知ったルシアはショックを受け、自分に芽生えていた気持ちを押し込めて今後はフィルと会わないことを決める。

一方、これまで自分の素性を言わずとも気にしないでいてくれるルシアに救われていたフィルは、密かに想いを寄せていた彼女を傷つけてしまったこと、そして今後はこれまでのように会ってもらえないことを察し、最後に一目会おうと一人ルシアの部屋を訪れた。

自分以上に落ち込み項垂れるフィルに対してルシアは諭し活を入れるが、それがフィルの気持ちにさらに火をつけてしまう。
ついには覚悟を決めた真剣な眼差しでプロポーズしてきて……!?

Contents

1 ラグーレンの日常……011
2 王家の人々……079
3 お茶会……125
4 王弟フィルオード……187
5 対立……219
6 誓いの日……283
特別編『最後の夜と、始まりの朝』……325
終 ルシアの幸せ……349

1 ラグーレンの日常

「……ああ、いい天気だ。ラグーレンはやっぱり寛《くつろ》ぐことができるな」

大きく伸びをしたフィルさんは、そのままずるずると背もたれに体を預けました。

私とフィルさんはベンチに座っていました。

空はとてもよく晴れていて、風もほとんどありません。

日陰にいると空気がひんやりと冷たく感じますが、こうして日当たりのいいベンチに座っていると、のんびりとした気分になってきます。


フィルさんが旅程を無理矢理に縮めて王都に戻って来たのは、冬の寒い時期でした。

あれから三ヶ月。

今ではすっかり春になりました。

草地には新緑が広がっていて、小鳥たちが地面をついばみながら歩いています。

人間がすぐ近くに行くまで逃げない呑気《のんき》な鳥たちを眺めていると、肩にフィルさんの腕が触れ、私の頭にこつんと頭が当たりました。

いつの間にか、フィルさんの体が大きく傾いていました。

「ここに椅子を置いた奴《やつ》は気が利いているね。座り心地も悪くないな」

「このベンチ、ラグーレンに来てくれる騎士の皆さんが少しずつ作り替えているのよ」

「へぇ、そうなのか。確かに騎士連中には、時々妙に手先の器用な奴がいるね」

少し身を起こしたフィルさんは、ベンチの肘掛けに手を伸ばして、そのなだらかな曲線に触れていました。まるで職人が手がけたような絶妙な曲線で、私もとても気に入っています。

実はフィルさんも手先が器用な一人です。そのうち、どこかに緻密な模様を彫り込むかもしれませんね。

そんなことを考えていると、フィルさんは青い空を見上げ、ふうっとため息をつきました。

「今のうちに、ルシアちゃんに話しておきたいことがある」

「何かしら」

「……最近、兄上の様子がおかしいんだ」

少しためらってから、フィルさんは低くつぶやきます。

さらに深刻そうな顔をして、もう一度長いため息をつきました。

「兄上のあれは、何かを企《たくら》んでいるのだと思う。隠しているつもりだろうけど、僕から見ると、兄上は意外にわかりやすい人なんだよ。だから、ルシアちゃんも十分に気を付けていてほしい」

「わかったわ。気を付けておくわね」

フィルさんが深刻そうに言うので、私も思わず真面目な顔で頷《うなず》きます。

それで安心したのでしょうか。

フィルさんは柔らかく微笑《ほほえ》みました。

その笑顔はとても優しくてきれいです。国王陛下に「軍を動かす」なんて物騒なことを言った人には見えません。

……でも。

そろりと目を動かすと、ベンチの後ろに静かに立っているティアナさんと目が合いました。

冬から正式に我が家に来てくれたティアナさんはちょっと微笑んでくれましたが、その横では、少し前と同じ光景が……いや、どちらかというと悪化したようにしか見えない光景がありました。

できれば、見なかったことにしたいな。

ついそんなことを思いつつ、再び、隣に座っているフィルさんに目を戻しました。

「ねえ、フィルさん」

「何かな」

フィルさんは、目が合っただけで嬉しそうに笑ってくれます。

でも、そろそろこの緊張感に耐えられなくなったので、私は思い切って言葉を続けました。

「……まだ、出発しなくていいの？」

そっと聞くと、フィルさんは困ったような顔をして目を伏せました。

ただし、絶対に背後を振り返ろうとはしません。

仕方なく、私がもう一度後ろを見ます。腕組みしているカルさんは、諦め切ったような苦笑いを浮かべて首を振りました。

カルさんは、我が家に二ヶ月以上滞在して農作業を担ってくれた人です。全てにおいて手際が良くて、特に薪割《まき》りがとても上手でした。

でも王国軍騎士の制服を着て、騎士隊のマントを身につけ、第三軍の軍章をつけた今の姿はとても精悍《せいかん》で、農作業中の姿をとっさに思い出せません。

一方、カルさんと並んで立っているもう一人の騎士は、雰囲気が全く違いました。

真《ま》っ直《す》ぐに背筋を伸ばしているこちらの人は、第一軍の最精鋭騎士隊を率いるオルドスさん。前回のフィルさんの北への出発の時には、連行役として北部砦《とりで》まで行った人です。

職務に忠実な人だそうですが、とても怖い顔で立っていました。もしかしたら、今回も国王陛下の勅命を受けているのかもしれません。

とにかく無言の圧力が凄《すご》いです。これだけの圧迫感が背後から迫っているのに、フィルさんは完全に無視していました。

フィルさんのこういうところ、とても図太いと思います。きっとラグーレンの外にいる時は、こういう太々《ふてぶて》しい人なのでしょう。

さすが、と褒めたくなるくらい。

……いや、懲りない人だと呆《あき》れるべきかもしれない。

私は苦笑いをしながら、だらりとベンチにもたれかかっているフィルさんに目を戻しました。

「ねえ、フィルさん。そろそろ出発した方がいいと思うわよ？」

もう一度促してみると、フィルさんは顔を上げました。

深い青色の目が私をじっと見つめ、でも拗《す》ねたように顔を逸《そ》らしてしまいました。

「いやだ。ルシアちゃんともう少し別れを惜しみたい。……次に会えるのは、また半年近く先になってしまうんだ。もっと頻繁に戻りたいのに、今の時期はそれができない。隣国の馬鹿どもがいつフラフラと侵入してくるかわからないし、他地域から流れてきた盗賊どもが群れを作っているという報告まである。どうせ王家に反抗的な貴族の援助を受けているんだろう。それはいい。だが、なぜ中途半端に北部砦の近くをうろつくだけなんだ。隣国と連動するくらいのやる気を出してくれれば一気に叩《たた》き潰してやるのに、それすらもしない。……どちらも僕に対する嫌がらせなのかっ！」

……えっと。

これはいつもの愚痴なのかな？

確かに広い意味では嫌がらせかもしれませんね。でも隣国の人は、フィルさんに個人的な嫌がらせをしているわけではないと思います。

盗賊の方は……よくわかりません。

私たちがいるのはラグーレンの家の前庭です。

何もない広々とした場所で、農作業の道具を洗ったり、収穫した作物を仮置きしたり、あるいは収穫を終えた領民たちに食事を振る舞ったり、そういう使い方をしていました。

最近は、アルベス兄様と滞在中の騎士の皆さんが「軽く体を動かす場所」になっています。

その前庭に置いたベンチに座ると、今日のように天気の良い日はラグーレン領がきれいに見えます。

だから、私とフィルさんが並んで座っていても、少しもおかしくはありません。

ただ……フィルさんは騎士の制服を着て、完璧に軍団長として装った姿です。要するに、北部砦へ向けての出発を渋っている状態でした。

でも前回の出発の時とは違い、ラグーレンにやってきたフィルさんは一人ではありませんでした。一緒に北部へと帰還する第三軍の騎士と、フィルさんの護衛をする王都在住の第一軍の騎士隊が同行しています。

今回は国王陛下の許可を得た寄り道だそうで、あらかじめ連絡はありました。でも随行している人数が思っていたより多くて、アルベス兄様は呆れながら驚いていました。

よく考えてみると、戻ってきた時も精鋭の騎士隊が五隊も迎えに来ていました。だから、王弟でもあるフィルさんの警護をするためには、このくらいの人数は普通なのかもしれません。

……きっと普通なのです。

フィルさんに関しては。

それからもう一つ、前回と大きく違う点がありました。

フィルさんがずっと私の隣の、肩が触れ合う距離にいるのに、アルベス兄様が止めに入りません。

それどころか、近くにもいません。

いつもなら渋い顔をして見張っていて、そろそろ引き離しに来ている頃合いなのですが、お兄様はお兄様で忙しいというか、それどころではないというか……。

私はこっそりとため息をつきました。

「ねえ、出発しないままフィルさんがここにいると、アルベス兄様が倒れてしまいそうで心配なんだけど」

「……そうなの？」

「大丈夫だよ。あいつには並の騎士連中では勝てないし、体力も普通ではないからね」

「アルベスは楽しそうにしているだろう？　だから、あのままでいいんだよ」

フィルさんが自信たっぷりに言うので、ついそうなのかなと思ってしまいます。

でも、本当にそうなの？

「………………あー、失礼ですが、軍団長閣下。確かにアルベスはいい腕をしていると思いますがね。でもさすがに、これ以上の戦闘訓練は苦しいと思うぞ？」

軽く咳《せき》払いをして会話に割り込んできたカルさんは、農作業で日焼けした顔に苦笑いを浮かべていました。

ほら、やっぱり！

フィルさんがなかなか出発しないから、暇を持て余した騎士の皆さんが木剣で挑み続けているんですよ。アルベス兄様はもう一般人なんです。無理をさせないでくださいっ！

「フィルさんっ！」

「……ごめん。わかったよ。おい、あいつらを止めてくれ。出発する」

「了解です」

フィルさんはやっと後ろを振り返り、ため息まじりに命令しました。

びしりと敬礼をしたカルさんは、それからちょっと顔を崩してもう一度苦笑を浮かべました。

「俺がいないからと言って、ルシア嬢に不埒《ふらち》な真似《まね》はするなよ？」

「できるわけないだろう。そこに兄上の命を受けた頭の固い奴がいるんだぞ。……いや、僕も行くか。ルシアちゃん、向こうの連中と話をしてくるから、もう少し待っていてくれる？」

「ええ、もちろんよ」

フィルさんはようやく立ち上がりました。

でも何度も振り返ってばかりで、ほとんど進みません。早くもカルさんがうんざりした顔になってきたので、私は笑顔で手を振ってみました。

途端にフィルさんの背中がすっと伸び、足取りも軽くなりました。

別人のように颯爽《さっそう》とした大股の歩調になり、第三軍の黄色のマントが華やかに翻ります。

カルさんを含めて数人の大柄な騎士が従っていますが、そんな騎士たちの中にいてもまったく見劣りしない堂々とした姿です。

一行が近付くと、のんびりと待機していた騎士たちが一斉に姿勢を正して敬礼をし、フィルさんもそれを慣れた様子で受けています。直前までだらっとしたフィルさんだったのに、今は王国軍の軍団長らしい威厳が漂っていました。

私が知らないフィルさんでした。

でも、フィルさんは高貴な生まれではあっても、厳格な上官ではないようです。真顔で敬礼をした騎士たちは、すぐに砕けた笑顔で話しかけていました。

任地の北部砦でも、フィルさんはあんな感じで騎士たちに囲まれているのかもしれません。


「ルシア嬢」

突然、オルドスさんに声をかけられました。

フィルさんが言うには、オルドスさんはロスフィール国王陛下にとても信頼されているそうです。でも、それでフィルさんの見張りを押し付けられているのなら……少し気の毒な気がします。

オルドスさんは、にこりともしないまま言葉を続けました。

「我らはこれから北部砦まで閣下を護衛します。もしご希望なら、道中の閣下のご様子をつぶさにお知らせしましょう。我らが滞在している間のことなら、砦での様子もお伝えできますが、興味はおありか？」

それは……とても興味がありますね。

私が知っているのは、ラグーレンにいる時のフィルさんだけですから。

「フィルオード閣下は、あの通り軍人に好かれています。北部では特にその傾向が強い。砦の連中は落ち込む暇など与えないでしょう。煩わしい貴族の横槍《よこやり》もほとんどないから、あの方にとっては悪くない環境なのですよ」

「そうですか。そう伺うと、とても安心します」

私が素直にそう言うと、オルドスさんはわずかに表情を緩めました。

それからチラリと周囲へと目を動かし、拳を口元に当てて咳払いしました。

「……これは、まだ確定事項ではありませんが。我が隊は北部から帰還した後に、休暇を取ることになるはずです」

北部との往復は大変ですから、休暇を取るのはいいことだと思います。でも……第一軍の最精鋭騎士隊の休暇情報は、機密扱いになりませんか？

戸惑っていると、オルドスさんはもう一度咳払いをして、目を逸らしながら独り言のようにつぶやきました。

「おそらく、遠くないうちに、またお会いすることになるでしょう」

「……遠くないうちに？」

それはどういう意味なのでしょうか。

まさか、第一軍の騎士隊の方々が我が家に農作業に来る……なんてことはないですよね？

オルドスさんはアルベス兄様より年齢は上だと思いますし、部下の皆さんの雰囲気からも同期の人はいないようです。フィルさんが勝手に動かしている方々とは違うようですから……そんなことはないはずなんですが。

戸惑ってしまいましたが、あくまで独り言のような言葉です。

聞き返していいものだろうかと悩んでいると、オルドスさんはほんの少し口元を歪めて笑い、騎士たちの方へと目を動かしました。

いつの間にか、騒々しい音と歓声が止まっていました。

騎士たちは馬を引いて隊列を組み始め、その間をフィルさんとアルベス兄様が戻ってくるところでした。

お兄様は汗だくになっていて、滅多に見ないほど息が上がっています。でも、とても明るい表情をしていますし、怪我《けが》もないようですね。

呆れ顔のユラナから手拭いを受け取って、いつも通りの笑顔でお礼を言っている姿には、まだ余裕はあるようです。

ほっとしていると、お兄様は布を肩にかけたままこちらに歩いてきました。

「お兄様、怪我はない？」

「それなりに暴れたが、怪我はしていないと思うぞ」

とても爽やかに笑っていますけど、言い方がちょっと物騒です。

本当に楽しんでいたんですね。

見ていてひやひやしたのですが、あまり心配しなくてもよかったのかな。

でも、あんなに息が上がっているのは久しぶりに見ました。

さらに続けていたら、絶対に怪我をしていたと思います。アルベス兄様は、今も無茶をする騎士気質が抜けていませんから。

そんなことを考えていると、馬の手綱を引いてフィルさんが戻ってきました。

「アルベス。今回もいろいろ世話になったな」

「ああ。まあ、俺も楽しませてもらった」

まだ流れ落ちてくる汗を拭い、アルベス兄様は少し苦笑します。その顔をじっと見ていたフィルさんは、ふと首を傾《かし》げました。

「アルベス。この機会に、君に確認しておきたいことがある」

いつになく真剣な口調です。お兄様は汗を拭く手を止めて、わずかに眉を動かしました。

「急に改まって、どうしたんだ」

「うん、今後についての重要な話というか……つまり、君のことは『お義兄《にい》さん』と呼ぶべきだろうか」

……え？

急に何を言い出したの？

私は呆気《あっけ》に取られましたが、フィルさんは真面目な顔で続けました。

「僕も慣れるまで時間がかかりそうだから、今のうちに聞いておきたい。どう思う？」

どう思うって……えっと、これは冗談なのかな？

いや、そうでもないようですね。フィルさんの顔はとても真剣です。

でもアルベス兄様は、すうっと表情を消して眉をひそめました。その迫力のある顔のままフィルさんを睨《にら》みつけて、口元だけに笑みを浮かべました。

「そんな寝言を言えるなんて、今回はずいぶん余裕があるじゃないか」

「僕は真面目に聞いているんだけどな。でも、確かにいつもよりましな気分かもしれない」

フィルさんは私に向き直りました。悲しげではありますが、お仕事に戻る前にしては明るい顔をしています。

なんだか意外な気がしながら立ち上がると、フィルさんは私の手を包み込むように握りました。

「もう行くよ。次に会えるのはきっと半年後だけど……ルシアちゃんの手に指輪があるからかな。別れがつらいことは変わらないけど、前より不安ではない気がする」

「そうだったらいいわね。実はね、今日のフィルさん、騎士としての姿はとても素敵だなって思ったの。だから……お仕事、頑張ってね」

「そう思ってもらえるなら、僕はいくらでも頑張れるよ！」

フィルさんはとても嬉しそうに笑いました。

それから私の手を持ち上げ、ちらりとアルベス兄様を見ます。

お兄様はまた顔をしかめましたが、ため息をついてくるりと背を向けました。

どうしたのだろうと私がそちらに気を取られかけた時、フィルさんは手の甲に恭《うやうや》しく唇を押し当てました。

「遠い北の地でも、君のことをずっと想《おも》っているよ。……いつか、ルシアちゃんと一緒に向かいたいな」

吐息に紛れるように囁《ささや》き、フィルさんは私の目をじっと見つめながら、私の指に……正確には指輪をはめた指に長々と口付けました。

急に落ち着かない気分になりました。

胸がドキドキしてきて、頬が熱くなってしまいます。

思わず目を泳がせると、フィルさんの青い目がじわりと熱を帯びました。大きな手に力がこもり、わずかに目が細められて……その次の瞬間、お兄様の不機嫌そうな咳払いが聞こえました。

途端に、苦笑を浮かべた第三軍の騎士たちがフィルさんを左右からガシッと拘束します。そのまま、あっという間にずるずると引きずっていってしまいました。

「おい、邪魔をするな！」

「悪く思うなよ、閣下。アルベスとオルドス殿が本気でキレる前に出発するぞ」

ため息混じりにそう告げたカルさんは、私に丁寧な礼をしてから、部下たちに合図を送りました。

騎乗した騎士たちが整然と動き始めます。フィルさんも、オルドスさんに睨まれながらノロノロと馬に跨《またが》りました。

ちらりと後ろを振り返ると、表情を消したアルベス兄様が鞘《さや》に納まった剣を肩に担いでいました。

……これは確かに、すぐに出発してもらった方がよさそうです。

「フィルさん、行ってらっしゃい！　体に気を付けてね！」

そう声をかけて手を振ると、うつむいていたフィルさんが少し元気になったように微笑んで、手を振り返してくれました。

◇　◇　◇

フィルさんが出発した後は、いつも急に静かになります。

今回もそうでした。

護衛という名の護送任務の騎士たちに囲まれ、何度も振り返りながら馬を歩かせる姿を見送っている時は笑っていました。

でもフィルさんが使っていた部屋の掃除をして、シーツ類を全て洗い終えてしまうと……さっぱりと片付いた部屋を見ていると、急に寂しくなります。

そんな時に、北部砦まで同行した第一軍のオルドスさんから分厚いお手紙をもらいました。

何人かの筆跡で、フィルさんの道中の様子が面白おかしく書かれていて、アルベス兄様にも見せたところ、一通り笑ってから深いため息をついていました。

さらに北部砦の様子にも少しだけ触れていて、今後は休暇を取る騎士に報告書が託されるようになった、とも書いてありました。

フィルさんの生活を盗み見るようで少し後ろめたかったのですが。先週届いた最初の報告書には、跳ね方に癖のあるフィルさんの字でいろいろ書き込みがありました。

フィルさんは楽しそうだし、休暇中でラグーレンに滞在している騎士の皆さんも大笑いしていましたし、問題はないのでしょう。

北部砦の賑やかな空気が伝わってくるようでした。

「……私も、手紙を書いてみようかな」

何となくつぶやいて、自分の独り言に照れてしまいました。ずっとラグーレンにいた私は、簡単な手紙以外は書いたことがありません。

でも、フィルさんになら……何かのついでに届けてもらったら……でも、こんなに楽しい手紙は書けないかな……。

そんなことを考えて、少しドキドキしていた時。

——突然、聞き慣れない音が響きました。

甲高い音でした。

遠くから音が聞こえたと思ったら、その後に少し近くから違う音が聞こえます。

羊飼いたちの笛の音です。でもいつもの素朴で賑やかな音ではなく、緊急を告げるための強い高音が響いていました。

私は急いで外に出ました。

ラグーレン家の小さな屋敷は緩やかな丘の上にあります。だから近付いてくる人がいれば、かなり遠くであっても見えるようになっていました。

でも、長く延びる道には特に異常はありません。

もしかしたら、あの道の先にある森で何かあったのでしょうか。それとも、この辺りでは滅多に見ないクマやオオカミに羊たちが襲われたのでしょうか。

畑に出ていたアルベス兄様はちょうど近くまで戻っていたようで、すでに家の前にいました。

騎士の皆さんも、走って戻ってくるのが見えます。たまたま近くにいたのか、一人が厩舎《きゅうしゃ》から鞍《くら》をつけた馬を三頭引き出してくるところでした。

馬を引いている騎士は、農作業中も帯びていた剣の他に、短剣やナイフを固定したベルトを腰に巻いていました。

手綱を引いている馬たちも、一頭はごく普通の鞍を載せているだけですが、残り二頭には武器が積まれています。確か、乱戦仕様とかアルベス兄様が言っていた気がします。

まるで、このまま戦場に出るような物々しさでした。

「アルベス。あの音は何だ？」

「まだわからない。警戒を促すものだとは思うんだが……」

騎士に問われ、アルベス兄様は首を振りました。

羊飼いたちが何か異常を見つけ、知らせようとしている。わかっているのはそれだけです。

道や周辺のことはお兄様たちに任せ、私は隣の丘に目を向けます。予想通り、痩せた少年が走ってくるのが見えました。

「お兄様。タロンくんよ」

「おっ、いつもの目のいい羊飼いの坊主か。よし、妹ちゃん、この馬を頼む。……何かあったら、俺たちの合図がなくても乗ってくれよ？」

何かあったら。

……それは、襲撃者の可能性があるということでしょう。

私は緊張しながら手綱を受け取りました。

まだ農作業用の帽子をかぶっている騎士は、私を安心させるようにニヤッと笑い、それから武装させた馬に跨ると一気に駆け始めました。

馬は、隣の丘の上から走ってくるタロンくんに向かっていきました。

あっという間にタロンくんの元へとたどり着くと、くるりと向きを変えながら細い体を馬上に引っ張り上げます。そして、また凄《すさ》まじい勢いでこちらに戻ってきました。

待っていたアルベス兄様は、タロンくんに手を貸して馬から下ろしました。

「一体、何があった？」

アルベス兄様が聞くと、ユラナが渡した水を少し飲んだタロンくんはお兄様を見上げました。

「すごい一団が来ています！　馬に乗った人たちがいっぱいで……大きな馬車も一緒なんです！」

「……坊主、すごい一団ってどんなだ？」

馬に跨ったまま、騎士が穏やかそうな顔を保って問いかけました。

すでに他の騎士も家の周辺に戻ってきたようです。全員、武器を積んだ馬を連れてきていました。

タロンくんは、いつもより物々しく武装した騎士を見上げ、少し興奮したように目を輝かせます。

でもすぐにお兄様に向き直り、真剣な顔で口を開きました。

「馬に乗った人たちは、全員暗い色の外套《がいとう》を着ていました。フードをかぶっているからよくわからないけど、馬の走らせ方がきれいだから、たぶん騎士だと思います」

そう聞いた途端、お兄様と騎士たちがチラと目で会話をしたようです。

一瞬で広がった緊迫を必要以上に感じさせないよう、私はタロンくんに笑いかけました。

「人数はどのくらいかわかる？」

「えっと……そうだな、この間の、フィルさんが連れてきた人と同じくらいだと思います」

「……多いな」

それを聞いて、騎士の一人がぽつりとつぶやきました。

フィルさんが北へ出発する時、ラグーレン領には二十騎以上の騎士が随行していました。その時と同じとすると、かなり大規模な武装集団です。

騎士隊長格の人が、さりげなく別の騎士に何か耳打ちをしました。

すると、その騎士は私の背後へと移動しました。たぶん、私の護衛を命じられたのでしょう。

タロンくんは、アルベス兄様を不安そうに見上げました。

「一緒に来ている馬車は、貴族用っぽくて大きいのに、紋章の旗を出していませんでした。これ、何か悪いことですか？」

少し硬い顔をしていたお兄様は、でもタロンくんの肩に手を置いて、にっと笑いました。

「大丈夫だ。今のラグーレンには強い騎士が揃《そろ》っている。だが、念のためお前たちは下がっていなさい」

「はい。……あっ、あの一団ですっ！」

お兄様の笑顔を見て、少し落ち着いたようです。タロンくんはいつもの陽気な笑顔を取り戻し、それからふと道の方を見て慌てたように指差しました。

前庭から見える道の、さらに遠くに何かが見えました。

私の目では、小さすぎて何かが来ているということしかわかりません。お兄様にもよく見えないようですが、タロンくんは人数を正確に数え、それから慌てたように振り返りました。

「今、旗を掲げました！　紋章が見えます！」

「どんな紋章だ？」

改めてタロンくんはじっと馬車を見つめ、それから首を傾げました。なぜかすぐには答えません。

何度も見て確かめているようです。

タロンくんはまた首を傾げ、お兄様ではなく私を見ました。

「……ルシア様。俺、あの紋章を知ってます」

「どんな紋章なの？」

「お屋敷の廊下で見ました。あの、それから……ルシア様の指輪にもあります」

「指輪？」

一瞬首を傾げ、それから慌てて手を上げて指輪を見ました。

私がはめている指輪は一つだけ。もちろんフィルさんからもらったものです。

タロンくんは指輪を指し示し、困ったように私を見上げました。

「馬車の旗にあるのは、その真ん中の紋章です。……それ、王様の紋章ですよね？」

アルベス兄様が愕然《がくぜん》とタロンくんを見つめ、それから近付いてくる馬車に目を凝らそうとしました。

タロンくんは王様の紋章と言いましたが、私の指輪についているのは、正確には王家を示す紋章です。でも、問題はそれほど変わらないかもしれません。

この紋章を旗に使う人なんて、ごく限られていますから。

騎士の皆さんもやはり唖然《あぜん》としていましたが、やがて長いため息をつきました。

「……おいおい。フィルオード軍団長閣下は北にいるんだぞ。お忍びにしても、いったい誰が来るんだ？」

全員の心を代弁するように、騎士隊長さんは苦笑いを浮かべながらつぶやきました。

タロンくんが知らせてくれた一団は、それからしばらくして我が家の前に止まりました。

王家の紋章の入った旗を掲げた騎士が同行している馬車は大きく、どこにも特徴的な装飾などはありません。一見すると、ごく平凡な作りに見えました。

でも、車輪はとても頑丈に作られていますし、馬たちはとても健康的で毛並みが艶やかです。

いかにも「お忍び用の馬車」です。

それに、周囲を警戒している騎士たちも奇妙でした。

ごく目立たない色のフード付きの外套を着ていますが、フードをおろした今、その下に王国軍の制服を着ていることがわかります。

羊飼いたちが警戒して、非常事態として知らせてくれたのも納得です。

あの馬車には、いったいどなたが乗っているのでしょうか。

訪問者が王族なのは間違いないので、失礼にならないように急いで着替えたアルベス兄様は、小さく息を吐きました。

「近衛《このえ》騎士はあまりいないな。……見覚えのある顔がある。ほとんどが第一軍のようだ」

その言葉に、私も改めて騎士たちの顔を見ていくと、先頭にいた騎士と目が合いました。

……たしかに、知っている顔がありますね。

フィルさんと一緒に北部へと旅立ったオルドスさんです。向こうも私の表情に気付いたようで、わずかに口元を歪《ゆが》めて笑い、それから丁寧な礼をしてくれました。

第一軍の騎士隊が複数来ていることはわかりました。ではあの馬車の中にいるのは、いったい……。

「……まさか」

ポツリと漏れたアルベス兄様のつぶやきは、とても硬いです。お兄様の顔を見上げようとした時、オルドスさんが馬車の扉を開けました。

同時に、周囲の騎士たちが一斉に姿勢を正して敬礼をしました。

「ルシアー！　元気だったー？」

「遊びに来たよー！」

敬礼をする騎士たちの前に、ぽーんと小さな塊が二つ、勢いよく飛び出してきました。でも、騎

士たちの間をすり抜けようとする前に、オルドスさんが両手を広げて止めました。

「殿下方、先にラグーレンの領主に挨拶を。陛下との約束をお忘れか？」

「オルドスは硬いなぁ。まあ、いいけど。……アルベスも久しぶりだね！　お邪魔します！」

「思い切って遊びに来たよ！　お父様の許可はもらっているから安心してね！」

銀髪に紫色の目の双子たちは、その美しい顔に明るい笑みを浮かべていました。

でも私は呆然《ぼうぜん》とその姿を見つめ、それからアルベス兄様を見上げました。

美しい服を着たアルくんとリダちゃん――アルロード王子殿下と、リダリア王女殿下です。

相変わらず元気な王家の双子の挨拶を受けたアルベス兄様は、目と口を大きく開けていました。

少ししてからやっと口を閉じましたが、頭を抱えてその場にしゃがみ込んでしまいました。

「……こんな状況、俺にどうしろと？」

「アルベスは真面目なんだなー。大丈夫だよ。護衛はしっかりいるから！」

「一週間か二週間、泊まらせてもらうだけだよ！」

二人はお兄様の肩をぽんぽんと叩き、腕を引っ張ります。何をされても動かないお兄様は、でもはっとしたように顔を上げました。

「…………今、泊まると言いましたか？　まさか、この人数全部ですか？」

「えっとね、確か半分くらいは王都に戻るよ。残りは自前でテントを持ってきているから、水と調理場だけ借りたいんだって」

「なんてことだ……半分でもかなりの……いや、いつまでいると?!」

「とりあえず、二週間の許可をもらっているよ！」

「……二週間……」

アルベス兄様が放心気味につぶやきます。

双子たちは、にこにこと笑いながら言葉を続けました。

「王族たるもの、野営くらいできなければいけないと思うんだけど、今回はフィルがいつも話してくれた部屋に泊まってみたいんだよねー」

「リダ、その話はもっと後にしようよ。アルベスはすごく困っているんだから」

「情報の後出しよりましでしょ？　あ、メイドを一人だけ泊まらせてもらいたいけど、いい？」

二人の目はきらきらと輝いています。

私は、その笑顔をただ見ていることしかできません。

一体何が起こっているのか……頭が理解するのを拒否している気がします。

でもずっとしゃがみ込んでいたアルベス兄様は、ふうっと息を吐いて立ち上がりました。

気を取り直したのか、開き直ったのか、お兄様は子爵というより騎士を思わせる堅く深々とした礼をしました。

「失礼しました。ようこそおいでくださいました。アルロード殿下。リダリア殿下。ラグーレンの領主として歓迎します」

「アルベスー、堅苦しいのは嫌いだよ。私のことはリダって呼んでいいからね？」

「リダ。挨拶はきちんと受けろってお母様が言っていたよ」

「そんなの、時間がもったいないでしょ。ねえ、アルベス。乗馬を教えて！　アルベスならいっぱい教えてくれるって、お父様が言ってたよ！」

「……は？」

「違うよ！　時々鬼ごっこの相手もしてくれるだろうって、そう言っただけだからね？　それに、ラグーレン領はもうすぐ麦の収穫なんでしょう？　どんなものかを見ることが第一の目的だよ！」

双子たちの言葉に、アルベス兄様はまた冷や汗を流しているようです。顔色もすっかり悪くなりました。

……それはそうでしょうね。私も冷や汗が出てきます。忙しい麦の収穫の時に王家の双子をお迎えしてしまったことも、ラグーレンの収穫時期を正確に把握されていることも、ちょっとどうしたらいいのかなと戸惑ってしまいます。

青い顔のアルベス兄様は、堅苦しい姿勢のまま、近くに控えているオルドスさんに顔を向けました。

「……オルドス殿。殿下たちの言葉を翻訳していただけるか？」

「要するに、殿下方の勉強のついでの遊び相手だな。フィルオード閣下がいなくなったから、お二人は暇を持て余しておられるのだ」

そういえば、フィルさんは双子の遊び相手をさせられるとこぼしていましたね。

でも、なぜ我が家なんでしょうか。

麦の収穫の見学なら、周辺領地も時期は同じなんですが……。

私とお兄様がまた思考停止状態になっていると、馬車から少し疲れた顔の女性が数人降りてきました。

上品な年配の女性は、以前お会いした双子の養育係の方です。その他の若い女性たちは、身の回りのお世話をするメイドたちでしょう。

養育係の女性は、私と目が合うとそっと近寄って丁寧な礼をしてくれました。

「ラグーレン子爵やルシア様には誠に申し訳ないのですが……今、外国使節の方々をお迎えする準備が慌ただしゅうございまして。一時的に殿下たちを担当するメイドの人数が減っています。ですので……少しの間だけでもこちらに滞在させていただければと……」

確かに、長距離移動にもいい季節です。

外国との行き来が増えて、国賓待遇の使節の方々をお迎えするなら準備も大掛かりなはずです。一方で双子たちは大人しくしているだけではないでしょうから、担当するメイドたちも大変なのだと思います。

それは理解できます。

でも、あの元気な双子は国王陛下の御子《おこ》で、本来の王位継承順位は第一位と第二位。とても高貴な方々です。

そんな二人がラグーレンに滞在するなんて、思いがけない状況すぎて理解が追いつきません。

救いは、騎士がたくさん来てくれたことでしょうか。

近衛騎士が何人かと、第一軍の騎士がこの場に数隊。このうち、どのくらいがラグーレンに残るかは分かりませんが、ラグーレン近辺にはさらに警戒している人たちがいるのではないでしょうか。

我が家にも、休暇中の騎士たちが五人います。

もちろん、アルベス兄様もいます。

……これならきっと、大丈夫、ですよね？

そう思いたい。何かあった時は、私でも双子たちの盾くらいにはなれるはず。

ラグーレン領は広くないし、出入りする道は限られています。領民たちは皆顔見知りで、外部の人間が入ればすぐにわかります。

それに、フィルさんも頻繁に滞在していました。そういう実績があるから、警備上の問題は特にないはずで……。

……あれ？

よく考えると、ロスフィール陛下が即位した時期にもフィルさんは我が家に来ていました。その頃のフィルさんは、本当に第一位王位継承者だったはずです。

なんだか、大丈夫なような気がしてきました。

……………うん。

私はアルベス兄様をもう一度見ました。

アルロード殿下がお兄様によじ登って肩にぶら下がっています。リダリア殿下も同じことをするのかと思っていたら、こちらに駆け寄ってきました。

「ねえ、ルシア。フィルがルシアの作る豆料理は絶品だって自慢していたよ。私たちは王の子だから、豆は大好きなの。だから、豆料理も食べさせてくれる？」

いつもの豆料理でいいのなら、いくらでも作りますけど。

国王陛下の御子であることと、豆がどう結びつくのでしょうか。フィルさんは北部にいるせいで豆料理好きに磨きがかかっているみたいですが。

リダリア殿下は、少し威厳のある澄まし顔を作りました。

「この国に豆栽培を広めたのは、私たちのご先祖様だよ？」

なるほど。そういう話は聞いたことがあります。

少し納得していると、リダリア殿下が私の顔をじっと見上げ、それから私の左手に目を落とし、また顔を上げてにっこりと笑いました。

「ルシア、元気そうだね。表情も柔らかくてきれいだよ」

「……え？」

年齢に合わない大人びた表情に、一瞬どきりとしました。

ついリダリア殿下を見つめてしまうと、銀髪の美しい王女様は私の左手をぎゅっと握りました。

「私、ルシアの笑顔が好きだよ。あ、それから私たちのことは、前みたいにアルくんリダちゃんって呼んでね！」

そう言ったかと思うと、リダリア殿下――リダちゃんは勢いよくアルベス兄様の背中に飛びつきに行ってしまいました。

もしかして……私のこと、気にかけてくれたのでしょうか。

でも、お兄様にやっているあれは、いつもフィルさんにしていることですよね？

お二人はそろそろ七歳。二人に飛びつかれれば、かなり重いでしょう。フィルさんやアルベス兄様は体を鍛えていますけど、普通の人だったら倒れてしまいますよ？

お兄様は諦め切った顔でなすがままになっていました。でも私と目が合うと、ため息をついて腰に帯びていた剣を外しました。

ずしりと重い剣を私に手渡すと、肩に登ったアルくんの足を押さえ、反対側の腕にぶら下がっているリダちゃんの背中に手を回して抱え上げました。

「ご要望のフィルの部屋までご案内します。ルシア、一緒に来てくれるか。俺一人ではドアが開けられない」

「ええ、いいわよ。……お付きの方々も中へどうぞ。お茶をお出ししましょう」

私が笑いかけると、若いメイドたちはほっとした顔をしました。

そういえば、騎士の方々は……と振り返ると、オルドスさんが我が家に滞在している休暇中の騎士たちと話をしていました。

騎士たちの半分くらいは周囲を警戒したままですが、何人かは馬を下りて厩舎の方へと案内されていました。あの方々は、まず馬に水をあげるはずです。人間へのお茶は、その後になるように頃合いを見計らってお出ししましょう。

私はもう一度ため息をつき、家へと歩いているアルベス兄様を急いで追いかけました。

◇　◇　◇

それからの日々は、とても賑やかでした。

王家の双子は、思っていたより手がかかりません。

普通の子供より元気なので目が離せないのですが、生活面では本当に何も特別なことを必要としません。

朝は私が起きてしばらくした頃に、二人揃って目を擦《こす》りながら起きてきます。まだ薄暗い台所にやってきて、物珍しそうに私と一緒に水を汲《く》んだり、お皿を並べたり。

朝の料理は、我が家に滞在中の騎士の当番の人が担当します。

第一軍の騎士の皆さんにも食事の当番がいるようで、王国軍の制服姿で一緒に調理をしていました。双子の護衛には三人つきますが、その他の騎士たちは朝から激しい訓練です。

その訓練の様子を見ていると、我が家に滞在していた騎士の皆さんは本当に休暇中だったんだなと思います。朝から体を動かしている時はありましたが、あんなに激しくはなかったし、長時間でもありませんでしたから。

時々、アルベス兄様もその中に交じっています。

最初に声をかけたのは、第一軍の騎士隊長オルドスさんだったと思います。「なぜ俺が」と断ろうとするのを「妹を守るためだ」とか「農作業は代わりにさせておくから」などと言って丸め込み、お兄様は首を傾げながら参加していました。

でもお兄様は体を動かすことは好きなので、やっぱり楽しそうです。時には現役の騎士以上に好戦的な顔になっているのは、妹として見なかったことにしましょう。


そうこうしているうちに食事の用意ができて、アルベス兄様が戻ってきたら朝食。

ここでも双子たちは手がかかりません。

私たち兄妹《きょうだい》が普段食べているものを出しても、特に好き嫌いもなく食べてくれます。

スープは野菜と干し肉を使っただけの簡単なものですし、薄焼きのパンは、裕福な貴族が食べるパンより膨らませる時間の少ない簡素なものですが、特に驚くことなくパクパク食べていました。

「軍部の食堂もこんな感じだよ？」

「そうだよね。あそこはもっと雑で量が多いけど」

リダちゃんとアルくんはそう言っていましたが、それはまさか、軍部の食堂に出入りしているということなんでしょうか。

これ、あまり考えてはダメなんだろうなぁ……。

食事が終わったら、仕事の時間です。

王子様と王女様に仕事をさせるなんて、と思ったのは最初だけ。フィルさんに何でもしてもらっていた私に、もう怖いものはありません。

それに双子たちも、仕事を嫌がりません。何をするのも珍しそうで、目を輝かせていました。

厩舎で干し草を替えたり、掃除をしたり、どんなことでも不満は言いません。それに馬の扱いはとても慣れています。それが伝わるのか、馬たちも不思議なほど穏やかな目をして、二人のブラッシングを受け入れていました。

それが終わった後は、縫い物をする私やティアナさんの横で大人しく勉強をします。

年齢のわりに難しい本を読んでいるのはさすがに王族だと感心します。でも仕事で疲れてしまうのか、そんなに勉強は好きではないのか、時々頭がカックンカックンと揺れていました。

そんな感じで午前を過ごしてから、昼食。

これも騎士の皆さんが用意してくれた食事を食べていると、見回りなどの仕事を終えたアルベス兄様が帰ってきます。

だから午後はアルベス兄様が双子の相手をしてくれました。

乗馬の練習をしたり、走り回ったり、木に登ったり、魚釣りをしたり、木剣をふり回したり。だいたい、騎士の皆さんを巻き込んだ遊びの時間になります。

でも視察の名目通り、アルベス兄様と一緒に畑も見て回りました。

歩いて行くこともありましたが、大体は馬に乗って行きます。お兄様とオルドスさんの馬にそれぞれ同乗し、黒いマントの近衛騎士と第一軍の軍章をつけた騎士が随行していました。

お兄様は麦の収穫の打ち合わせの場にも二人を誘いましたが、元気に走り回る普段の姿からは想像できないほど静かにしていてくれました。さすが王家の御子たちです。

領民の代表者が、深刻そうな顔で双子たちへの対応を相談しに来たこともありましたが、フィルさんの甥《おい》と姪《めい》として接してほしいと伝えるとすぐに納得してくれました。

双子たちのおしゃべりを聞いている限りでは、普通の子供と同じ扱いのようです。近衛騎士はともかく、オルドスさんが黙認しているのなら、きっとそれで問題ないのでしょう。

お兄様が双子たちの相手をしてくれている間に、私は食事当番の騎士さんたちと夕食の準備をします。

シチューや煮物、魚や肉がある時はそれも調理しました。

少し肉や魚の量が増えていますが、夕食も我が家のいつも通りのメニューです。でもそれが双子たちに好評でした。

特に豆料理を出すと、とても目を輝かせるんです。

「これ、フィルが言っていた豆の煮物だ！」

「酔ったフィルがすごく熱く語っていたんだよね！」

「この塩味のシチュー、すごくおいしい！」

アルくんもリダちゃんも、食べ方がきれいなのに食欲が旺盛で、何を作っても目を輝かせてくれました。

その姿は小さなフィルさんのようで……なんだか見ていると楽しいです。


食事が終わると、朝が早い双子はすぐにうとうとし始めます。

だから早々にフィルさんがいつも使っている部屋に戻って、一つのベッドに二人で寝ます。

一応、私が横に座っておしゃべりに付き合っているのですが、ベッドに入るとだいたいすぐに返事が途切れ、ぐっすりと眠り込んでいました。

普段はとにかく元気という印象しかありませんが、眠ってしまうと二人は本当にきれいな子たちです。

魅力的な紫色の目は見えませんが、柔らかな銀髪が枕元に広がり、長い銀色のまつげが滑らかな肌に影を落としていて……お人形でもこんなにきれいな姿はないでしょう。

でも、二人はただの子供ではありません。

この年齢ならまだ少し母親が恋しくなってもおかしくないのに、ここに来てから一度もそういうところを感じさせません。

双子付きのメイドによると、国王陛下の御一家は、もともとそれほど密着した生活はしていないのだそうです。

たっぷりと甘える時間はあっても、一緒に眠ったりすることはないのだとか。何日も会えないことも珍しくはなく、その代わりに会っている時間を大切にしているそうです。

親子と言っても、いろいろな形があるんですね。

でも、そんな感傷も廊下に出ると冷めてしまいます。

廊下には、必ず寝ずの番をする騎士がいました。部屋の前に二人、廊下の端にも二人ずつ立っています。

たぶん、家の周辺にも油断なく警備をしている騎士がいるはずで、これがフィルさんがいた時とは違いました。

それとも、フィルさんの時も、私が気付いていなかっただけで護衛がいたのでしょうか。

ふと疑問に思ってアルベス兄様に聞いてみましたが、それはあっさり否定されました。

「ここに来た頃には、あいつはもう軍人だったからな。命の危険がある仕事をしていたくらいだから、移動中はともかく、いちいち護衛はつかない」

なるほど。

そういうものだったんですね。

◇　◇　◇

双子の姿がラグーレンに馴染《なじ》んだ頃、ついに麦の収穫が始まりました。

アルベス兄様と領民の代表者たちが決めた収穫開始日は、とてもよく晴れてくれました。

麦の状況を見ながら、入念に天気を予想しての日取りですが、何日も続いている青い空を見上げると嬉しくなります。これなら順調に作業が進むでしょう。

「ルシアー、向こうの畑に人が集まっているよー！」

「荷馬車が何台も来ているよー！」

前庭から駆け込んできたアルくんとリダちゃんは、つばの広い帽子をかぶっていました。素朴な帽子は領民が作ってくれたもので、二人のお気に入りのようです。

その帽子をかぶった双子は、朝早くから起き出して外に出ていました。

すでにほんのりと日焼けしていますが、この調子では今日一日でさらに日焼けしそうですね。

「ぼくたちにも、何かできることあるかな」

「邪魔はしたくないけど、できれば何かしたいよね」

「そうね、二人とも鎌の使い方が上手だから、畑の端の刈り残しの収穫を頼もうかしら」

なんとなくそう言ってから、はっと気が付いて振り返りました。そこには、いつものように護衛の騎士がいます。若い近衛騎士とオルドスさんです。

オルドスさんは、本当は休暇中のはずなのですが、今日もいつも通りに王国軍の制服を着ていました。

「……オルドスさん、二人に作業を手伝ってもらっても大丈夫でしょうか」

おそるおそる聞いてみました。もしかしたら、王子殿下と王女殿下に麦刈りなんてさせてはいけないかもしれませんから。

でもオルドスさんは平然と頷いただけでした。

「構いません。お二人は既に剣の鍛錬を始めています。鎌を使うことも問題ないでしょう」

「うーん、そうでしょうか。民の中に交じるのは、陛下のご意向がありますゆえ良いこととは思いますが、麦刈りは……いや、いいのかな」

まだ若い近衛騎士さんは首を傾げました。でも、概《おおむ》ね問題はないようですね。

私はアルくんとリダちゃんに向き直りました。

仕立てのいい服を着ていますが、きらきらした目はラグーレンの子供たちと同じ。むしろ、私が知っている中でも群を抜いて元気です。

せっかくラグーレンに来てくれたのですから、王宮では経験できないことに、たくさん挑戦してもらいましょう。

「さあ、今日は忙しくなるわよ。行きましょうか」

「うん！」

二人はぱぁっと顔を輝かせ、ぎゅっと帽子の紐を結び直しました。


ラグーレンは穏やかな気候の地です。

冬に入る頃に種をまく麦の耕作に適していますが、ラグーレン領は他領と比べると小さく、雨が少なくて丘や山が多いために耕作地もこぢんまりとしています。

贅沢《ぜいたく》をせず、堅実な生活をするくらいならそれなりに十分な収穫量とはいえ、我が家には借金があります。だからお父様の代から灌水《かんすい》が行える水路を整えて畑を広げ、麦と豆の収量を増やすように努力してきました。

大規模な水害によって一度つまずいてしまいましたが、アルベス兄様の頑張りのおかげで、今では安定した耕作地になりつつあります。今年の実りは昨年より素晴らしく、収穫の指示をするアルベス兄様の表情はとても明るいものでした。

その明るさが領民たちにも伝わったのでしょうか。今年の収穫はとても賑やかです。

しかも、今年はアルくんとリダちゃんがいます。

わざわざ本名を名乗らなくても、金糸で国王陛下の個人紋章が入った黒いマントを身につけた近衛騎士が付き従っているのです。察していない領民はいないでしょう。

制服姿の騎士があちこちに立っているのには緊張したようですが、すぐに見慣れてしまったようでした。

畑の隅の刈り残しはアルくんとリダちゃんが刈り進めてくれますし、制服を着ていない騎士の皆さんは、ほとんど裸のような姿で活躍しています。この調子なら、今年の収穫は早く終わるかもしれません。

でも、作業は他にもあります。普段は農作業が禁止されている私も、今日は簡単な仕事を手伝っていました。

ティアナさんはため息をついていましたが、一応黙認してくれています。

もちろん、渡された手袋と帽子をしっかりと身につけ、日焼け止めのクリームを塗りました。

「ルシアお嬢様、積み終えました！」

刈り取った麦を荷馬車にいっぱい積み上げた領民が、私に声をかけました。

従順な馬は私でも操れますから、今は運搬を担当しています。お父様の代から私の仕事の一つでした。

向かう先は、我が家の前庭。

そこで脱穀をして、袋に詰めて、領民に分ける分と、領主として保管するものを分け、余剰を商人に売ることになっていました。

今年は多めに売ることができそうで、前庭で袋詰めや分別の指揮で忙しそうなお兄様はとても明るい顔をしていました。

「ルシア様、ユラナさんが呼んでいましたよ。荷馬車は代わります」

「ありがとう。では、お願いね」

駆け寄ってきたタロンくんに手綱を預け、私は家に入りました。


台所に入ると、ユラナが忙しく動き回っていました。村の女性も何人かいて、第一軍の騎士も制服姿で鍋を運んでいました。

制服を着た騎士を見て、台所に立ち寄る人は一瞬驚いた顔をしますが、すぐに最近よく見る人だと気付いて笑顔になっていました。

領民たちに振る舞う料理の準備は順調なようですね。

台所を見て回っていると、ユラナが私に気が付いて笑顔を向けました。

「ルシアお嬢様、あと少ししたらテーブルの準備を始めますので、倉庫の鍵を開けてください」

「すぐに開けるわ。ところで、いつもの商人さんはもう来ているのかしら？」

「旧食堂にいるはずです」

私はすぐに倉庫を開けに行き、それから旧食堂を覗《のぞ》きました。

旧食堂はお祖父《じい》様の頃は領主一族の食事の場だった部屋で、普段は集会などにしか使っていません。その広い部屋に帳簿をつける会計官たちと、部屋の隅で椅子を並べて寝そべっている顔馴染みの商人がいました。

帳簿付けの作業には、今年はとても優秀な人が三人も来ていました。

フィルさんが手配してくれていたそうです。

おかげで、今日の帳簿付けはもちろん、領民全員の戸籍や報告用の書類まで全てきれいにまとまっていました。今年の報告の準備は順調です。アルベス兄様の負担も格段に減るでしょう。

私は帳簿付けの会計官たちに軽く挨拶をしながら、奥の商人のところへ行きました。

「ずいぶんお疲れみたいね」

「ええ、それはもう、西から戻ってすぐにこちらに来ましたので……って、ルシア様！」

顔に載せていた帽子をのけて私を見た途端、商人は驚くほど機敏に起き上がりました。でも床に落ちた帽子を踏んでいますが、いいのでしょうか。

「これは大変に失礼しました！」

「構わないわ。でも、帽子が……」

「おっと、これはしまった！　いや、このくらい大したことはありません。それより、ルシア様にはなかなか良いことがあったようで。……おめでとうございます、とはまだ言わない方がいいですか？」

慌てて帽子を拾った商人は、汚れを軽く叩き落としながら、ちらりと私を見ました。

でも、何のことかわかりません。戸惑っていると、笑顔の商人は自分の左手を指し示しました。

「初めて拝見しましたが、さすがの迫力で！　ラグーレンに出入りする我らの間では、近いうちに慶事が発表されるのではないかと密《ひそ》かに話題になっていますよ。ラグーレン子爵もルシア様も、とても努力家でいらっしゃるから、良い噂《うわさ》を聞くと嬉しくなりますね！」

……良い噂？

ニコニコ笑っている商人の左手を見て、それから自分の左手に目を落としました。今は手袋を外していますから、幅広の金の指輪は室内でも美しくきらめいています。

つまり、この指輪のことを言っているのでしょうか。

商人たちの耳が早いことは知っていましたが……。

「おおっ、恥じらうお姿もお美しい！　我が商会でも何かお祝いをと思ったのですが、うちは穀類が専門なので、これといったものがなく……」

「気を遣わないで。それより、しっかりと買い取ってもらえると嬉しいわ」

「……！」

「それはもちろんです。今後の末長いお付き合いのためにも、高めに買い取らせていただこうかと

「ルシア様。商売人の調子のいい口上はお聞き流しください。我らが来ている限り、商人の好きにはさせません」

書類を手にしたまま、会計官が振り返って口を挟んできました。商人は大袈裟《おおげさ》に顔をしかめ、それからにやりと笑って見せました。

「失礼な。我が商会は悪徳ではありませんよ。……ここだけの話、今年はラグーレン産のものはすべてプレミアがつきそうなので、本当にいつも以上の値をつけさせていただきます。いっそのこと、ルシア様が手ずから収穫なさったと宣伝させてもらえるなら、さらに……！」

「商人殿。そういうことがしたいなら、別口で契約させてもらいますよ。話を伺おうか？」

「……これは、手強《てごわ》い守りがつきましたな」

商人は、今度こそ本当に嫌そうな顔になりました。

平然とした会計官は、私に一瞬だけ笑みを向け、それからまた帳簿の作業に戻りました。

麦の収穫が終わった夜、アルベス兄様は領民に酒を振る舞いました。

毎年食事までしか用意できなかったのですが、今年は商人が手配してくれた麦酒に皆が笑顔になっています。

お兄様はとても朗らかで、とてもよく笑って、年寄りから幼い子供まで、顔を合わせる領民一人一人に声をかけて近況を聞いていていました。

アルくんとリダちゃんも、お兄様のそばにいました。時々二人や近衛騎士を見て目を丸くする人もいましたが、腰が痛いとか、手にまめができたなどと話す姿に、笑顔で「いい仕事ぶりだったぞ」とか「来年もまた来いよ」などと声をかけていました。

フィルさんもあんな感じで、いつの間にかラグーレンの中に溶け込んでいました。王家の血の特性なのかもしれません。

夜が更けて、双子たちが目をこすりながら部屋に引き上げました。

なおも前庭や旧食堂の喧騒《けんそう》は続きましたが、やがてそれも静かになりました。ユラナと私は、すっかり酔い潰れたお兄様や領民たちに毛布をかけて回ります。

全てを終えて自分の部屋に戻って、何気なく窓から外を見ると、小さな光があちこちで揺れていました。騎士たちが家の周辺も含めて巡回をしているようです。

休暇で滞在中の騎士たちはもちろん、双子の護衛任務中の第一軍の騎士まで農作業を手伝ってくれました。何かお礼をしたいけど、手作りのお菓子を振る舞うくらいしかできないな……。

でもその前に、明日の朝の食事は酔い潰れた領民たちの分も準備した方がよさそうです。

「……よし、明日も頑張ろう」

そっとつぶやいてから窓を閉めて、ベッドに入りました。

目を閉じると、体がずっしりと沈んでいくような感覚がありました。いつもより忙しかったから、疲れが出ているのでしょう。

ふと、収穫中の光景と、夜の宴《うたげ》の様子を思い出しました。

楽しそうに鎌を使っていた双子たち。淡々と麦の束を運んでくれたオルドスさん。薄着を近衛騎士に注意されていた騎士の皆さん。それに、明るく笑っていたアルベス兄様の顔も浮かびます。

こんなに賑やかな収穫は久しぶりだったような気がします。昨年も騎士が三人来てくれていましたが、今年はさらに賑やかで……まるでお父様が元気だった頃のようでした。

じんわりと幸せを感じている間に、私は深い眠りに沈んでいました。

◇　◇　◇

双子たちが王宮に帰る日になりました。

「……今まで暗い顔をしているフィルを笑っていたけど、ぼく、もうフィルを笑えないかも」

「私も。ここの子になりたい」

帰り支度を終えた双子たちは、しょんぼりとしていました。私の両側に座って服の端を握り、悲しそうにうつむいています。

いつも元気な子たちが動きを止めているのはとても不憫《ふびん》に見えて、でも外見通りに愛らしくて、私は両腕を広げて二人をぎゅっと抱きしめました。

「王宮では王妃様が待っているのでしょう？　いろいろお話をして差し上げるって張り切っていたじゃない」

「……うん」

「そうなんだけど」

「国王陛下も、きっとここでのお話を喜んでくれるわよ。それとも、頭を抱えるかしら？」

「お父様は遠い目をすると思う」

「そうだよね。私たち、フィルと同じことを言いそうだもの。でも、お父様もここに来たら絶対同じことを言うよね」

「絶対言いそう。でもお母様はこういう生活はちょっと無理だろうな。お母様、虫が苦手だもんね」

やはり高貴な女性には、虫だらけの田舎生活は無理なようです。

……王妃様が虫が苦手でよかった。

もし、王妃様をお迎えすることになったら……まして国王陛下をお迎えするような事態になってしまったら、今度こそお兄様が心労で倒れてしまいますから。

大きなお屋敷で高貴な賓客をお迎えしていたというお祖父様は、とても豪胆な方だったのだなと改めて思ってしまいました。

やがて、アルベス兄様がやって来ました。

「オルドス殿が、指示通りの馬車の支度が済んだと言っていたぞ。みんなを待たせるなよ？」

初日は丁寧な言葉を使っていたお兄様ですが、今では双子に対して砕けた物言いになっています。

双子たちもそれを当然として受け入れていましたが、今日ばかりは悲しげにため息をついて返事をしません。アルベス兄様は少し首を傾げて苦笑しました。

「アルロード殿下。リダリア殿下。それはフィルの真似をしているのか？」

「フィルの真似なんてしていないよ！　でも……アルベスが肩車をしてくれたら、少し元気になるかも」

「……なぜ、そんなところまでフィルに似ているんだ？　まあいいか。肩車をしてやるから馬車を待たせるな」

「わぁーい！」

リダちゃんは笑顔で立ち上がって、アルベス兄様に飛びつきました。

一方、アルくんはそっと私を見上げました。

「……ぼくは、ルシアが手を繋《つな》いでくれたら元気になれるかも」

少しだけ控えめな、すがるような紫色の目に逆らえるはずがありません。

立ち上がって手を差し出すと、アルくんも笑顔になりました。

私とお兄様が双子を連れて外に出ると、家の周りは二週間前と同じ立派な馬車と騎乗した騎士たちでいっぱいです。

それぞれ準備をしたり警戒したり打ち合わせをしていた騎士たちは、双子の姿を見て一斉に姿勢を正して敬礼をしました。

滞在中はここまで敬礼することはありませんでした。これも騎士の皆さんの配慮であり、けじめなのでしょう。

リダちゃんはアルベス兄様の肩の上で堂々と敬礼を受けています。

アルくんも私と手を繋いだ姿で敬礼を受けましたが、そっと私の手を引っ張りました。

「あのね、ぼくたちはずっと『忘れたふり』をしていたんだけど、やっぱり忘れずに、今、渡す方がいいと思うんだ」

アルくんが私を見上げながら、そんなことを言います。

何のことかわからずに首を傾げると、リダちゃんがお兄様の肩の上からアルくんを睨みました。

「アル！　しばらくは忘れたことにするって決めたでしょう！」

「そう思っていたけど、やっぱりあの人に少しでも早く会わせておく方がいいと思う」

「早すぎると負担になるよっ！」

「大丈夫だよ。ルシアはぼくたちが思っていたより強いから。それに、あの人は絶対に力になってくれるでしょ？」

アルくんとリダちゃんは黙り込み、睨み合いました。

今まで見たことのない双子の喧嘩《けんか》です。

おろおろと二人を見ていたら、リダちゃんがふうっとため息をついて目を逸らしました。

「わかったよ。私だって、ルシアのためなら何でもしてあげたいんだから。アルの判断が間違っていないこともわかっている」

そう言って、ぽんぽんとアルベス兄様の頭を軽く叩きます。下りる合図と察して、お兄様はリダちゃんを下ろしました。

その間に、アルくんはポケットからクシャクシャになった手紙を取り出し、少し皺《しわ》を伸ばしてから私に差し出しました。

「ルシア。ぼくたち、これを預かっていたんだ」

「遅くなってごめんね。あの人には、私たちが渡すのを忘れていたって伝えておくから」

アルくんと並んで、リダちゃんも私を見上げます。

一瞬受け取るのをためらってしまったのは、二人の表情がとても真剣だったからです。

二人はまだ子供です。でも、私を見上げているのは子供の顔ではありません。高貴な生まれで、自分の血統をよく理解している、そんな大人びた顔をしていました。

私はアルベス兄様を見ました。

お兄様は眉をひそめていましたが、でも結局私に頷きます。

緊張しながら受け取り、双子たちの無言の視線に押されて開封しました。

丈夫な封筒に入っていたのは、かすかに甘い香りをまとった極めて上質な紙でした。でも書かれている文字は、美しいけれど意志の強さを感じます。

この手紙を書いたのは男性でしょうか。それとも文言の柔らかさが示す通りに女性なのでしょうか。

迷いながら読み進めて……末尾の署名を見て私は息を呑《の》んでしまいました。

「あのね、その人、そんなに悪い人じゃないよ？」

「ちょっと怖くて厳しいけど、たぶん優しい人だよ？」

私の顔色が悪いことに気を遣ったのか、双子たちが慰めるように言ってくれます。それから、私にぎゅっと抱きつきました。

「ルシア。ぼくたちはあなたが大好きだよ」

「ラグーレンの生活も楽しかった。お父様が許してくれたら、絶対にまた来るからね」

そう言って、二人は自ら馬車に乗り込んでいきました。

馬車の扉が閉まります。

手紙のことはひとまず横に置いて、窓から顔を出している双子に笑いかけました。

「私も、とても楽しかったわ」

「またね！」

「また遊んでね！」

双子たちは笑顔で手を振っています。

無表情で見ていた第一軍の騎士隊長オルドスさんが、全体に合図を送りました。馬に鞭《むち》が入り、馬車が動き出します。その動きに合わせて騎士たちも馬に拍車を当てました。

双子たちはまだ手を振っていましたが、並走する騎士に何か言われたようで、頭を引っ込めました。

気が付くと、馬車の前後の騎士は旗を掲げていました。

旗は二種類。

一つは来た時にも掲げていた旗で、王家を示す紋章が豪華に描かれています。

でも、もう一つの旗にあるのは、さらにきらびやかな……近衛騎士のマントにも描かれている国王ロスフィール陛下個人の紋章でした。

ラグーレンに来た時には、あの旗はなかったはず。

何より、あの紋章を取り付けることができるのは、国王陛下本人以外は、まだ成人していない御子たちだけと学んだ記憶があります。

はっとして、私は並走する騎士たちに目を向けました。華やかな各騎士隊のマントを翻す騎士たちは、わざわざ第一軍の軍旗を立てていました。

所属を明らかにした騎士たちが、国王陛下の個人紋章を掲げた馬車を守っている。これはすでに

「お忍び」ではありません。記録に残る王族の訪問ではないでしょうか。

それが何を意味するのか、私はようやく気付きました。

ラグーレンが何十年ぶりかに王族の訪問を受けて、公式記録にラグーレンの地名が載り、お迎えした領主としてお兄様の名前が載ることでしょう。

小さなラグーレン領が、アルロード王子殿下とリダリア王女殿下と繋がる地名として記録に残るのです。

すべて陛下や殿下たちの配慮に違いありません。急に胸がドキドキしてきて、手紙を持つ手も少し震えてしまいました。


馬車が見えなくなってから、ようやくアルベス兄様が振り返りました。

「ルシア。その手紙は何だったんだ？」

そう問いかけながらも、お兄様は何となく察しているようです。だから、私は手紙をそのままお兄様に渡しました。

読み進めるアルベス兄様は少しずつ硬い顔になっていって、末尾の署名で顔色を変えました。

でも私の驚き方とは、何かが違うような気がします。

「……王姉殿下のお招きか……そうだな、そういうこともあるか」

そうです。アルくんが預かっていたのは、フィルさんの姉上様――王姉殿下からのお招きでした。

とはいえ、お兄様の表情は何だか驚愕だけではないような……。

「…………仕方がない。俺も同行させてもらおう。あの方は、ルシア一人では荷が重すぎる」

荷が重い？

それは、いったいどういう意味なのでしょうか？

「はっきり言おう。王姉殿下はとても手強いお方だ。……覚悟しておけよ」

そう言い切ったお兄様は、なぜか虚《うつ》ろな目をしていました。

ある双子のお出掛け

遠くから、メイドたちが捜している声が聞こえる。

でも、ぼくたちはかくれんぼ中。素直に「ここだよ」と出ていくわけにはいかないんだよねー。

体が大きくなって狭い場所に入ることができなくなったかわりに、隠れ方が上手になった。しばらく見つからない自信はあるよ！

……と、思っていたんだけど。

「そこにいるのは、アルだな？　リダは……いないのか」

息を殺して隠れているぼくの前で、お父様が少し残念そうにつぶやいている。

おかしいな、どうして見つかってしまったんだろう。またフィルが昔隠れていた場所だったのかな？

「他の者はいないから出てきてくれないか。少し話がしたいのだよ」

「……仕方がないなぁ」

ぼくは隠れていたカーテンの後ろから出ていく。

目が合うと、お父様はにっこりと笑った。なんだか嬉しそうだ。それがちょっと悔しかったから、目を逸らして少し乱れた髪を丁寧に撫《な》で付けて服装を整えた。

「それで、ぼくに話って何？」

「お前たちに相談がある。だからリダが一緒だったらよかったのだが……いや、アルに先に話をするのは悪くないかもしれないな」

そんなことを言いながら、お父様は床に直接座った。いつも通りの姿だから、国王としての豪華なマントが床に広がっている。でもお父様は冷たい床に座ることに抵抗を感じないらしい。

周りに人がいる時は身じまいにとても気を配るんだけど、時々、お父様はフィルっぽい行動をとる時がある。まあ、お父様のこういうところ、ぼくたちはけっこう好きだけどね。

同じように床に座ると、お父様は軽く咳払いをした。

「以前、お前たちはルシアさんと会っただろう。……どう思った？」

「ルシアのこと？　感じのいい人だなーと思ったよ」

「そうか。うん、実際にそうなのだよ。とてもいいお嬢さんなんだ。しっかりしているし、フィルに求愛されたのに浮ついた様子がない。それにフィルも、ルシアさんのことを話す時はとても穏やかな顔になっていた」

そうだろうね。他人と話をしているのに、あんなに自然体なフィルは初めて見たもの。

でも、お父様が言いたかったのはそれだけではなかったらしい。これからが本番だと言わんばかりにため息をつき、少し表情を硬くした。

「ルシアさんがそばにいてくれれば、フィルはとても落ち着くだろう。だから、ぜひフィルのそばにいてもらいたいし、必要なら結婚も許すつもりでいる。面倒なことは我らが処理すればいいだけだ。だが……もし、フィルがルシアさんに見捨てられたらどうしようかと……」

「……見捨てられる？」

ぼくは思わず首を傾げる。

でも、お父様はそんなぼくの様子に気付いていないみたいだ。深刻そうな顔のまま、言葉を続けた。

「フィルは、身内の贔屓目《ひいきめ》を抜きにしても顔が整っているし、確たる地位も十分な財産も持っている。だが、良くも悪くも、ああいう人間だろう？　ルシアさんの基準で見ると、嫌気が差す時があるかもしれない。できるだけ長く、かなうことなら生涯フィルのそばにいてもらうために、何かできないかと思っているのだがね。あの兄妹の価値観は我らとは少し違うから、いい案がなかなか思いつかないのだよ……」

真面目に話をしていると思ったのに、お父様がなんかぶつぶつ言い出した。

うーん……これ、もしかしていつもの愚痴なのかな？

お父様の愚痴は長いからこっそり逃げてしまおうかなー、なんて考えていたら、お父様がまたため息をついて少し姿勢を正した。

「アル、近いうちにラグーレンに行ってみないか？　もちろんリダも一緒に。そしてお前たちの目で、ルシアさんとラグーレンを評価してほしい」

いつの間にか、お父様の声が静かなものになっていた。紫色の目は、ぼくの反応をつぶさに見ている気がする。

これは……ぼくたちを試そうとしているのかな？

「目的は？」

「それはもちろん、ルシアさんにフィルのそばにいてもらうための方策探しだよ」

「んー、つまり、脅したりすることも考えてるの？」

「すべての可能性は否定しない。……が、脅してなんとかなるお嬢さんではないから、まあ、そういう方向はないだろう」

ふーん、なるほどねー。お父様にしては、ちょっと控えめだね。

……でも、そもそもの前提が少しおかしいよね？

「フィルは国王の弟なのに、そんなに捨てられそうなの？」

「万が一にも捨てられたら困る、という話だよ」

お父様はそう言って笑ったけど、それはどうかなー。本音はたぶん違うんだろうなー。万が一どころか、けっこう危機感を持っているっぽいよねー……。

……フィル、本当に大丈夫なの？

だんだん、ぼくも不安になってきた。なのにお父様としては話が終わったようで、一人でスッキリした顔になっている。

えー、ちょっとずるいなぁ……。

不満を込めて見たのに、お父様は笑顔でサラッと無視をした。

でも、すぐに背後に目を向けて立ち上がる。お父様の視線の先にいたのは、丁寧に巻いてリボンを結んだ文書を腕いっぱいに抱えた近衛騎士だ。あの書式は地方からの嘆願書だろうなー。ということは、執務の途中でここに立ち寄ったみたいだね。

相変わらず、王様業は忙しそうだ。

「私は仕事に戻らねばならないが、ラグーレンの件、すぐにという話ではないから、リダとよく相談をしておいてくれ」

「うん、いいよ」

「それから、私から忠告をしておこう。……あまり若いメイドや従者たちを困らせるなよ？　大人になった時にねちねち言われて、うんざりすることになるからな」

「……はーい」

なんだか実感のこもったことを言われたので、ぼくは素直に返事をしておいた。

お父様が近衛騎士たちを引き連れて去った後、入れ替わりのようにリダがするっとやってきた。

どうやら、立ち去るお父様の姿を見て、隠れていた場所から出てきたようだ。

「何かあったの？」

「うん、実はねー……」

お父様との会話内容を話すと、リダは大きく頷いた。

「つまり、私たちはルシアの様子を見てくればいいのね？」

「そういうことみたい。まだ先のことらしいけど」

「ふーん、でも楽しみだね。ルシアのことは、私もちょっと気になっていたから」

そう語るリダは、お父様と似た顔になっていた。さわやかな笑顔だけど、ちょっと悪い顔って感じ。たぶん、ぼくもこういう顔になっているんだろうな。


結論から言うと、ラグーレンはとても楽しい場所だった！

なんだろう。とても居心地がいい！

ぼくたちが歩くと、後ろに厳《いか》ついお兄さんたちがゾロゾロとついてきてしまうんだけど、すぐに見慣れたのか、ラグーレンの人たちは気にしないでいてくれた。

「最近は騎士様をよく見るからな！」

そう言って笑ってくれるけど……黒いマントに金色の刺繍《ししゅう》が入っているのは、近衛騎士の制服だってこと、本当に理解しているのかなぁ？

一応、なんとなく理解した上で普通に接してくれているとは思う。でも、こういう「普通すぎる反応」はとても珍しい。昔のラグーレンは高位貴族がいっぱい来ていた土地だったらしいから、そのせいなのかも。……でもこれ、フィルでさらに慣れているよね？

こういうところが、居心地がいい原因なんだろうなー。

ルシアは元気そうだし、アルベスは時々ちょっと硬いなと思うけど、この二人、なんだかとても好き。

なぜかなー。ぼくたちに雑に対応する人は、特別珍しくないはずなんだけどねー。ぼくたちのお気に入りのオルドスに似ているけど、でも何かが違う感じ。

真剣に考えてみたけど、これという理由は見えてこない。だからリダにも聞いてみた。

「オルドスとアルベス、何が違うんだろう？」

「…………顔？」

本を読んでいたリダは、真剣に考えた末にそんなことをつぶやいた。

うん、まあ、顔立ちは全然違うよね。本人は自覚していないみたいだけど、アルベスはとても整った顔をしているし。

でも、そういう問題なのかな？

ぼくが首を傾げていると、本を読むふりにも飽きていたのか、リダはパタンと本を閉じてニコッと笑った。

「ルシアも、美人のくせに全然自覚していないよね。あれはもうラグーレン家の特性なんじゃない？」

……それって特性なの？

「ここの領民も変わってるよね。フィルのことを『元気で手先の器用なお兄ちゃん』としか思っていないなんて、普通はあり得ないよ？　だから顔立ちに鈍感なのは、ラグーレン全体の特性なんだよ！」

「あ、それなら納得できるかも！」

ぼくたちがけらけらと笑っていたら、警護兼見張りの近衛騎士が、ちょっと深刻そうな顔をして壁にいるハエトリグモを観察し始めた。

知っていると思うけど、それ、別に毒蜘蛛《どくぐも》じゃないよ？

こういう反応、ぼくたちは見慣れている。だいたい、手をぎゅっと握りしめていたり、肩がぷるぷると震えているんだよね。そして、ぼくたちとは絶対に目を合わせない。

礼儀を守ってぼくたちの会話は聞いていないふりをしているけど、我慢は体に良くないと思うんだ。

子供って馬鹿だなーと思ったら、素直に笑うか、オルドスみたいに、ため息をつきながら首を振る方がいいと思うよ？

「それで、ラグーレンはどうだったかな？」

王宮に戻った翌日にかくれんぼをしていたら、またお父様に見つかってしまった。今度はリダも一緒にいたからか、お父様はとても機嫌がいい。

その得意そうな顔がまたちょっと悔しかったけど、ぼくたちは顔を見合わせ、リダがまず答えた。

「私は、ラグーレンもルシアもアルベスも大好きだよ」

「アルはどうだった？」

「リダと同じ。とても居心地がよかったなー。フィルが入り浸るはずだね」

「ふむ、そうか。……そんなにいいところなのか」

頷いているお父様は、なんだか羨ましそうな顔をしている。

でも、お父様は行ってはダメだと思う。とてもいいところだし、お父様も絶対に気に入るだろうけど、アルベスの心労が大変なことになりそうだから。どうしても行きたいのなら、もう少しアルベスが慣れた頃にしてね？

そんなことを心の中で思いつつ、ぼくは表情を改めた。姿勢も正し、たぶんお父様が一番聞きたいであろう言葉を口にした。

「ぼくとリダは、ルシアを守るよ。必要ならアルベスも。ラグーレンはそうするに値する場所だから」

「そうか」

お父様はそれしか言わなかったけど、とても嬉しそうな顔だった。

それから、すぐにまた待たせていた騎士や文官たちと行ってしまったけど、見送ったリダは首を傾げた。

「お父様には、いつも簡単に見つかるよね。どうしてバレるんだろう？」

「昔、フィルが隠れていた場所だから、と言ってるけど……」

ぼくは、眉をちょっとひそめて口を閉じる。

リダも似た顔をして、ため息をついた。

「お父様はいつも自分のことを平凡だなんて言うけど、違うよね？」

「うん、絶対に違うと思う」

「いくら前例があると言っても、私たちがいるかどうかまでは、普通はわからないよね？」

「少なくとも、メイドと近衛騎士たちには見つかったことがないなー」

「そうだよねー」

お父様は、ぼくやリダほど身体能力は高くないし、フィルみたいに何でも人並み以上にできるわけじゃない。だからと言って平凡でもない。気配に敏感で、洞察力があって、愚痴っぽいけど神経質というほどじゃないから嫌な感じはしない。それに、ぼくたちがどんなに走り回っても笑って受け入れてくれる。

ようするに、度量が大きいんだ。

とんでもない姉と弟にはさまれて育ったから、と笑っているけど、たぶんそれだけじゃないと思う。

「……悔しいけど、ぼくはまだお父様には勝てないなぁ」

「アル、弱気だね」

リダは笑っている。

……そうだね。弱気すぎるかも。

ぼくたちはまだ子供で、これから成長していく。そのうちフィルより強くなるかもしれないし、お父様より聡明になれるかもしれない。

「まあ、いいか。今はルシアとアルベスを守る力があるだけで十分かも」

「そうだよ。もしアル一人では力が足りなくても、私がいるでしょ？」

リダは自信たっぷりだ。見せかけだけだとしても、リダはいつも強気を崩さない。それがリダのいいところだね。

でも、そういう顔をしていると、リダはちょっとハル伯母さんに似ているなー。

……なんて言ったらショックを受けるだろうから、ぼくはそれだけは言わないようにしている。

2 王家の人々

私が普段「フィルさん」と呼んでいる人は、正式には「フィルオード」という名前を持っています。この名前を持つこの国で一番有名な人——それが王弟殿下であり、フィルさんの本当の姿です。

前代の国王クローデン陛下には、三人の御子がいらっしゃいました。

フィルさんは末子で、フィルさんの兄上様であるロスフィール陛下は八年前に即位した若き国王です。

このお二人の上に王女殿下がいて、それがハルヴァーリア王姉殿下。

今はドートラム公爵と結婚して三人の子の母親だそうですが、我が王国で最も高貴な女性であると同時に、最高の美女として有名な方です。

……そういう知識はあります。

ただ、私は子爵家の娘でしかない上に、お父様が亡くなってからは華やかな場から完全に遠のいていました。だから、フィルさんが王弟殿下として王宮にいる姿を見たことがなく、尊い存在であることにずっと気付いていませんでした。

そんな私ですから、名高い王姉殿下のことも直接お見かけしたことはありません。

でも、お父様やお兄様が話してくれた王家の方々の話は華やかで、年若い女子として密かに憧れていました。特に、誰よりもお美しいと評判のハルヴァーリア王女殿下のことは、一度お見かけできればいいなと思っていました。

そんな遠い遠い憧れの女性から、直々のご招待を受けてしまいました。しかも王都からラグーレンまで、迎えの馬車と護衛まで来ました。

なんというか……とても現実離れしています。

でもこれは夢ではありません。

まだ移動中の馬車の中なのに、私はすっかり緊張してしまい、体が震えていました。馬車が我が家のものより大きくて、座り心地がいいのも落ち着きません。

「……ねえ、お兄様。王姉殿下ってどんな方なの？　私、とてもお美しい女性だということしか知らないわ」

黙っていると緊張が高まるばかりなので、馬車に同乗しているアルベス兄様に聞いてみました。

でも子爵らしい服を着たお兄様には、私の声が聞こえていないようです。硬い顔で窓の外を見ていました。

「お兄様？」

「……あ、ああ、悪い。聞いていなかった」

もしかして、アルベス兄様も緊張しているのでしょうか。珍しいこともあるんですね。

私は驚きましたが、もう一度聞いてみました。

「アルベス兄様、ハルヴァーリア王姉殿下はどんな方なの？」

「ハルヴァーリア殿下は……」

アルベス兄様は口ごもり、軽く咳払いをしてから言葉を続けました。

「殿下は、とてもお美しい方だ」

「やっぱりお美しい方なのね。どうしよう、ドキドキするわ。他にはどんな方なの？」

胸に両手を当てながらさらに聞いてみると、お兄様はまた咳払いをしました。

「他には……その、とてもお美しい方だ」

……ん？

それはもう聞いたわよ？

「他には？」

「だから……とにかくお美しい。あの方より美しい女性は知らない。うん、本当に美しい女性だ！」

妙に熱心に言っていますが、さっきから同じことしか言っていません。

まさか……お兄様は、王姉殿下に密かに想いを寄せていたの？

一瞬、そんなことを考えてしまいました。

でもすぐにその考えは否定しました。お兄様の顔は恋とか愛とか、そういう甘い感情とは対極の表情を浮かべています。

どちらかと言えば、とても苦手なもののことを語っているような……苦手なもの？

「……お兄様。もしかして王姉殿下のこと、苦手なの？」

「そ、そんなわけはないだろう！　フィルとの縁で、騎士時代に何度もお会いしているんだ。当時からあの方は本当にお美しくて、それにとても聡明な方だった。フィルと仲が良くなってからは、お屋敷に何度も何度も招かれた。いつもたっぷりと食事を振る舞われて、食い尽くすまで絶対に許してもらえなかったよ。呼び出されたらどんな男でも全力疾走で応じていたし、護衛を命じられた奴は前日に仲間中から激励されていた。本当に、あんなに美しい女性は他にはいない。でもご夫君のドートラム公爵はとても穏やかな方で、王姉殿下とも仲睦《むつ》まじかった。よくあんな女性を妻にしているなと、騎士連中から大変な尊敬を受けていたものだっ！」

アルベス兄様はとても早口で、とても饒舌《じょうぜつ》でした。

でも……本音がポロポロとこぼれていますよ？　お兄様は、全然気付いていないようですが。

とても珍しい姿です。あまりにも珍しすぎて、私は緊張を忘れてしまいました。

なんだか面白いから、もっと話を聞きたいな。

そんなことを考えていると、硬いのか笑っているのか、とにかく複雑な顔をしていたアルベス兄様が、ハッとしたように馬車の外を見ました。

「お兄様？」

「……おい、なぜ王宮に入っているんだ！」

顔を強張らせたお兄様は、窓を開けて並走している騎士に聞きました。

第一軍の軍章を身につけて、鮮やかな赤色のマントを翻す若い騎士は、チラリと正面を見てからとても同情的な表情を浮かべました。

「申し訳ありません。その……いろいろありまして」

「いろいろって何だよ！」

とうとう、お兄様は頭を抱えてしまいました。

こんなに動揺するアルベス兄様は初めて見たかもしれません。ひたすら驚く私の隣で、ティアナさんはいつも通りに静かに微笑んでいました。


正面門を通って王宮に入った私たちは、そのまま北棟へと案内されました。

途中で美しい中庭を一望できる渡り廊下も通りましたが、庭師たちの苦労の結晶を堪能《たんのう》する心の余裕はありません。

お兄様とともに広い一室に通され、しばらく待つのだろうとこっそり深呼吸をしていたら、ほどなく扉が開きました。

入ってきたのは、何人もの侍女を従えた豪奢《ごうしゃ》な金髪の女性でした。

その姿を見た途端、お兄様が立ち上がりました。まるで現役の騎士のような素早い動きに、私も慌てて従います。

どうやら、この金髪の女性が王姉殿下のようです。

深い礼をする私たちのところへと近付いてくる姿はか弱さとは無縁で、しなやかな足取りは優雅なのに力強く、気圧《けお》されるほどの神々しさがありました。

王姉殿下はゆったりと椅子に座りました。

……強烈な視線を感じます。どうやら私をじっと見ているようです。

息苦しいほど緊張しながら、私はそっと目だけ横に向けました。やはり深い礼をしているお兄様は、見たことがないほど硬い顔をしています。

王姉殿下はしばらく私を見ていたようですが、やがて顔を動かしました。王姉殿下の視線が逸れると、全身にかかっていた圧力が和らいだ気がします。私は少しだけ呼吸が楽にできるようになりました。

少し余裕ができた私は、そっと様子をうかがってみました。王姉殿下はアルベス兄様を見ているようです。その表情は、私を見ていた時とは違う、少し打ち解けたものになっていました。

「二人とも、顔を上げなさい。堅苦しい挨拶は不要よ。……アルベスくんと会うのは久しぶりね。しばらく見ない間に、ますますいい男になったじゃない。今、何歳なの？」

「二十六歳になりました」

「いい年齢になったのね。でも、もう少し華やかな服を着た方がいいわよ。せっかく似合うのにもったいないわ」

「ありがたいお言葉ですが、私にはこれで十分です」

「つまらない返事だこと。でも、あなたはそういう人だったわね。まあいいわ。また後で話しましょう」

「……は？」

顔を上げたアルベス兄様は、虚を衝《つ》かれたような声を漏らしました。

でも王姉殿下はそんなお兄様を無視し、控えている侍女たちを振り返りました。

「アルベスくんを案内してあげなさい」

「かしこまりました」

「えっ？　いや、私はルシアの付き添いで来ただけで……！」

「ラグーレン子爵様。こちらでございます」

若くきれいな侍女たちは、慌てているお兄様を取り囲みます。

有無も言わさぬ勢いですが、お兄様を見上げる侍女たちの顔は輝いていました。ほんのりと赤面している女性もいます。

命令に従っているだけにしては楽しそうな女性たちにふんわりと促され、お兄様はあっという間に部屋から連れ出されてしまいました。

見事な連行ぶりです。

でも廊下に出て扉が閉まった途端、若い女性特有の華やいだ歓声が聞こえました。

お兄様の慌てたような声も聞こえましたが、その何倍もの明るくて楽しそうな笑い声にかき消されます。そして賑やかな声は、あっという間に遠退《とおの》いてしまいました。

……お兄様、一体どこへ連れて行かれたのでしょう。それに、気のせいでなければ女性に人気がありますよね？

つい呑気に考えてしまった私は、次の瞬間に血の気が引きました。

お兄様の連行のために、控えていた侍女たちが全員いなくなっていました。どうやら人払いを兼ねていたようです。

つまり今の私は、王国最高の女性と二人きり。

……ますます緊張してきました。

ガチガチに体が固まってしまって、私は微笑みを浮かべることもできません。

幸い、王姉殿下はそんな私に気を悪くした様子はなく、フィルさんそっくりの美貌に、うっとりするような微笑みを浮かべました。

「やっと、ゆっくりお話ができるわね」

声は穏やかで、しっとりとした響きがあります。

でも、深い青色の目は少しも笑っているようには見えません。

なんとも言えない迫力は、さすが王姉殿下です。私は必死に深呼吸をして、改めて王族に対する深い礼をしました。

「ルシアと申します」

「楽にしてちょうだい。……ルシアさん、とお呼びしていいかしら。私のこともハルと呼んでいいわよ。さあ、座ってちょうだい」

そう言って立ち上がり、美しい公爵夫人はふわりと両手で私の手を取って、小さな円いテーブルを間に挟んだだけの、少し前まで私たちが座っていた椅子に導いてくれました。

その仕草も、言葉も、とても気安くて親密な感じです。

……でも。

こういう場面でどれほど優しい言葉をかけて頂いたとしても、相手は王姉殿下であり、公爵夫人です。気を抜くことはできません。

それに……ハルヴァーリア王姉殿下は、とても冷ややかな目をしていました。

王姉殿下は私よりさらに背が高く、少し高いところから見下ろしてきたお顔はとてもフィルさんに似ていました。青い目も同じです。

ただし髪の色はフィルさんの銀髪よりさらに華やかな黄金の色です。それに表情が全く違いました。私が知っているフィルさんは、いつも穏やかな目をしていますから。

でも王姉殿下の青い目は、思わず身を縮めてしまうほど冷ややかに見えます。なのに見ていると不思議と懐かしい気分になりました。もうほとんど覚えていませんが、初めてラグーレンを訪れた時のフィルさんはこんな感じだったのかもしれません。

顔立ちと目の色がそっくりで、フィルさんの話に何度も出てきた姉上様で……。

きっと私は、この方に何を言われても嫌えないだろうなと、ぼんやり予感めいたことを考えてし

まいました。

それが顔に出てしまったのでしょうか。王姉殿下は、美しい眉を優雅に動かしました。

「あなた、今、笑ったかしら？」

……しまった！

私は慌てて謝罪の言葉を口にしようとしました。

でも王姉殿下は、また眉を動かして手を少し上げました。小さな動きなのに、私の言葉を止めてしまうには十分でした。

「つまらない謝罪の言葉なんて聞きたくないわ。あなた、さっきは何を考えていたの？」

「あの、それは……」

「言いなさい」

静かなのに、絶対に逆らえない声です。

血の気が引くのを感じましたが、覚悟を決めるしかありません。こっそり深呼吸をしてから口を開きました。

「王姉殿下は……」

「ハル、とお呼びなさい」

これ以上引く血なんてないと思っていましたが、まだ余裕があったようです。今度こそ顔が白くなっているだろうなと自覚しつつ、引き攣《つ》りそうになる口を必死に動かしました。

「……ハル様と、フィル……フィルオード殿下は、とてもよく似ていらっしゃると考えていました」

「フィルと？　昔はそう言われた気がするけれど、今も似ているかしら？」

「はい。お顔立ちと、それに目がよく似ていると思います」

開き直って、正直に言ってしまいました。

不敬にはあたらないはずですが、もしこれで不興を買ってしまったのなら……お兄様、ごめんなさい。

でも、王姉殿下は……ハル様は幸運にも不快と取らずにいてくれました。

しばらく私を見つめ、少し体を前に乗り出しました。

「ねえ、ルシアさん、あなたは、フィルのことは何と呼んでいるの？」

「……フィルさん、と呼ばせていただいています」

「あら、意外に普通なのね。では、あなたたちの家では、フィルはどんなことをしていたのかしら？」

どんなこと……。

……言ってもいいのでしょうか。

迷いましたが、ハル様の無言の圧力に負けて正直に話すことにしました。

「我が家の畑仕事を手伝ってくれたり、家畜の世話をしたり、掃除をしたりと、いろいろ仕事を手伝ってくれました」

「……あの子が？　そういう仕事、何もできなかったでしょう？」

「そ、それは確かに得意そうではありませんでしたが、草抜きはたくさんしてくれましたし、私にはできない荷物運びをしてくれました。それに、家具や窓の修理は兄より上手でとても助かりました。農具の手入れもよくしてくれるので、ラグーレンの領民たちにも頼りにされています」

「ああ、そういうのは得意そうよね。意外に手先が器用だから。でも、いつもそんなことばかりしていたの？　あの子は武術馬鹿かと思ったのに」

「……兄とは、よく剣の鍛錬をしていました」

「そうでしょうね。他には？」

「他には……」

私は、言葉を続けられなくなりました。

おぼつかない手つきで畑仕事を手伝ってくれて、面白そうに家畜の世話をしてくれて、お願いすれば鼻歌まじりに掃除もしてくれて。

家具の手入れや刃物の研ぎ方は本当に上手です。

大きなことも小さなことも、人手不足な我が家にとっては、どれもとても助かりました。

……それで「他には？」と問われると。

何をしていたかと言うと……言っていいのかな……。

「それは、あの」

「フィルは、長い期間あなたたちの家にいたと聞いているわ。見かけのわりに真面目な子だから、そういう作業はすぐに終わらせていたはずよ。他の時間は何をしていたの？」

「他の時間は……」

なおも少し迷いましたが、私は覚悟を決めて続けました。

「……寝ていたと思います」

正直にそう言うと、ハル様は首を傾げました。

「フィルが、寝ていた？　本を読んでいたとかではないの？」

「本は、あまり読んでいなかったと思います。気が付いたら、その辺で……」

つい、小さな声になってしまいます。

でもハル様はそれを正確に聞き取ったようで、目をわずかに見開きました。

「その辺ですって？　よくわからないわね。具体的に言ってもらえるかしら」

「あの、床とか、地面とか……です」

「…………床」

ハル様が絶句しました。

……やはり、普通の姿ではなかったんですね。

でも、まさかご家族がこういう反応をするとは思いませんでした。

「フィルさん……フィルオード殿下は、その、普段から床に寝たりは……」

「……私の前でも『フィルさん』と呼んであげなさい。それから私が知っているフィルは、人前で床に寝るような隙のある子ではなかったわね。派手に遊んでいた頃でも、話をよく聞いてみると全く隙らしい隙は見せなかったと……あら、ごめんなさい」

眉間に指を当てていたハル様は、ふと口を閉じました。

すぐに笑顔を浮かべましたが、意図的に漏らしたというより、本当にうっかりなのだと思います。

でも私の顔をじっと見る目は、この機会を利用して、どんな些細《ささい》な反応も見逃すまいとする目でした。……こういう顔は、王家の方々の特性なのでしょうか。

以前フィルさんも、こういう目をしていたことを思い出しました。

私がどう思おうと気にせずに無視できる尊い身分なのに、とても気を遣う様子がうかがえます。

ハル様も相手のことをよく見ている人なのでしょう。

尊大に振る舞っているように見えるのに、フィルさんの話の中で聞いていた通り、とても家族思いの方なのだと感じました。

そんなことを考えていると、ふうっと息を吐いたハル様がゆったりと椅子の肘掛けに身を預け、華やかな微笑みを浮かべました。

「ルシアさんと話していると、意外で面白いことが聞けそうね。もっとお話を聞きたいわ。でも一方的に話をしてもらうのは平等ではないから、私から、何かあなたにしてあげたいわね」

とてもありがたいお言葉だとは思います。でも、素直に受け取っていいのでしょうか。怖い気がするんですが。

何と答えるべきか迷っていると、ハル様は笑顔で言葉を重ねました。

「ルシアさん。あなた、私にして欲しいことがあるのではないかしら。今日は楽しい気分だから、どんな難題でも構わないわよ？」

……そんな、難題と言われましても。

「あなたの望みを何でも言ってちょうだい。私は王の子で、夫は公爵よ。貴族たちにはそれなりに顔が利くし、少々強行的なことをしても許される立場なの」

王姉殿下で、公爵夫人ですからね。

我が国で最も力を持つ女性であるのは間違いありません。

……でも、私の望みというと……いや、さすがに王姉殿下に申し上げるようなことでは……。

「何かあるようね。今すぐに、一番の願いを言いなさい」

ハル様は優しく微笑みます。

でも、ぴしりと背筋を伸ばしたくなるような、そんな厳しい声でした。

「……私の願いは、アルベス兄様の結婚です！」

つい正直に口にしてしまってから、私ははっと我に返って慌てて口を閉じました。

でも、もう言葉が出てしまいました。

ゆったりと微笑んでいたハル様は……美しい笑顔が固まっていました。首を傾げ、こめかみに指を当て、それから天井を見上げました。

「……聞き間違えかしら？　何だか、今、アルベスくんの名前を聞いた気がしたわ」

「も、申し訳ございませんっ！」

急いで深々と頭を下げましたが、ハル様は全く見ていませんでした。私の声も聞いていないのかもしれません。

さらに瞬《まばた》きをして、突然私に目を戻しました。

「ねえ、ルシアさん。……なぜアルベスくんなの？　こういう時は、フィルとの結婚の後押しをしてください、でしょうっ！」

ハル様はそう言って立ち上がりました。

驚いている間にすぐ目の前に来て、ぎりりと私を睨みつけます。

「あなた、フィルと結婚したくないのっ？」

「え、それは……」

「高貴な王の子と、下級貴族、それも借金を抱えた子爵家の娘の、身分を超えた恋なのでしょう？　もっとこう、激しく燃え上がるものがあるでしょうっ！」

「あの、私は……」

「アルベスくんの妹だというから期待したのに、いいえ、期待通りのきれいな子なのに、なぜそこまで素朴なの？　もっと色香あふれるとか、悪女とか、もしかしたら年齢より幼く見えるような小悪魔系とか、憎たらしいほどしたたかとか、そういう子ではないなんて意味がわからないわっ！」

ハル様の剣幕に圧倒されていると、廊下が急に賑やかになりました。気のせいでなければ、聞き覚えのある子供の声も聞こえたような……？

ぼんやりとそう考えた時、扉を叩く音がしました。

「奥様。殿下方がお見えでございます」

先ほど退室した侍女です。戻ってきたようですが、アルベス兄様の連行は終わったのでしょうか。

ハル様の目がドアに向かい、私にかかっていた圧力が緩みました。

ほっとしながら私もドアを振り返ると、疲れた顔のお兄様と、元気一杯の銀髪の子供たち——国王陛下の御子たちがいました。

正確に言うと、アルベス兄様の両腕に双子たちがぶら下がっています。……まさか、お兄様はあの姿でここまで歩いてきたのでしょうか。

元騎士のお兄様なら、そのくらいはできるでしょうけど……。

「ハル伯母さん！　ルシアの独り占めはずるいと思う！」

「私たちもルシアに会いたかったのに！」

アルくんとリダちゃんは、無邪気に言いました。

でも私に笑いかけた顔には、大人びた知性がちらりと覗いています。どうやら、意図的に邪魔しにきてくれたようです。

それに巻き込まれたお兄様は……お気の毒としか。

一方、ハル様は全く動じていません。双子たちを冷ややかに見やり、それからアルベス兄様をきっと睨みつけたかと思うと、ツカツカとそばに行きました。

「アルベスくん、あなたの妹は何なの！」

「……何、とは？」

「顔が少しきれいで背が高いだけで、中身はとても普通よ！　いい子すぎるわ！　まるであなたみたいじゃないっ！」

…………えっ？

これ、褒められているんでしょうか。なんとなく褒められている気がします。なのに、なぜそれでお兄様がなじられているのでしょう。

でもアルベスお兄様はそういう理不尽さに慣れているようで、双子をぶら下げたまま、静かに言いました。

「私の妹ですから、当然です」

「あなたも大概にいい子だから、フィルが楽しそうにしているのは納得していたわ。でもルシアさんはあなたそっくりで、しかもあなたより図太くてたくましいのではないかしら。こんないい子、王宮で生きていけるの？」

「無理です。だから私は今でも反対です」

「それに、この子には欲というものがないの？　何でもしてあげると言ったのに、あなたの結婚が望みらしいわよ！」

「…………は？」

一瞬遅れて、アルベス兄様が私を見ます。

もちろん私は目を逸らしました。

……ハル様に、お兄様には内緒にしてくださいとお願いしておくべきでした。


王姉ハルヴァーリア殿下の尋問は、双子たちのおかげで、うやむやに終わりました。

でも、どこか遠い目をしたアルベス兄様と、目をキラキラ輝かせる銀髪の双子たちが加わったこの時間は……賑やかだけど、どこか綱引きをしているような緊張感で身がすくみそうです。

おかげで、せっかく美味《おい》しそうなお菓子が並んでいるのに、お茶を飲むのが精一杯でした。

「さっきから気になっていたのだけど。アルベスくんはいつも『私』と言っているの？　昔は『俺』だったのではないかしら」

「ハル伯母さん、アルベスは普段は『俺』って言ってたよ」

「あら、やっぱりそうなのね。あなたが『私』と言っているのは、何だか気持ちが悪かったのよね。

いつも通りに『俺』と言いなさい。そちらの方が面白いわ」

「………どうか、ご容赦を」

ハル様の興味の対象は、私からアルベス兄様に移っているようです。

そのせいで、お兄様の顔色がずっと良くありません。

でも、状況としてはそれほど悪くないと思います。

幼くも聡明な双子たちは、無邪気なふりをしてアルベス兄様を守ろうとしているようですし、壁際に控えている侍女の皆さんも、お兄様をチラチラ見てはこっそり楽しそうに笑いあっています。

私より少し年上くらいの女性ばかりですから、二十六歳のお兄様は格好の鑑賞対象なのでしょう。

気持ちはわかりますよ。

お兄様はとても背が高いし、顔立ちもいいですからね。

アルくんとリダちゃんに対しては、お二人が喜ぶくらいに雑に扱っているようですが、その実、とても気を遣っていました。そういうところも見えてくれば、あんな風にほんのり頬を赤らめる女性が出てくるのは当然です。

でも……だんだんアルベス兄様の胃が心配になってきました。

「ところで、ルシアさん。あなた、明日は何か予定が入っているかしら？」

突然、ハル様が私を見ました。

深い青色の目は、美しいのにとても威圧的です。

すぐに答えねばと焦りながら、明日の予定を思い出そうとしました。でも、予定と言えるほどのものはありません。あえて言うなら、畑や水路の見回りとか、家畜たちの餌やりとか、そういうものばかりで……。

「何もないのなら、今夜は泊まっていきなさい。私の家族と一緒に食事をしてもらえると嬉しいわ」

「……光栄でございます」

泊まる件も食事の件も、たぶん、きっと……絶対に断れない決定事項です。

諦めてお礼を言うと、アルベスお兄様がさらに遠い目になりました。

そんな私たちにそれ以上目をくれず、ハル様は侍女に合図をして紙とペンを用意させました。

サラサラと何かを書き、大胆にサインを入れています。私がいただいた手紙も、こんな感じで書いたのでしょう。

ハル様は紙を簡単に二つに折り、そのまま封もせずにリダちゃんへと差し出しました。

「リダ。これをロスに渡しなさい」

「ぼくじゃなくて、リダに頼むの？」

「こういう用件は、あなたよりリダの方が適任ですから」

「……こういうって言われても……封をしないままだと、ぼくたちは見ちゃうよ？」

「あなたたちが見ていいように、封をしていないのよ」

ハル様の言葉に、双子はパッと受け取った紙を開きました。

すぐ横にいるアルベス兄様も見えてしまう位置にいますが、器用に目を逸らしていますね。

しばらく無言で読んでいた双子は、きらりと目を輝かせて顔を見合わせました。

「……ふーん。なるほどね。確かにリダの方が適任かも」

「いいよ。ハル伯母さんのご希望通り、私が行ってくる。ゴリ押しは得意よ！」

リダちゃんは、パッと立ち上がりました。

同時にアルくんも立ち上がります。二人は名残り惜しそうにお兄様を見ましたが、私に目を向けてニンマリと笑いました。

「ルシア。ハル伯母さんのお使いをしてくるね。また後で！」

「また後で遊ぼうね！」

二人はそのまま扉へと向かいます。

心得ている侍女がさっと扉を開けると、そのまま廊下に出て、走り去ってしまいました。

相変わらず、とても元気ですね。見ていて気持ちがいいです。

思わず微笑んでしまった私を、ハル様はじっと見ていました。その視線に気付いて慌てていると、ハル様は侍女たちを振り返りました。

「ルシアさんをお部屋に案内してあげなさい。せっかくの機会だから、しっかり着飾ってもらうわよ」

「……え？　いえ、私は……」

「今のドレスも悪くないと思うわよ？　地味で少し型は古いけれど品がいいし、何よりあなたに良く似合っているわ。でも最大に着飾るとどのくらいになるのかも知りたいのよ。それによって作戦が変わるから」

……作戦って何のことでしょうか。

問い返したい気分でしたが、この美しい王姉殿下に対してそんなことはできません。

仕方なく、侍女の案内で退室しました。

ふと振り返ると、なぜか困惑しているお兄様まで別の部屋へと案内されていくところでした。

用意された部屋には、控え室にいるはずのティアナさんが待ち構えていました。

でも馴染みのある顔にほっとする間もなく、私は髪を別の形に整えられ、サイズが私にぴったりなドレスを着せられてしまいました。

お化粧も改めてしてもらいましたが、ティアナさんは今日出掛ける前にしてくれた時より、さらに念入りに施してくれた気がします。

結果として、流行の形のドレスを着た、別人のような私が出来上がりました。

もちろんティアナさんですから、顔貌が完全な別人になったわけではありません。

鏡に映る私は、生まれた時から豊かな生活に馴染んでいるような、そんな淑《しと》やかな女性に見えました。

相変わらず素晴らしい腕前です。

そう素直にお礼を言うと、ティアナさんはため息をついてしまいました。

「褒めていただいて光栄なのですが、今日ばかりは自分の未熟さがもどかしい気分でございます。この日がこんなに早く来るとわかっていれば、もっともっとルシア様をお美しくする技術を学んでおりましたのに！」

……なぜでしょうか。ティアナさんの言葉には嫌な予感しかしません。

私はなんとか気を取り直して、聞いてみました。

「ティアナさん。これから王姉殿下のご家族とのお食事、と思っていたんだけど……違ったのかしら？」

「違いません。違いませんが……いいえ、私から申し上げるべきではございませんね。ルシア様には、いつも通りの自然体でいていただくべきですから」

それは……どういうこと？

その言い方、すごく不安になってきたんですけどっ！

急に不安に襲われていると、ティアナさんは私の手をぎゅっと握りしめてくれました。

「この場にフィルオード殿下がいらっしゃれば、ルシア様ももっと安心できましたのに。でも大丈夫ですよ。私は遠くからですが応援しておりますし、アルベス様も同席するはずです。それにルシア様は、ハルヴァーリア殿下に気に入っていただけたご様子。ですから……落ち着いて、堂々としてくださいませ。ルシア様の笑顔はとても魅力的でございますよ！」

熱心に激励されたのに、不穏さしか感じません。

「……ヒントだけでいいから、教えてもらえると嬉しいんだけど」

「では。少しだけ」

ティアナさんは、もう一度私の手をぎゅっと握りました。

「ハルヴァーリア殿下がこれと言い出したことは、誰にも止められません。そして、あの方は身内には大変に愛情深い方でいらっしゃいます」

えっと。

それがヒントですか？

確かにハル様にはいろいろな人が振り回されてきたようですし、お兄様の話ではご夫君とはとても仲睦まじいようですが……。

……あ。

そういえば、ハル様はどんな方々との食事と言ったでしょうか。

「ねえ、ティアナさん。ハル様が家族と言うのは……どの範囲なの？」

「……ルシア様。どうかお覚悟を」

ティアナさんの答えは、明確な言葉ではありません。

でも、私を青ざめさせるには十分でした。


馬車の中で、王宮に向かっていることに気付いたアルベス兄様は頭を抱えていました。

あの時の私は立派な馬車の内装や乗り心地に萎縮していましたし、何より王姉殿下はどんな方だろうかと緊張していました。お兄様の珍しい反応にも気を取られていましたが……今、やっとお兄様が何を危惧していたかがわかりました。

食事のための部屋に案内された私は、用意された椅子に座っています。

でも、部屋に入った瞬間からどんな風に歩いたか、どんな挨拶をしたか、全く覚えていません。

部屋にはすでに全員が揃っていて、間もなく料理が運ばれてくる頃合いでした。

テーブルの左側にいるのは、王姉ハルヴァーリア殿下と、そのご夫君であるドートラム公爵リオル様。

それから私の隣に十一歳になられたご子息レイフォール様。反対の隣に九歳のミレイナ様と、八歳のジルフィア様がいらっしゃいました。

アルベス兄様は私の向かいの席に座っています。

お兄様も、来た時とは違う服を着ていました。華やかな色を多用した流行に沿った服で、お兄様らしくありません。でもとてもよく似合っています。

たぶん、あれはフィルさんの服ではないでしょうか。どうやら今までの間にサイズの調整をしていたようですね。

伝統的だけど地味でシンプルな服も悪くはありませんが、アルベス兄様には華やかな服がよく似合いますよ！

……と、妹としてお兄様を心ゆくまで称賛したいところなのに、とてもそんな余裕はありません。

アルベス兄様の両隣には、銀髪の美しい子供たちがいました。生き生きとした紫色の目は、私の視線に気付くととても嬉しそうに輝きます。

正装したアルくんとリダちゃんです。

……そこまではいいんです。でも、この二人がいるということは……。

私はおそるおそる、ハルヴァーリア様たちとは反対側の、テーブルの右側へと目を動かしました。

「姉上は本当にルシアさんを気に入ったのですね。まさか、顔を合わせた初日に食事に招くと言い出すなんて、思いませんでしたよ」

「あら、ある程度は想定していたのではないの？　ロスはそういう悪巧みは得意だから」

「いやだな。私はそんな悪辣な人間ではありませんよ。ルシアさんが誤解したらどうするんですか」

朗らかな口調の男性は、わずかに苦笑をしていました。

その男性はとてもきれいな銀髪をしていて、紫色の目も双子たちと同じです。お顔立ちはハル様とは少し違いますが、穏やかな表情を浮かべた顔はとても端整でした。

この御方とお会いするのは二度目ですね。

そしてその御方の向かいには、双子たちと似た顔立ちの、大変にお美しくて優しそうな女性もいました。

つまり。

この食事には、国王ロスフィール陛下と王妃マリージア様も同席していました。


……さっきからずっと心臓がドキドキして、胃の辺りがどんよりと重いです。

私はまだ頭が追いついていないのに、アルベス兄様は達観したような顔になっていました。この辺りの切り替えの速さはさすがお兄様です。私も見習わなければ……でもまだ無理。

緊張している私に気を遣っているのか、王家の方々はそれぞれ会話を弾ませています。私はこっそり深呼吸をしました。それを二度三度と繰り返して前を見ると、お兄様の隣にいるアルくんが面白そうな顔で私を見ていました。

……アルくん、こういう時は見て見ぬふりをするものなのよ？

リダちゃんも、あまり私を見ないでくれると嬉しいな。

目が合った二人は、ちょろりと周りを見てから悪戯《いたずら》っぽく笑いました。まるでラグーレンにいた時のような笑顔に私もつい笑い返していて、おかげで緊張が少しほぐれた気がします。

やがて料理が運ばれてきました。

いい香りです。少し食欲が戻ってきたということは、何とか気持ちを切り替えられたのでしょう。

それでも緊張しながらお皿を見ると、スープにポツポツと豆が入っていました。

とても品のいいスープです。でも、何となく想像していたものより素朴というか……。

「我が国で豆の栽培が広まったのは、祖王陛下が臣下たちに広めさせたからだと言われている。だから、我らの食事にも必ず豆の料理が入るようにしているのだよ」

国王陛下は、穏やかに説明してくれました。

アルくんとリダちゃんは、豆の簡素なスープをとても美味しそうに食べ始めました。

ハル様のお子様たちも、チラチラ私やお兄様を気にしながら食べています。

日常的に食べ慣れているのは確かなようですね。

スープをそっと口に含んでみると、さすがの味の深さに驚きました。でも豆は普通の豆です。当たり前のことなのに、少しほっとしてしまいました。

「私はこのくらいの量が好きなのだが、フィルは豆が少なすぎるとよく文句を言っているな」

「当然よ。あの子は騎士でよく食べるから。アルベスくん、あなたもしっかり食べるのよ。魚料理は好きだったかしら。私の娘たちが魚が好きだから、いつも用意しているのだけど」

「まあ、アルベスさんはまだ若くて体の大きな殿方なのですから、お肉料理の方がいいのではありませんか？　わたくし、いつも煮た豚肉をお願いしていますのよ。よかったらそれも召し上がってね」

「マリージア。あなたは本当にお肉が好きよね」

「ふふ。あの塊肉のお料理は美容にもいいですから。ルシアさんも召し上がってみて。まだ若いから必要ないかもしれないけれど、お肌に良いのよ」

高貴な方々たちが言葉を交わしている間に、新たな料理が運ばれてきました。

立派な魚と、豚の塊肉。

どちらも美味しそうです。でも、お兄様の前に置かれたお皿は……少し盛りつけ具合が良すぎるような気がします。

でも、アルベス兄様は淡々と食べていました。

その後も、なぜかお兄様の前にだけ増えるお皿を当然のように受け入れ、興味津々のアルくんやリダちゃんに取り分けてあげながら、ひたすら食べ続けていました。

そういえばフィルさんは、姉上様と兄嫁様にずっと食べさせられたとか、そういう話をしていました。お兄様が受け入れているということは、このお二人は昔からこうだったのでしょう。

私も、微力ながらお手伝いした方がいいのかもしれません。

そう悲壮な決意を固めかけた時、ドレスの端をそっと引っ張られました。

ハルヴァーリア様の長男レイフォール様が、悪戯っぽい顔で見ていました。

「あのお兄さんのことなら大丈夫だよ。僕たちの食事が終われば、父上が頃合いを見計らって止めてくれるから。母上はね、フィル叔父さんがいない時は、フィル叔父さんと同じ年頃の人や若い騎士たちに無理を言う癖があるんだ。いつも申し訳ないよ」

「そうそう。ひどいんだよねー。でも、ハル伯母さんはいいところもあるよ？」

「ちょっと怖いけどねー。頭はいいんだよ！」

アルくんとリダちゃんも、小声でそんなことを言っています。

そうですか。

ハル様は、下の弟であるフィルさんをとても可愛《かわい》がっていたみたいですからね。

でも双子たちがこそこそ言い始めたので、間近で聞いてしまったお兄様の手が一瞬止まりました。

すぐにまた食事を続けましたが、私ではお役に立てそうもないようです。

お兄様、ごめんなさい。

……どうか頑張ってください。


心の中でお兄様に謝っていると、レイフォール様とは反対側にいるミレイナ様が、少しもじもじとしながら私を見上げました。

「……あなたのこと、ルシアって呼んでいい？」

「もちろんです」

「よかった！　私のことはミラって呼んでね！　あのね、アルたちに聞いたんだけど、ルシアはよく馬に乗るんですって？」

「はい。ミレイナ様……ミラ様も、よくお乗りになるのですか？」

「それなりにね。でも、もうすぐリダに追い抜かされそうだわ。あの子、とても活発だから」

「……私、乗馬は苦手。リダとアルには全然勝てないの」

今まで黙って食べていた末っ子のジルフィア様が、顔を下に向けたままボソリと言いました。

ジルフィア様と双子たちはお年頃が近いから、引け目に感じているのでしょうか。ちょっと心配してしまいましたが、よく見ると魚料理を真剣に食べているだけのようです。

時間はかかるけど、とても丁寧な食べ方につい見入っていると、ジルフィア様が顔を上げて控えめに笑いました。

「でもね、私はミラ姉様より木登りは上手なのよ！」

……木登り、ですか？

一瞬戸惑っている間に、ミラ様がため息をつきました。

「確かに、ジルは私より木登りが上手なの。私が不器用なのかしら。リダとアルは乗馬も木登りも、本当にとても上手なのよ。何度も見せてもらったけれど、あんなに簡単に木に登ってしまうなんて、すごいことよね！」

えっと……確かにすごい、かもしれませんね。あのお二人については、私の目から見ても「すごい」と思います。

でも、ミラ様は王族のお姫様。

少しくらい木登りが不得意でも大丈夫だと思います。

心の中でそっとつぶやいていると、ハル様がこちらを向きました。

「言っておくけれど、私の子供たちはロスの子たちほど暴れん坊じゃないわよ？　長男のレイは少し元気だけど。でもアルとリダほど酷《ひど》いのは、昔のフィルくらいなものですからね」

……そうなのですか。

ハル様のお話は唐突に、しかも意外な話題になるので、料理の味が瞬間的にわからなくなります。

フィルさんが言っていた通りです。

それはアルベス兄様も同じだと思うのですが、顔には何も出さずに黙々と食べ続けていました。

「知っているかしら。今でこそ大人の顔をして控えめにしているけれど、昔のフィルは本当に酷かったわよ。教授陣がロスにかかりっきりなのを良いことに、王宮中を走り回っていたのだから。比喩表現ではないわよ？　本当に隅々まで走り回っていたわ。しかもすばしっこいから簡単には捕まらなくて、近衛騎士たちは毎日長距離走をしているような状態だったのよ！」

……フィルさんが、今は控えめにしている？

いや、それより長距離走とは、どういう意味でしょうか。

近衛騎士と言えば、家柄が良い騎士ばかりと有名なはずですから、なんだかイメージが噛《か》み合いません。

こっそり首を傾げていると、ハル様は嬉しそうな顔をしました。

「ルシアさんは、私の憤慨している理由がわかってくれたようね！　そうなのよ、近衛騎士というと、とにかく見かけのいい人を揃えるものでしょう？　なのに、今は必ず第一軍から護衛が派遣されるようになっているの。王宮が暑苦しくなってしまったわ。あれは絶対にフィルのせいよ！」

ハル様の言葉に、私は王宮で見かけた近衛騎士の皆さんを思い出してみました。どの騎士もスラリとしていて過度に威圧的すぎず、品の良い美麗な人ばかりでした。

対して、ラグーレンで見慣れてきた王国軍の騎士の皆さんは……とても蛮族系です。

その中でも第一軍の騎士は精鋭揃いと言われています。実際、フィルさんを厳しい顔で連行したり、我が家の前庭で激しい訓練をしたりしていました。

確かに、近衛騎士とは雰囲気が全く違います。

ハル様の嘆きは理解できました。理解はできますが……。

「フィルだけではないわね。ロスがこっそり逃げ出すことを覚えた時も酷かったわ。真面目な子だったのに抜け道を覚えたのよ。きっとフィルが教えたのでしょうね。二人のせいで、全く関係のない私が怒られてしまって。本当に、今でも思い出すと腹が立ってしまうわっ！」

「姉上。そうは言いますが、あの頃は姉上だって、我らにいろいろと問題を押し付けて……いや、何でもありません。気のせいでした」

途中まで言いかけておいて、国王陛下は貼り付けたような笑顔で目を逸らしてしまいました。

……なんというか、微笑ましい姉弟の図ですね。

フィルさんが語ってくれた話なら、楽しく笑っていたと思います。でも……これは無理。

私はそっとアルベス兄様を見ました。

アルベス兄様は無言のまま、どんどん運ばれてくる料理を食べ続けています。私の視線に気付くと、そっと首を振りました。

何も言うな、ということでしょう。

わかっています。何も言いません。何も覚えて帰りません。

フィルさんの話に耳を塞いでいたお兄様の気持ちが、とてもよく理解できました。

ある貴婦人の懸念

――かわいい弟の話をしましょう。

私には弟が二人いる。二歳下のロスと五歳下のフィル。どちらもきれいな銀髪を持ったかわいい子。私の前では、少し緊張した顔をする素直な子たち……だったのは幼い頃だけだったわね。

上のロスは昔から要領がよくて、でもやんちゃな弟の面倒を見ようとしていたわ。成長してからも、面倒事を自ら引き寄せて解決してしまう出来のいい子だった。

自分のことを平凡だなんて言っているけれど、どこが平凡なのかといつも思っていたわ。自分の力量以上のものを抱え込んでしまう愚か者は多いけれど、どれだけ抱え込んでもさばいてしまう子は非凡というのよ。謙遜がすぎて、たまに腹が立つ子ね。

でも、優しい子なのは間違いない。フィルをいつも心から褒めているから。

そして、下の弟フィルは……不幸なほど非凡だった。

幼い頃から何でもロスの真似をする子だったけれど、全てを器用にこなして周囲を驚かせていた。鬼ごっこをすれば、同じ年頃の遊び相手たちでは誰も敵《かな》わない。ちょろちょろとすばしっこいから、大人の騎士たちが本気になって捕まえていたわ。

姿がないなと思ったら高いところに登っていて、ポーンと飛び降りてしまったこともあったわね。皆が青ざめて駆け寄ったのに、本人はけろりとしていて。あの時は心配した分、本当に腹が立ったわよ！　厳しく叱っていたら、お父様が「まあまあ、そのくらいで」と控えめに割って入って、うやむやになってしまったけれど。

……でも、本当の才能が明らかになったのは、もう少し大きくなってからだった。

あれは、フィルが六歳になる頃だったかしら。

「兄上！　ぼくもやりたい！」

他の勉強の時間だったはずなのに、フィルがなぜかロスの剣術訓練の場にやってきた。どうせ抜け出してきたのだろうけれど、隅でロスを真似て木剣を振り始めたのよ。

我が王家では乗馬は早くから学ぶけれど、剣術を学び始めるのは八歳になってからが一般的。だからフィルは本当に何も知らない状態で、軽く作った木剣をぶんぶん振り回してはころんと転がってばかり。剣術の師範は「相変わらずお元気ですね」なんて笑っていた。

当時は私も護身術を学ぶためにその場にいたから、姉として厳しく叱りつけようとしたのよ。なのに、ロスは嬉しそうな顔で私を止めたわ。

「せっかくフィルが見に来てくれたんですから、一緒にやりたいです！」

そう言っていつも以上にやる気を出していたし、やっと追いついた護衛たちも苦笑いをするだけだった。

でも……剣術の師範はだんだん真顔になって、食い入るようにフィルを見始めた。

どうしたのだろうと思ったら、深刻そうな顔でどこかへ行ってしまったわ。後になってお父様のところに報告に行ったのだとわかったけれど、控えていた近衛騎士たちが師範を唖然と見送っていたのを覚えている。

でも、あの子は本当に高い能力を持っていた。

剣術の師範が気付いたように、どんなに速い動きも、どんなわずかな動きも見逃さない目を持っていたのよ。だから師範たちの模範演技を正確に真似しようとして、筋力が足りなくて転んでいただけだったの。

成長するにつれて身体能力も高まっていったわね。それがまた人並を大きくはずれていた。お父様ではないけれど、乱世なら間違いなく歴史に名を残す活躍をしたことでしょう。

でも今は平和な世。小競り合いはあっても、全てを巻き込むような混沌の世界ではないし、個人の武の力だけで全てを解決できる時代でもない。

それでも「フィルオード第二王子こそ王に相応《ふさわ》しい」と主張する者たちが出てきてしまった。性格が穏やかな子だから、周りの過度な期待に戸惑うようになっていったわ。

だからでしょうね。天真爛漫《らんまん》な子だったのに、十代になった頃にはあまり笑わなくなっていた。野心的な大人だけでなく、普通に笑いかけただけで相手が目の色を変えることに気付いてしまったから。

あの子はたくさん悩み、無口になり、そしてまたよく笑うようになった。表情の薄い、王族らしいきれいな笑顔だったけれど。

騎士として軍に身を置くことを選んでからは、もう少し明るく笑っていたわね。それに、気を許した相手には昔のような笑顔も向けていた。

一方で、いつも愚か者であろうとして、それでも人目を引いてしまうことに悩んでいた。

そんな子だったから、お母様が亡くなった後は……特に痛ましかったわね。

本当に身を持ち崩すかもしれないと案じていたけれど、あの子はそんな壊れ方もできなかった。賢明なあの子は、軍を掌握すれば大抵の暴走を抑えられると気付いてしまったのでしょう。

とはいえ、軍は本当に居心地がよかったようね。

才能を存分に発揮して、あの子に心酔する騎士が増えていった。普段は国王に忠実な軍でしかないけれど、正直に言って、野放しにしているロスの呑気さが心配になったわよ。

そして——恋をかなえるために、フィルは自分の恐ろしい影響力を利用しようとした。

ロスは、初めて肝が冷えたそうよ。今さらね。


でも、今さらだったのは私もかしら。

情けないことに、私はフィルに恋の相手がいる可能性に思い至らなかったんですもの。

あの子は昔から様々な大人の野心を敏感に感じ取り、自分の笑顔の力を自覚してしまった。そのせいか、滅多に心を開かない子になっていた。

女性に騒がれるようになって、浮かれた愚か者のふりをしていたけれど、健在だった頃のお母様や心配したロスに「馬鹿な真似はするな」と叱られている時ほど穏やかな顔をすることはなかったわ。

……本当に馬鹿な子。

何人かの前ではよく笑っていたし、騎士たちの中にいる時は楽しそうにしている。でもそれだけ。

いつも気を張っていた。

だから、ロスは気を回していろいろな令嬢たちの肖像画を押し付けていたのに。

あの子が恋のために動いたと聞いて、とても驚いたわ。

目撃者はロスに忠実な近衛騎士だけだったから、なかなか詳しい話は聞けなかったけれど、ロスを何度も問い詰めて、やっと「軍を動かす」と言ったことを知ることができた。

……よりによって「軍を動かす」だなんて。聞き間違いかと思って、三回も聞き直してしまったわ。本当にびっくりしたわよ。

でも、それだけ本気なのでしょう。

だから危うさを感じたわね。恋に溺れて、ろくでもない女の囁き通りに動くような事態になってしまったら……あの子の持つ力は、悪用されても暴走しても危険すぎるのよ。

口の堅いロスから聞き出すのは諦めて、私はいろいろ調べたわ。誰よりも恵まれた資質を持つフィルは、少し不安定な子でもあるから。

でも、調べれば調べるほど、杞憂かもしれないと思うようになったわね。

あのアルベスくんの妹だから。

そして直接会ってみると……なんだか気が抜けてしまったわ。アルベスくんの妹は、完全にアルベスくんの妹だった。

本当に……それ以外に表現できないなんて、予想外にもほどがあるでしょう！

「ルシアさんのこと、とても気に入ったんだね」

ラグーレン兄妹を招いた家族だけの食事が終わり、いつもの私の部屋に戻ると、夫リオルが椅子を用意して温かい飲み物を差し出してくれた。私好みの柑橘《かんきつ》の香りのする薬草茶が、ちょうど今の気分にぴったりと合うカップに満たされている。

一口飲んでから、すでに気楽な服装になっている夫に目を向けた。

「リオル、あなたはルシアさんをどう見たかしら？」

「いいお嬢さんだね。しっかりしていて、裏表がなくて、ハルさんほどではないけど、なかなかにきれいな子だ。少し呑気なところもあるけれど、それがほどよく可愛らしい」

そう言ってから、リオルは首を傾げて少し考え込み、声を潜めながら言葉を続けた。

「実を言うと、フィルくんはもっと華やかで王家に馴染みやすい子を選ぶと思っていたんだよ。でもルシアさんを見ていると、フィルくんらしいお嬢さんを選んだなと思ったね」

そう言って微笑むけれど、相変わらずいろいろなことをよく見ているのね。

確かに私も、フィルはもっと打算的に結婚相手を選ぶと思い込んでいたかもしれない。王族の義務のためと割り切り、様々な思惑の中でも自分を守ることを知っている貴族令嬢を選ぶだろうと、漠然と考えていた気がするわね。

幸運なことにルシアさんはいい子だった。間違いなくアルベスくんの妹なのだなと確信してしまうような、生き生きとしているのに、野心とは無縁の子。

あの兄妹の祖父は野心家で食えない男として名高かったのに、その孫たちは呆れるほど無欲なのはどういうことかしら。

……ああ、でもルシアさんは、謙虚なようで意外に欲深い子なのかもしれないわね。

私の弟を手に入れたのだから。

「ねえ、リオル。あなたは、フィルが床に寝ている姿を想像できるかしら？」

「……なんだって？」

聞き返してくるリオルの微笑みが、少し強張っている。

そうよね。やっぱり想像できないわよね。

驚いてしまうのは私だけではなかった。そう思うとなんだか楽しくなって、私はカップをテーブルに置いて笑った。

「あの子、ラグーレンでは床に寝転がっているそうよ」

「床に？　それはどういう状況なのかな」

「心から寛いでいるのでしょうね。あの用心深い子が、誰かの前でそんな姿を見せるなんて……ふふ、面白そう」

「あのフィルくんが？　確かに騎士としてのフィルくんは少し豪快な雰囲気になるけれど、そういう姿とも違うのだろうね」

「畑仕事もするそうよ。ルシアさんの口ぶりでは、あまり上手ではなさそうだけれど」

「うーん、想像しにくいね。私が知っているのは、剣を持っているか、秀麗な姿で微笑んでいる姿だから」

「子供の頃のあの子が無邪気なまま大人になっていたら、きっとルシアさんの語るようなフィルになっていたのでしょうね」

少しも想像できないような、簡単に想像できるような……。

一人で笑っていると、首を傾げていたリオルがショールを肩に掛けてくれた。

「明日の予定も、すでに立てているのだろう？」

「ええ。念のために仕込んでいたのだけれど、ルシアさんは思っていたよりいいお嬢さんだったから、無駄にならずに済みそうよ」

「それはよかった」

小さく頷いたリオルは、私の就寝支度のために侍女を呼ぶ呼び鈴に手を伸ばし、でも途中で手を止めた。

いつも穏やかな目が、興味深そうに私を見ている。どうかしたのかしら。

「ハルさん、とても楽しそうだね」

楽しそう？　私が？

そうね、そうかもしれない。長年の懸念が、やっと良い方向に行き始めたところだもの。これから盤面をどう動かすべきか、いろいろ考えることがこんなに楽しいのは久しぶりよ。かわいい弟のために動くことは、姉として悪い気分ではない。

お母様が生きていらしたら、今の私と同じように笑っていたのではないかしら。その横で、お父様が諦めたようにため息をついたかもしれない。

二人とも優しいあの子のことをとても心配していたから……きっと安心していることでしょう。


そんなことを考えていると、呼び鈴を鳴らしたリオルが、いつの間にか目の前に立っている。どうしたのかと見上げると、柔らかく微笑みながら私の手を取った。

「生き生きとしているハルさんは、とてもきれいですよ」

そう言って、私の指先に口付けをする。

……侍女たちが入ってきたのはちょうどそんな時で、人目を少しも気にしない夫の姿に、若い侍女たちがまた目を輝かせてしまった。

3 お茶会

精神的に重かった高貴な方々との食事から一夜が明けました。

ぐったりと疲れてしまった分、よく眠れたようです。いつも通りの時間に目が覚めてしまいました。

外はまだうっすらと明るくなったくらい。

空が青い色になるのは、まだずいぶんと先です。

ラグーレン領にいる時は起き出して朝の準備をする頃合いですが、ここは王宮で、私はお客様。

早すぎる時間に動くべきではありません。かといって、二度寝をするには目が覚めすぎて、私は寝間着のままこっそりベッドを降りました。

カーテンを開けて外を見てみましたが、やっぱり外はまだ暗いです。

中庭を散歩するにも暗すぎるし……と迷っていると、隣の部屋のドアの開閉音が聞こえました。

隣の部屋には、アルベス兄様が泊まっています。

どうやら、お兄様もいつも通りの時間に目が覚めたようですね。

押し殺した気配を一瞬だけ感じたものの、すぐに廊下から消えてしまいました。どこかに行ってしまったようです。

そういえば、お兄様にとって王宮は古巣。

どこに何があって、どこなら体を動かすことができるかをよく知っているのでしょう。何と言っても、昨日はひたすら食べ続けていましたからね。しっかりと運動することには賛成です。

そんなことを考えながら窓の外を見ていると、遠くがかすかに賑やかになりました。よく聞いてみると、何となく覚えのある雰囲気です。

知り合いの騎士と出会ったのか、待ち伏せされていたのか、とにかくお兄様が騎士の皆さんに連れて行かれているようでした。

「……まあ、きっといいことよね」

私も体を動かしたいです。

でも、土地勘がない場所で出歩くには時間が早すぎるし……。

仕方がないので、部屋の中を歩き回りながら腕を大きく振って体を動かしていると、静かなノックが聞こえてドアが開きました。

「おはようございます。もしよろしければ、そろそろお目覚めに……あら」

ティアナさんでした。

ちょうど腕を上下に動かしていた私が振り返ると、珍しく驚いた顔をしていました。

「……ルシア様、何をしていらっしゃるのですか？」

「えっと、いつも通りに目が覚めてしまったので、体を動かしていました」

正直に答えると、ティアナさんはまた目を大きくして、でもふわりと笑ってくれました。

「お元気なようで安心しました。では、お目覚めになっているのなら、容赦なく準備に取り掛からせていただきますね」

……容赦なく、準備？

ティアナさんの言葉の文脈が見えません。

首を傾げると、ティアナさんがツカツカと歩いてきて、まだ閉まっていた別の窓のカーテンをパッと開けます。

そして、さっきより白く明るくなった空を背に微笑みました。

「今日はお茶会だそうです。しっかり磨き上げさせていただきます」

まるで戦場へ向かう指揮官のような、艶《あで》やかで決然とした顔でした。

物心ついた頃から、私は贅沢とは無縁の生活をしてきました。

でも、幼い頃はそれなりに豊かな生活だったと思います。それに、お父様が亡くなった後もフィルさんがいろいろ差し入れをしてくれたので、お茶を日常的に飲む習慣が途切れることはありませんでした。

だから、ラグーレン家に滞在する騎士の皆さんにお茶を振る舞っていますし、領民の代表者が来ている時にもお茶を出してきました。

でも、そうやって気楽にお茶を飲むことと、貴族の「お茶会」は全く意味が違います。……全く違うものらしい、ということだけ知識として知っています。

だから、ティアナさんが私に口を挟ませない勢いで肌を整え、髪を数人がかりで編み込みをしたり結い上げたりしているのを、そのまま受け入れていました。

でも、今日着るというドレスを見て、目眩《めまい》がしました。

「……このドレスを着るの？」

「これならば絶対に侮られることはないと、自信を持ってお勧めいたします」

ティアナさんは力強く頷き返してくれましたが……私は軽く頭を振ってから改めてドレスを見ました。

素晴らしいドレスです。

デザインはシンプルです。でも息を呑むような美しい布を使っていて、軽やかに揺れる裾には刺繍がありました。それでも軽く見えているのは刺繍に細い糸を使っているからでしょうか。

主張しすぎることのないレースもとても細かい模様を描き出していて、熟練の職人が手がけた最上級品のはずです。

細かく見ていくと唖然とするような芸術品が、普通のドレスの形を作っていました。

これもフィルさんの母君様のものなのでしょうか。

それにしてはデザインが新しいし、私にサイズがぴったりのように見えるのですが……。

「さすがフィルオード殿下でございます。ご多忙の中だったのに、完璧な組み合わせを選んでいますね」

「……フィルさん？　どういうことなの？」

「フィルオード殿下は北部へお戻りになる準備を進めている時に、並行して軍本部に業者を呼んで布や装飾品を選んだのですよ。私も同席させていただきましたが、ほとんど意見を申し上げるまでもありませんでした」

そういえば、フィルさんが王都に戻っている期間に、ティアナさんも何日かいなかったことがありましたね。

えっ？　その時にいろいろ見立ててくれたのですか？　それはつまり……。

「……もしかして、これは……いいえ、これも……？」

「はい。昨日の分も、ルシア様のためのドレスでございます。お召しになったお姿はフィルオード殿下が一番に見たかったはずですが、必要になるかもしれないからと仕立てを急がせていました。さすがご家族の性格を把握していらっしゃいます」

この、どう考えても恐ろしく高価そうなドレスが、私のドレス……。

急に動悸《どうき》がしてきましたが、ティアナさんは穏やかな笑顔のままです。

呆然としている間に着替えが終わり、私は昨日に引き続いてまた完璧な貴族女性になっていました。

「ルシア。ひどい顔になっているぞ。いい加減に慣れろ」

フラフラと歩いていたら、別室で待っていたアルベス兄様に笑われてしまいました。

でも、そういうお兄様の顔色もよくありません。

お兄様も、昨日とは違う華やかな服を着ていました。騎士たちとひと汗かいて戻ってきたところを捕まったのでしょう。

「お兄様だってとても素敵な姿なのに、顔色が悪いわよ。……それ、フィルさんの服なの？」

「たぶんな。あいつは王族だから必要以上に服を持っている。一度も袖を通さない服の方が多いくらいだ。そういう服は下賜という名目で騎士に振る舞われるんだが、フィルは背が高いから、あいつの服は騎士連中には人気があるんだ。……だが、ここまで手を入れてしまったら、これは俺がもらい受けるしかないんだろうなぁ……」

淡々と説明してくれていたのに、最後はため息を漏らしていました。

昨日から急ぎで調整をしたはずですが、とてもよく似合っています。質素な生活に慣れたお兄様の趣味ではないかもしれませんけど。

若いメイドたちが楽しそうに見ているのも、妹として誇らしいです。

……でも、どうしてお兄様まで着飾っているのでしょう。

「私、お茶会と聞いたんだけど」

「俺は何も聞いていない。なるほどな。お前を紹介するためのお茶会か。……いや、だったらなぜ俺がこんな格好をさせられているんだ？」

アルベス兄様は首を傾げていますが、どこか諦めたような表情がありました。

昨日から、お兄様はずっとこんな顔です。

永遠に続きそうだった食事攻勢は、ドートラム公爵がさりげなくアルベス兄様に話しかけて別のテーブルに呼んだことで終わりましたが……。

無性に申し訳なくなった時、前触れもなく部屋の扉が開きました。

入ってきたのは、侍女たちを引き連れた女性。背が高く金髪がとても華やかな王姉ハルヴァーリア殿下でした。

私たちが慌てて立ち上がる中、高貴な絶世の美女は私とお兄様をじっくりと観察して、それから華やかに微笑みました。

「二人とも、とてもいいわ。特にルシアさんはとてもきれいよ。ティアナは相変わらずいい腕をしているわね」

「光栄でございます」

ティアナさんが丁寧に頭を垂れました。その横顔はとても誇らしそうです。

ハル様はもう一度満足そうに頷いて、私の手を取りました。

「もう皆さんが待っている頃合いよ。行きましょう」

「あの……どこへ行くのでしょうか」

一応、そう質問してみました。

返事は期待していませんでしたが、ハル様は長い睫毛に囲まれた美しい青色の目をきらりと輝かせました。

「お茶会よ。今日は侯爵家以上の人たちだから、とても楽しいわよ。アルベスくん。あなたも来なさい。あなたの存在は、きっとあの子たちの毒気を抜いてくれるから」

「御心のままに」

お兄様は恭しく頭を垂れます。でも、顔を伏せながら深いため息をついていました。

……お兄様。いろいろごめんなさい。


連れていかれたのは、王宮の中央棟にある一室でした。

もっとも王宮らしい場所として知られる中央棟は、様々な行政機関が集まっています。同時に、即位式や舞踏会などに使われる広間もあります。

でも他にも様々な部屋があるようです。通り過ぎながら開け放った扉へ目を向けると、重厚な雰囲気の部屋もあれば、光がたっぷりと入る部屋もあります。

私たちが入った部屋は、柔らかい色彩の明るい部屋でした。そしてそこに集まる女性たちは、とても華やかな方々ばかり。

いかにも高位貴族出身の女性たちという感じで、どなたもとてもおきれいでした。持って生まれた顔貌など関係ありません。丹念に磨き上げ、着飾ることを当然とした女性はこんなに美しいのだと見惚れてしまいます。

そういう華やかな女性たちが、私をじっと見ていました。頭から足先まで値踏みしているようです。

でも、それはほんの一瞬のこと。

すぐに立ち上がり、まだ私の手を握っているハル様……ハルヴァーリア殿下に恭しい礼をしました。

「皆さん、楽にしてちょうだい」

ハル様は慣れた様子で微笑みました。

女性たちは頭を上げたものの、そのまま立っています。その中を、ハル様は私の手を引いて歩きました。

王姉殿下への敬意を示した女性たちの視線は、でも私に対してはまた探るような視線に変わります。

それはハル様が座るまで続き、ようやく皆様も座りました。

私が座ったのは、ハル様が座る長椅子のお隣です。

ずっと手を引かれていたので、自然にそうなってしまいました。そしてやっと手を離してくれたハル様は、私に親密そうに笑いかけました。

「ここに集まっているのは、とても良い人たちばかりなの。緊張する必要はないわよ」

そう言われましても。

私はかろうじて微笑みを返し、おそるおそる皆様に目を向けました。

我が国では、侯爵家は広大な領地を有します。そこから得る富は莫大で、独自の軍事力も保有しています。さらに、当主は王国軍の軍団長の地位に就き、王国の防衛に力を尽くす義務がありました。

ハル様は、この場にいるのは侯爵家以上と言っていました。だから、王族である公爵家の方々もいるのかもしれません。

……一応、家名と当主のお名前くらいは知っています。でも、そのご家族となると全く知りません。当然お顔も知りません。

あらかじめお茶会のことを知っていれば、出席する方々のことも学んでいたのですが……ハル様はそれすらも許してくれませんでした。

「今日は皆さんに紹介したい子たちがいるのよ。――アルベスくん、いつまでそこにいるつもり？入ってきなさい」

「………………はい」

笑顔のハル様に促され、一瞬の間の後にお兄様が入ってきました。

途端に、部屋の空気が揺れました。

声にならない微《かす》かなざわめきが広がったようです。

そんな中、アルベス兄様は開いたままの扉の前に立ち、表情を消して軽い礼をしました。

下級に分類される子爵とは言え、お兄様は独立した領地を治める当主。名目上、あれ以上頭を下げる必要はありません。例外はハル様やそのご家族のような上位の王族に対してだけです。

それでも、ここに集まった方々には静かな圧力のようなものがあり、場慣れしていない私は気を抜くと萎縮しそうになります。でもアルベス兄様は、内心でどう思っていようと、いつも通りの姿を保っていました。

「すでに知っている人もいるかしら。彼はアルベスくんよ。……私の弟と仲がいいラグーレン子爵、と言った方が通りがいいかもしれないわね」

「もちろん、ラグーレン子爵のことは存じ上げておりますよ。久しぶりにお見かけできて嬉しいですわ。……皆様も、そう思いますわよね？」

そう応じたのは、一番近くに座っていた女性でした。

ややふくよかな体型で、柔らかな笑顔がとても魅力的です。

でも皆様を見渡した時の目はどこか冷ややかで、見かけ通りの人ではないかもしれないと思ってしまいました。

「ハルヴァーリア殿下。そちらのお嬢さんも紹介してくださいませ。皆様、好奇心でワクワクしています」

「焦らしているのよ。だって、簡単に教えてしまったら面白くないでしょう？」

ハル様は艶やかに微笑み、それから少し眉をひそめました。

「アルベスくん。なぜそんな端に立っているの？　ここに来て座りなさい。いつまでも立ったままの人がいると、気が散ってしまうわ」

「いえ、私はここで十分……」

「ダメよ。椅子を用意してあげなさい」

ハル様が命じると、侍女が進み出て椅子を私たちの近くに置きました。

アルベス兄様がわずかに眉を動かしました。

でもすぐに無表情に戻り、ゆったりとした歩調で歩いてきます。そのまま座るのかと思ったら、用意された椅子を持ち上げて、少し離れた壁際に置いてしまいました。

「ちょっと、アルベスくん」

「どうか、ここでご容赦ください。……ご婦人ばかりの場にいるのは、荷が重すぎます」

「もう、仕方がないわね」

ハル様は呆れた顔をしました。

でも、それ以上は強いるつもりはないようです。黙然と座るお兄様をもう一度見やってから、私に向き直りました。

「では、こちらの子を紹介するわね。ルシアさんよ」

ハル様は皆様を見渡しました。

一人一人の目を覗き込むようで、皆様が緊張するのがわかります。何人かに対しては、ハル様は長く見つめたようでした。

「アルベスくんを見て、察してくれた方もいるかしら。ルシアさんはアルベスくんの妹なのよ。そして……私の弟フィルオードの『大切な人』なの。私も、ルシアさんのことは大好きになってしまったわ」

その言葉に、誰も口を開きませんでした。

静まりかえっているのは、ハル様の言葉の意味をはっきりと理解したからでしょう。様々な感情を、品の良い微笑みに隠しています。

私は息が詰まりそうなほど緊張していました。

でもハル様の目配せを受け、お腹《なか》に力を入れてゆっくりと皆様を見ました。冷ややかな視線も、面白そうな視線も、つまらなそうな視線も、全て受け入れなければなりません。

私は子爵家の娘。ここにいる方々が侯爵家以上のご出身なら、圧倒的に差のある下級貴族です。貴族社会での交流はほとんど経験がありませんし、美しいドレスにもまだ馴染めていません。

でも、ハルヴァーリア王姉殿下は同等の席を用意して、わざわざ親しさを強調した言葉で紹介してくれました。だから、たとえ本来の身分が下であっても、怖気付《おじけづ》いた顔を見せるべきではありません。

壁際のアルベス兄様は、心配そうな顔をしています。

女ばかりの部屋は居心地が悪いだろうに、それでもお兄様は堂々とした姿を保っています。ハルヴァーリア様に命じられたからこの場にいますが、何も言われなくても近くについてきてくれた気がします。

私は揺らがないアルベス兄様を尊敬しています。だから、お兄様を見習ってまっすぐに顔を上げました。

「ルシア・ラグーレンでございます。どうか見知り置きくださいませ」

怯《ひる》みそうになる内心を隠し、虚勢と自覚しつつも胸を張り、できるだけ丁寧に、でもあくまで非公式のお茶会という場に合わせた礼をして、皆様に微笑みを向けました。

部屋は静まりかえっていました。

私の心臓の音が響いているのではないかと心配になるくらいです。

そんな中、ハル様が静かに立ち上がりました。

「年上の人たちにはお話があるの。少しだけ向こうのお部屋へ来てくれるかしら？　でも、若い子はここに残っていてね。しばらく自由にお話をしてちょうだい」

「では、私は殿下のお供をすべきですわね。あなたはどうなさる？」

「私は若いつもりですけれど、殿下のお誘いは断れませんわ」

近くに座っていた年配の女性たちが、笑顔で立ち上がりました。

ハル様は私に意味ありげな目配せを送り、女性たちを従えて別の部屋へと移ってしまいました。

残ったのは呆然と見送ってしまった私と、ドア近くの壁際でじっと天井を見上げているアルベス兄様、それに後ろの席にいた私と年齢が近そうなご令嬢の皆様だけ。

ご令嬢たちは、扉がしっかりと閉まった途端にそっと顔を見合わせました。

それを見て、私の心臓がまた大きく弾みました。顔合わせのお茶会は、これからが本番のようです。

……そういえば私、同年代の同性は従妹《いとこ》のイレーナさんとしか話をしたことがありません。

急に不安になってきました。

こっそり手を握りしめていると、数人の令嬢が立ち上がり、すすっと寄ってきます。

空いたばかりの椅子に移ってきたのだと気付いた時、その中の一人が椅子をさらに移動して、私のすぐ近くに来ました。

上品なドレスがよくお似合いの、とても可愛らしい女性です。少しイレーナさんに似た雰囲気で、私はドキッとしてしまいました。

「ルシアさん、でしたわね?」

「は、はい」

緊張しながら頷くと、その令嬢はほんの少し身を前に乗り出しました。

「今、密かに噂になっているフィルオード殿下の婚約者とは、あなたのことなのね?」

やっぱり、よくご存知ですね。

さらに緊張を高めながら身構えましたが、その令嬢はきらきらとした目で私を見つめました。

「フィルオード殿下が、あなたとの結婚を認めてくれないなら駆け落ちする、と言ったというのは、本当なの？」

……え？

今、何と言いました？　……駆け落ち？

「あら、私が聞いている話と違うわね。お二人は、もう何年も前から婚約していたのでしょう？」

…………何年も前から？

私は困惑しながら、話しかけてきた二人の令嬢を見ました。

とても育ちの良さそうな方々です。そのお顔はとても明るくて、私の粗を探そうとしているようには見えません。それどころか、興味津々というか……好奇心いっぱいのお顔です。

何と答えようかと迷っていたら、まだ遠巻きにしていた令嬢の皆様が、わっとばかりに集まってきました。

「ルシアさんが、フィルオード殿下に愛人と手を切れと迫ったとうかがったわ。殿下は素敵な御方ですけれど、女性関係が華やかとも言いますし……その、大丈夫なの？」

「私、あなたをオーフェルス伯爵家の結婚式でお見かけしていたのよ。お二人とも背が高くて素敵でしたわ！」

「今日のドレス、殿下が直々にお選びになったんですって？　軍部にいる従兄《いとこ》からこっそり教えてもらいましたけれど、本当に素敵ですわね！」

ご令嬢の皆様は、興奮したように喋《しゃべ》っています。何というか……ここにいる方々は、思っていたより好意的？

それに、皆様の下には微妙に事実から遠い噂が流れているようです。

どう反応すればいいか……いいえ、正直に言いましょう。同じ年頃のご令嬢方の楽しそうな様子に圧倒されていました。

腕組みをしたお兄様が、妙に熱心に天井を見上げているのも納得です。

とりあえず、あまりにも真実から遠い噂だけでも否定しようと口を開きかけた時、壁際にいるお兄様が咳払いをしました。

途端に、ご令嬢の皆様が口を閉じます。

少し遅れて扉が開き、ハル様と数人のご婦人がまた戻って来ました。

私の周りに若いご令嬢たちが集まっているのを見て、ハル様は優雅に眉を動かしました。

「あら。あなた方、もうルシアさんと仲良くなれたかしら？」

「は、はい。もちろんですわ！」

「ちょうど今、フィルオード殿下とのお話を伺っていましたのよ！」

近くに来ていたご令嬢たちは、少し慌てたように立ち上がって席を譲ろうとしました。でもハル様はそれを断って別の椅子に座り、じろりと私を見ました。

「私もまだ詳しい話は聞いていなかったわね。とんでもない噂しか聞いていないというか。……フィルは、あなたと結婚できないなら軍を動かす、と言ったんですって？」

「……まぁっ！」

固唾を呑んで見守っていた令嬢たちは、一斉に歓声を上げました。

それを視線だけで黙らせ、ハル様はさらに言葉を続けました。

「王宮の舞踏会に、変装したフィルと一緒に参加していたという噂も聞いたわ。あの子は最近はずっと華やかな場を避けていたのに、本当にそんなことをしたの？」

「……はい」

事実なので、素直に頷きます。

途端に、またきゃーっという華やいだ歓声が上がりました。

「それから、もう一つ。……あなたにプロポーズをしたフィルが、アルベスくんに殴られたという話も本当なのかしら？」

ちらりと壁際を見てから、ハル様は声を潜めて聞きます。周囲の皆様も、静まりかえって私の反応を待っていました。

もちろん私も目撃してしまった事実ですから、私はためらいつつ頷きました。

「まあっ！　野蛮だわっ！」

「あの殿下に手をあげるなんて、なんて無礼で熱い方なのっ！」

今日一番の歓声が上がりました。

口では非難しているような言葉を言っていますが、ちらちらと壁際を見る目は輝いています。

「ねえ、ルシアさん。あなたのお兄様、誰か決まった方はいらっしゃるの？　今まで舞踏会でお見かけしたことがないと思うのだけど」

「そうよね。私は今日初めてお会いしましたもの」

「フィルオード殿下と同じくらいの年齢なのでしょう？　昔の噂は少し聞いたことはありましたけれど……前からあんなに素敵でしたの？」

「ルシアさんは、フィルオード殿下のことは何とお呼びしているの？　殿下？　フィル様？　それとも『あなた』とか？」

「あら、『あなた』は絶対に違うと思うわよ！」

ハル様の前ということを忘れたように、ご令嬢の皆様はきゃっきゃと笑って、とても楽しそうでした。


お兄様は二十六歳で、昔からずっと素敵だったと思います。

舞踏会から縁遠かったのは、借金返済のために領地経営に全力を尽くしていたためです。

もちろん、フィルさんのことを「あなた」と呼んだことはありません！

……というようなことを、少し控えめな表現でお話しすると、ご令嬢の皆さんはまた楽しそうに笑ってくれました。

若いご令嬢たちは、とても賑やかにおしゃべりをします。

お菓子を優雅につまみながら、時々、私とフィルさんのこととか、アルベス兄様のことをこっそりと質問してきました。

気恥ずかしいけど、何となく楽しいお茶会です。

少し肩の力が抜けました。

そんな私をじっと見ていたハル様は、お菓子をつまみに来たふりをして、私の耳元にそっと囁きました。

「ここにいるのは、好奇心旺盛で可愛らしい子ばかりでしょう？　でも高位貴族だから、味方につけると心強いわよ」

そう、なのでしょうね。

確かにお育ちが良さそうというか、恋物語が好きそうな、のんびりとした穏やかな方々ばかり。

正直に言うとほっとしています。

「それから、あなたとフィルの話だけど。きちんと正しい噂を流してあげるから安心しなさい」

王姉ハルヴァーリア様はそう言って、近くの年配のご婦人方を目で示してから悪戯っぽく片目を閉じました。

◇　◇　◇

王宮でのお茶会を無事に終え、ラグーレンに戻った私宛に、新たなお茶会への招待状が続々と届き始めました。

やっと終わったと気が抜けていた私は、その数に戸惑うばかり。でも、アルベス兄様は驚いた様子はなく、うんざりとため息をついただけでした。

「もしかして……予想していたの？」

「ある程度はな。今まで全て断っていたのに、俺たちが王宮に赴いたのが知られたのだろう」

それはあると思います。

でも、すでにいろいろな噂があるようなので、先日のハル様のお招きはきっかけにすぎないかもしれません。

私は途方に暮れてテーブルに並ぶ招待状を眺めました。

以前から、少しずつお茶会のお誘いは来ていました。でも、今回の招待はもっと本式というか、見るからに家格が高そうです。

これもお断りしていいのでしょうか。そうだったらいいな……。

でも私の期待を裏切り、アルベス兄様はいくつかを取り分けて、ティアナさんに見せていました。

「……あの、お兄様？」

「これとこれは出席しよう。こちらは……まあ、余裕があれば、かな」

「え、ちょっと」

「気は進まないが、最初は俺も一緒に行くつもりだ」

「待って。もしかしてお茶会に出席するの？　そんな余裕は……！」

「残念ながら、お前のドレスは山のようにあるそうじゃないか」

慌てていると、お兄様にため息をつかれてしまいました。

「フィルが張り切って用意しているのなら、逃げられないぞ。全てに出る必要はないが、王姉殿下から、最低限は顔を出すようにと言われている」

「で、でも……」

「ただ、俺もずっとは同席できない。以前お会いしたご婦人方が一緒にいてくれるはずだ。それでもたちの悪い人はいるだろうが、あからさまなことをすればすぐにあの方が動くだろうから、まあ少しの我慢だろう」

あの方とは、ハルヴァーリア様のことですか？

それに、動くというのは……。

「あの方は、人を動かして潰す。陛下は潰した後のことまで考えるから滅多に動かないんだが、王姉殿下は後始末を陛下に丸投げする分、躊躇《ちゅうちょ》も容赦もしないんだ」

やはり怖い御方なんですね。

でも、後始末の丸投げは良くないと思います。絶対に、面と向かって申し上げることは無理ですけど！

私の心の声を理解しているのでしょう。アルベス兄様は苦笑を浮かべました。

「とはいえ、ルシアに過度の悪意を向けた相手は、今後はフィルも絶対に許さないだろうからな。王姉殿下が動く方が被害は小さいと言えなくもない。あいつは本気で軍を動かしかねないから」

「……そういう問題なの？」

「そういう問題だ。俺も理解はできないから、ルシアをそんな世界に置きたくなかったんだ」

お兄様はため息をつき、それから私に笑いかけました。

「招待に応じる時は、前日から王都のフィルの屋敷に行きなさい。ティアナ殿に任せれば、身支度で困ることはないだろう」

「はい。全てお任せくださいませ」

ティアナさんは、私に微笑みながら頷いてくれました。

安心できるし、信頼もしていますが……でもやっぱり私には荷が重いです。

「……うまくやっていく自信はないわ」

「気負いすぎるな。なるようにしかならないぞ」

アルベス兄様は励ましているのか、慰めているのか判断に迷うことを言って、でもすぐにまた深いため息をつきました。

◇　◇　◇

私は質素な生活しか知りません。

貴族に相応しいドレスだって、あまり着たことがありませんでした。

そんな私が、王国軍の中枢をなす名門貴族モルダートン侯爵家のお茶会に出席するなんて、以前なら想像もできなかったでしょう。

万全を期すために、私とお兄様は前日から王都にあるフィルさんの屋敷に泊まりました。許可をもらっているとはいえ、フィルさんの留守中にお邪魔していいのでしょうか。

でも屋敷の使用人たちは、ごく自然に私を受け入れてくれました。

いろいろ気を配ってもらって、とても快適に過ごせたのですが……緊張で夜はほとんど眠れませんでした。

翌朝、寝不足気味な私を見て、ティアナさんは一瞬だけ困った顔をしましたが、すぐにいろいろ手を尽くして完璧に装ってくれました。

準備を終えてぼんやりと居間で座っていると、きっちりと装ったお兄様が入ってきました。

貴族にしては簡素すぎる服はいつもと同じです。でも合わせている小物は見慣れないもので、模様に溶け込むように宝石が輝いていました。

「アルベス兄様、その飾りはもしかして……」

「ああ、フィルの物を借りている。お前と釣り合いが取れないと言われると、俺も断れない」

そう言いながらため息をついています。どうやらティアナさんの指導が入ったようですね。

でも、襟元に輝く飾りは控えめですが品がよく、差し色として使っている薄紫色もよく似合っています。

やっぱりお兄様のダークブロンドは、華やかな装いをするととても映えますね。

「お兄様、とても似合っているわよ」

「ありがとう。お前もそのドレスはよく似合っている。寝不足のクマも隠してもらえたようだな」

……お兄様には、眠れなかったことがバレていたようです。

一瞬動揺した私に、お兄様はいつも通りの笑顔を向けてくれました。

「今日は俺も一緒だし、訪問先は先日お会いしたご令嬢の家だ。他の招待客はよくわからないが、モルダートン侯爵家の方々はお前に好意的だと思う。気楽に行こう」

「そうね。お兄様が一緒だし、きっと大丈夫よね！」

私がそう言うと、でもお兄様は曖昧な笑顔になってしまいました。

どうしたのだろうかと思いましたが、馬車の準備ができたとの知らせが来て、話はそこで途切れてしまいました。

馬車は滞りなく進み、目的のモルダートン侯爵家のお屋敷のある区画に入りました。

侯爵家ですから、当主は軍の高官のはずです。でも先日お会いしたご令嬢は、おっとりとした雰囲気のとても可愛らしい女性でした。確か、従兄様が軍本部にいるという話だったかな。

先日の会話をよく思い出しながら、心構えをして、最後に深呼吸もして……と心の準備をしていると、お兄様が少し笑いました。

「ルシア。実は、俺もこういうお茶会は久しぶりなんだ。たぶん親父《おやじ》に連れられていった頃以来かな。それに、俺は元々こういう華やかな場は得意ではない」

うん、それはそうでしょうね。

騎士時代はそういう時間がなかっただろうし、子爵位を継いでからは、ずっと忙しかったですから。

「だからというわけではないが、何かまずいことが起きそうになったら、俺はお前のドレスにお茶をかけるつもりだ」

「……お茶を、ドレスに？」

お茶をドレスにこぼすのは、意地悪な方々のすることではないの？

よりによって、お兄様が私のドレスにかけるの？

それに、何かまずいことが起こりそうになったらなんて、いったいどういう事態を想定して……

あ。

「……もしかして、居心地が悪い展開になりそうだったら、わざと私のドレスを汚して中断させる、ということなの？」

確かに、お兄様がお茶をこぼすなんてしたら、その場の空気が変わってしまうでしょうね。

想像しただけで、血の気が引いていきます。

なのにアルベス兄様は襟と袖口を整えながら、ニヤリと笑いました。

「荒っぽい汚れ役なら任せてくれ。ただし、他家のご婦人のドレスを汚すと大変だから、お前のドレスを狙うぞ。水があれば水にするが、ティアナ殿に叱られる覚悟はもうできている」

「でも、そんなことをしたらお兄様の評判が……」

「気にするな。騎士あがりの俺に、誰も期待はしていない」

それは……確かに騎士の方々は蛮族だらけですが。

アルベス兄様のことは、かなり期待されていると思いますよ？　特に若い女性たちは。

でもお兄様の気持ちは嬉しいです。

だから汚名覚悟のそんな最終手段に出なくてもいいように、私がしっかりしなければ。

……うん、きっと大丈夫です。やっと落ち着いてきました。ハル様にお招きを受けた時に比べれば、全然問題になりません！

招待状にあった時間に合わせて、モルダートン侯爵邸に到着しました。

でも、案内された部屋には、すでに大勢の人がいるようです。

もっと少人数でこぢんまりと催されるものだと思い込んでいたのに、豪華な広間に、三十人から四十人くらい集まっています。そのほとんどが女性で、男性は少しだけ。年齢層はいろいろです。

私と年頃が近い方もいれば、年配の方もいました。

「……私たち、時間通りに来たはずよね？」

「貴族は物見高いものだ。さあ、入るぞ」

アルベス兄様はこういう事態も予想していたのでしょうか。平然としていました。さすがの腹の据わり方です。

改めて尊敬の念を強めた私は、深呼吸をしてから部屋の中へと足を踏み入れました。

その瞬間、全員の視線が集まるのを感じました。

室内が静まり返ります。

緊迫した空気の中、でも私は思ったより落ち着いていました。ハル様に見据えられた時を思えば、このくらいはなんでもありません。

それに、こういう好奇心と敵意の混じった視線を受けるのは二度目です。一度目はゴルマン様とイレーナさんの結婚式で、あの時はフィルさんが一緒でした。

今日はアルベス兄様がいてくれます。何も恐れるものはありません。ごく自然に微笑みを浮かべることもできました。

途端に、張り詰めていた空気が一瞬緩みます。そして、そのタイミングでアルベス兄様が室内に入ってきました。

緩みかけていた空気が、またざわりと揺れました。私に集中していた視線が、アルベス兄様にも向いたようです。

一時的に圧力が減ったその間に、私は室内に目を巡らせました。すぐに笑顔で立ち上がった令嬢を見つけて、そちらへ足を向けました。

「ようこそ、ルシアさん！　来ていただいて嬉しいわ！」

モルダートン侯爵家のご令嬢であるナタリア様は、とても親しげに私の手を両手で握ってくれました。

記憶にある通りの、柔らかな垂れ目がとても可愛らしくて美しいご令嬢です。

背後に控えている大柄で姿勢の良い若い男性が、軍本部にいるという従兄様なのでしょう。

「人が多くて驚いたでしょう？　ラグーレン子爵がお見えになるとわかったら、従兄のサイレスがどうしても来たいと言い出したの。そうしたら、どこから聞きつけたのか、サイレス目当てのお客様まで増えてしまいましたわ。気心の知れた女子だけの、気楽なお茶会にしたかったのに」

「私は謝らないぞ。ラグーレン子爵には、一度お会いしたいと思っていたからな」

優雅なお姿のサイレス様はそう言い放ち、私への挨拶もそこそこに、お兄様に満面の笑みを向けました。

「第一軍に所属しているサイレスです。我らの間でも、ラグーレン子爵の噂はいろいろ広まっていますよ。こんなお茶会は退屈でしょう。どうです、庭で軽く剣の手合わせをしませんか！」

……あ、この方、優雅なお姿をしていますが、蛮族ですね。

お茶会の場でこういうお誘いは、さすがにどうなんでしょう。お兄様にはとても魅力的な文言だと思いますが……それにこれ、絶対に「軽く」では終わらない話だと思います。

「もう、これだから『騎士は野蛮だ』なんて言われるのよ。今日はお茶会に来ていただいたのだから、自重してくださいな」

ナタリア様は呆れ顔で、でもぴしりと言いました。

さすが武門のご令嬢。ふんわりとしているようで、軍人の扱いには慣れています。サイレス様は少し慌てたように口を閉じて、大人しく引き下がりました。

「さあ、こちらにお座りになって。ラグーレン子爵も。お菓子は何がお好みかしら。今日は面白いお茶を用意していますのよ」

ナタリア様は、笑顔で私の手を取って席に案内してくれます。

でも、私を柔らかく椅子に座らせた時、さりげなく耳元に顔を寄せました。

「私のそばなら、嫌な思いはしないと思いますわよ。だから、しばらくは気楽になさって」

そう囁き、でもすぐに首を傾げてアルベス兄様を振り返りました。

「でも……ラグーレン子爵はどうしようかしら。目の色が変わっている方々がいますわね。いろいろご紹介した方がいいかしら？　放っておくと、私の従兄が独占してしまいそうなんですもの」

私もナタリア様が見ている方向へ顔を向けました。

騎士そのもののような良い姿勢で立っているアルベス兄様は、確かに注目されています。

今日もお兄様はとても素敵ですから、当然だと思います。

その上、お兄様に笑顔で話しかけているのが、とても優美な服をさらりと着こなすサイレス様です。

サイレス様は、いかにもご婦人方の注目の的になりそうな華やかな男性。二人が楽しそうに談笑している姿は、妹の贔屓目を差し引いても目立っていました。

でも、ただ目立っているだけではない気がします。熱心すぎる女性たちが、ちらほらといらっしゃるような……。

「……もしかして、兄も、それなりに知られているのでしょうか」

「ラグーレン子爵は騎士だったのでしょう？　私はよく知らないけれど、少し上の世代にはちょっとした有名人だったそうよ。ふふふ、あちらの方々なんて、興奮して立ち上がっているわね」

ナタリア様がひっそりと示したのは、お兄様と同じくらいの年齢か、それより少し上くらいのご婦人方です。既婚のようなのですが、頬を染めている姿はごく若い娘のようでした。

「あの二人、本当に目立っていますわね。今日はルシアさんの顔見せのつもりでしたのに。一応、覚悟は必要だとは思いますけれど、あまり心配しなくてもいいかもしれませんね」

私は、お守りするつもりですけれど。

そう言って微笑んだナタリア様はとても楽しそうでした。


しばらく気を落ち着けながらお茶をいただいてから、私はナタリア様のご挨拶のお供として部屋を歩いて回りました。

だいたいの方は、私にも笑顔を向けてくれました。

でも、全ての方々が好意的だったわけではありません。今、ナタリア様とにこやかにお話をしている品の良いご婦人は、私の存在が見えていないかのように振る舞っていました。

居心地の悪さをなんとかやり過ごしていると、ご婦人が私に目を向けました。まるで初めて私がこの場にいることに気付いたように、目を大きくしています。

もちろん、そんなことはないはずです。でもそのご婦人は、抜け目のない表情を穏やかそうな微笑みに隠して首を傾げました。

「ナタリアさん、そちらのお若い方はどなたかしら？　初めてお見かけした気がします」

「もちろん、初めてだと思いますわよ」

ナタリア様は、ほんわりと微笑みます。そして緊張している私の肩を抱くように前に押し出しました。

「こちらはルシアさん。ラグーレン子爵の妹さんです。最近ご縁ができて、仲良くなりましたのよ」

子爵と聞いた途端、そのご婦人は緩やかな微笑みを浮かべました。とても和やかなようで、でも私を見上げた時の目はとても冷たいものでした。

オーフェルス伯爵家で、こういう視線をよく向けられていたのを思い出しました。だから……そういうことなのだと思います。

「まあ、そうでしたのね。道理で一度もお見かけしたことがないと思いました」

だいたい予想通りのことを言いながら、私の手や肌に視線を向けているようです。ドレスもじろりと値踏みされました。

垣間見える冷ややかさに、背中に水をかけられたような気分になります。でも、今は肌は荒れていないし、ドレスもフィルさんが選んでくれたもの。劣等感にうつむく必要はありません。

それに、当て擦りなら慣れています。ここに集っている方々の中で圧倒的に格下の子爵家の人間であることも事実ですから、今さら傷付くこともありません。

作法が足りていないのは、まだこれからの課題でしょうか。

そんなことを考えていると、急に別の女性がぐいっと割り込んできました。

「失礼しますわね。……今、ラグーレン子爵の妹さん、とおっしゃいましたわよね？」

突然現れた女性は、二十代の半ばくらいに見えました。驚くご婦人を無視して、しげしげと私を見つめます。

ナタリア様は「あら」と小さくつぶやいて面白そうな顔をしました。

でも割り込んできた女性は、そんなナタリア様の視線にも、ドレスや肌にも全く興味はないようです。私の顔を真剣に見ていました。

「あ、あの……？」

「アルベス様――いえ、ラグーレン子爵には年の離れた妹がいると聞いていましたけれど、あなたのことですのね？」

……えっと。

今、アルベス様、と言いました？

どう見ても伯爵家以上のお家柄の女性なのに、なぜお兄様に「様」をつけているのでしょう。

戸惑っていると、同じ年頃か少し若いくらいの別の女性が、すすっと寄ってきました。

「やっぱりあの方の妹さんなのね！　目の色が一緒という噂ですけれど、あの、ラグーレン子爵もそういうきれいな緑色なの？」

……えっ？

アルベス兄様はそこにいるから、目の色は直接見に行けますよね？

これも、高度な当て擦りなのでしょうか。

一瞬混乱しましたが、私はかろうじて微笑みを保ちながら答えました。

「目の色は、兄と同じだとよく言われています」

「まあ、そうなのね！　よく見ていいかしら。本当にきれいな緑色ね！　お顔立ちも、少し似ているわよね！」

「ちょっと、あなた、近すぎて失礼ですわよ！　でも、背が高くていらっしゃるのはお兄様と一緒なのね。ご両親も背が高かったの？」

「……父は普通くらいだったと思いますが、母は背が高かったと聞いています」

「あなたの髪が黒いのはお父様譲りかしら？　確か、オーフェルス家に嫁いでいる従妹の方がお兄様と同じ色の髪でしたわね」

「あのダークブロンド、とてもきれいですわよね。私もあの色に染めてみようかしら！」

私より年上の女性たちが、なんだかとても楽しそうにはしゃいでいます。

……この感じ、似たものを知っています。

私のことを「妹ちゃん」と呼ぶ騎士の皆さんのようです。だからたぶん、私に興味があるというより、アルベス兄様に興味があるのだと思います。

でも、この熱意はいったい……。

圧倒されて言葉を挟めずにいると、最初にナタリア様とお話をしていたご婦人が呆れたように、でも少しわざとらしいため息をつきました。

「はしたないこと。あなた方、小娘のようですわね」

「あ、あら。でもラグーレン子爵は、騎士の中では有名な方でしたのよ！」

「その通りですわ！　とっても凜々《りり》しくて、高貴な方々からも信頼されていて、でも少しも鼻にかけていないところが素敵でしたのよ！　それに……！」

さらに続きそうだった反論は、年配のご婦人の小馬鹿にしたような微笑みを前に途切れてしまいました。

「所詮、ただの騎士ではありませんか。それに、もう昔の話なのでしょう？」

「そ、それはそうですが……」

「今も、とても素敵な殿方だと思いますわ……」

二人は目を逸らしながら、まだ口の中でもごもごと主張しています。

どうやら、お二人は騎士時代のお兄様をよく知っているようです。機会があったら、お兄様の騎士時代の話を伺ってみたいな……と思っていると、黙って見ていたナタリア様がおっとりと微笑みました。

その笑みに何を感じたのか、年配のご婦人は小さく眉を動かしました。

「……ナタリア様、急にお笑いになって、どうしましたの？」

「ふふ。なんだか面白いと思いましたの。だって皆様、私がルシアさんをお招きした意味を少しも気にしていないようですから」

「………まあ」

含みのある言葉に、年配のご婦人が不快そうに眉を動かしました。

ナタリア様は柔らかいのに、どこかヒヤリとした目をしています。でも私を見た時だけは、とても親しげな表情でした。

「昨年、オーフェルス伯爵家で結婚式がありましたでしょう？　私は出席しなかったけれど、その時のルシアさんが、どなたとご一緒だったか……ご覧になった方は多いと思っていましたわ」

ナタリア様の言葉に、チラチラと私たちを見ていた隣のテーブルのご婦人が大きく頷きました。

「まだ正式にお話がある段階ではないようですが、いろいろ順調に進んでいるようでしてよ」

そう続けたナタリア様はふんわりと微笑み、私の左手に視線を向けました。

年配のご婦人は、眉をひそめて私に改めて目を向けました。髪、首飾り、ドレスと見ていきます。

さらに、今までの癖で少し隠すようにしていた左手にも目を落として……突然、ガタンと音を立てて立ち上がってしまいました。

「あら、どうなさいましたの？」

ナタリア様がおっとりと首を傾げました。

でもその目はとても楽しそうで、見かけよりも苛烈な本質を垣間見た気がします。

立ち上がった年配のご婦人は、硬い顔で私を見つめました。でも何も言わずに部屋を出て行ってしまいました。

「あの方、どうしたのかしら」

「ご気分が悪くなったのなら、様子を見に行った方がいいのでは……」

こそこそと囁き合っているのは、騎士時代のお兄様を知っているらしい女性たち。ナタリア様は何事もなかったように微笑み、近くの椅子に座りました。

「きっと、急用を思い出したのでしょう。追いかけるのは無粋ではないかしら。さあ、ルシアさんもこちらにお座りになって。それからね、こちらの方々は武門の男たちの言動を広い心で理解してくれるから、私も気楽にお話しさせていただいているの。きっとお話が合うと思いますわよ」

ナタリア様の紹介に合わせ、二人のご婦人は親しげに笑ってくれました。


モルダートン侯爵家のお茶会は、その後はおおむね和やかに終わりました。

ほっとしてラグーレンに帰り着いた翌朝、お兄様は次のお茶会の招待状を私に押し付けてきました。

「次は、ここに行くといいだろう。お前と親しげに話していた方の家だ」

うんざりしながら招待状を受け取った私は、家名を見て思わず姿勢を正してしまいました。

確かにこの家の方とお話をさせていただきました。……主に、アルベス兄様の話を。一方的に熱く語っているのを、ただ拝聴していただけだったかもしれません。

「……お兄様も一緒に行ってくれるの？」

「いや、俺は行けない。まあ、ナタリア嬢が出席するそうだから、大丈夫だろう」

お兄様は、とても気楽にそう言いました。

ラグーレン領はお兄様がほぼ一人で回していますから、いつもいつも離れるわけにはいかないのはわかっています。

品のいい腹の探り合いの場は気が休まらないでしょうし、女性の視線に疎いお兄様ですから、ラグーレンで働く方がいいのはわかります。

でも……お兄様もお茶会に出て、女性の皆様に挨拶をしてもいいのではないでしょうか。

特にこちらのカレード伯爵家には、大変に熱心なお兄様のファンがいますから。

「ねえ、お兄様。せっかくの機会だから、できるだけ一緒に行きましょうよ。いいご縁があるかもしれないわよ？」

私への風当たりが瞬間的に弱まるとか、そういう下心を差し引いても、お兄様はもっと華やかな場に出るべきだと思います。

でもお兄様は一瞬とても嫌そうな顔をして、それから表情を取り繕って首を振りました。

「俺には仕事があるから無理だろうな。残念だ」

きっぱりと言い切ったお兄様は、もちろん全く残念そうには見えません。

うん、まあ、そうですよね。お兄様ですから仕方がないけど……。

あの賑やかな方々の落胆顔が思い浮かんで、私はため息をついてしまいました。

◇　◇　◇

二週間後、私はカレード伯爵家のお屋敷を訪問していました。

着いた途端に先日お会いした女性たちに熱烈に迎えられて「あら、ラグーレン子爵はいらっしゃらないのね」と残念そうにつぶやかれてしまったのは想定内です。

「やっぱり騎士だった方には、お茶会は退屈すぎるのかしら。ピクニックにお誘いしたら来てくれると思う？」

そんなふうに真剣に相談されてしまうのも……いや、ピクニックは考えていませんでした。

「申し訳ありません。その、兄は忙しいので……」

心から謝罪しながら、つい言葉を濁してしまいます。

でも「騎士だらけのお茶会なら来ると思います」とか「お茶会ではなくて馬の品評会にしたら喜んで来るかも」なんてことも申し上げにくいです。騎士の気質には詳しい方々ですから、きっと理解はしてくれるでしょうけど……。

心苦しく思いながらお詫《わ》びして、奥の部屋へ向かおうと歩きかけ、ふと廊下の端にある絵に気付きました。

「あの絵は？」

「あら、後で教えてあげようと思っていたのに、ルシアさんはもう気付いたのね。あれはラグーレンでしてよ。祖父が気に入ったようで、よく訪問していたそうなの。あの絵も祖父が描いたものよ。よかったらご覧になって。そして次は絶対にアルベス様……ラグーレン子爵にも見ていただきたいわ！」

主催のご婦人が熱心に言ってくれたので、私は先に絵を見させてもらいました。

廊下の壁を飾っているその絵は、素人の趣味の範囲を超えたとても美しいものでした。

たぶん、かつての夏用の屋敷から見た光景なのだと思います。

パステルで薄く色をつけただけなのに、浮かび上がるようにラグーレンの風景が描き出されていました。

「……初夏か、暑くなる少し前くらいかな」

ひんやりとした冬ではなく、草木が若葉を出し始める春でもない。もう少し賑やかで、緑がより鮮やかになって、羊たちの毛を刈り始める頃。

この絵を描いた方は、きっとこの季節がお好きだったのでしょう。静かな、でも確かな愛情を感じさせる温かい絵でした。

どれほど見入っていたでしょうか。

少し離れた広間から、滑らかな弦楽器の音色が聞こえてきました。

今日はお茶会というより、先代当主の奥様が援助をしている音楽家たちの演奏会なのだそうで、新しく作曲されたものが披露されると聞いています。こんなところでぼんやりしている場合ではありませんでした。

急いで広間へ向かおうと振り返り、でも私は足を止めてしまいました。

廊下に、私以外にも人がいました。

ほっとするより、困惑が先に出てしまいます。なぜこの方々は道をふさぐように立っているのでしょうか。

美しいドレスを着て、高価な宝石を身につけたご婦人たちです。初めてお会いする方々ばかりのようですが……。

じろじろと見られながら戸惑っていると、ご婦人たちがちらりと目を見合わせました。

「子爵家の方がお見えになると聞いて、一体どんな方かと思っていたら……この違和感、もしかしてお育ちがにじんでいるのかしら？」

「あら、笑っては失礼ですわよ？　なりふり構わずに高貴なお方の心を射止めた、とても実行力のあるお嬢さんですもの」

「そういうあなたも笑っていましてよ！」

　くすくすと笑う声が静かに広がりました。

　女性たちは、二十代から三十代くらいに見えました。群を抜いて素晴らしいドレスを身につけた女性が中心人物のようです。笑っている女性たちは取り巻きの方々なのでしょう。

　周囲は品のいい笑顔ばかりなのに、背筋が冷たくなるような空気です。

　間違いなく、悪意が向けられていました。

　まるでオーフェルス伯爵家を訪問した時のような、いいえ、それ以上の直接的な嘲笑でした。

「王宮舞踏会で目立ったご令嬢がいたという話は聞いていましたけれど、まさか子爵家の方だったなんて。驚きましたわね！」

「そんなに驚いてしまうのは気の毒ですわよ。とっても低いお家柄ですもの。慎みなんて無縁にお過ごしだったのでは？　常識も知らないみたいですし、きっとお苦しい状況だったのでしょうね。大変ですわねぇ！」

「先日は侯爵家に潜り込んでいたそうよ。そして今日は伯爵家。ずいぶんと上流に出入りしていますこと。でも、さっさとお帰りになるべきでしてよ？　張り切りすぎると恥をかきますわよ」

「あの方に優しい言葉をかけていただいて、舞い上がっているのでしょうね。でも所詮は毛色を変えた遊び相手でしか……あら、これは言いすぎになるかしら」

　女性たちは、楽しい冗談を言い合っているように笑いました。

でもその目は冷ややかで、私が身につけた全ての物を見ていますし、あらゆる仕草を見ていました。

もし私がおかしな行動をとれば、あの優雅な微笑みのまま、食い尽くすように嘲笑されるのでしょう。

……でも、私はこのくらいで臆するほど気が弱くはありません。

しっかりと床を踏み締め、お腹に力を入れ、ゆっくりと呼吸をしてから目を上げました。

悪意を向けられることは覚悟していました。一方的にあげつらわれることも、嘲笑混じりに値踏みされることにも慣れています。

それに、どんな悪意を向けられようと、国王陛下の穏やかなのに心の中を見透かすような視線ほど怖くはないと思います。

でも、フィルさんがここにいたら――冷たい目のまま微笑んで、恐ろしい言葉をさらりと口にしたかもしれませんね。

……うん、フィルさんやアルベス兄様が一緒にいなくてよかった。私一人の時でよかったです。

少し肩の力が抜けた私は、ごく自然に微笑みを浮かべることができました。

「皆様には初めてお目にかかります。ルシア・ラグーレンと申します。どうかお見知り置きくださいませ」

丁寧に、でも必要以上に卑屈になりすぎない礼をしました。

ゆっくりふた呼吸をしてから顔を上げると、女性たちが戸惑ったような顔になっていました。でも、中心の女性だけは不快そうに顔をしかめています。

名乗ってくれなければ、話しかけることができません。かと言って、身分が上の方を無視して立ち去ることもできません。

どうしたものかと考えた時、軽やかな足音がしました。

「……ねえ、もしかしてルシア？　やっぱりルシアね！　あなたに似た人を見かけたから、もしかしてと思って抜け出してきたのよ！　今日のドレスもとても素敵ね。あの方に選んでもらったのでしょう？　本当にセンスがいいお方よね！　……あ」

女性たちの間をすり抜けて、小柄な女性が駆け寄ってきました。

私が反応する前にぎゅっと抱きついて、それから初めて周囲の女性たちに気付いたように慌てた顔になりました。

ダークブロンドに空色の目の、小柄な女性です。

イレーナさんでした。

可愛らしい顔に戸惑うような表情を浮かべ、中心の女性に丁寧に礼をしました。

「ロッサー侯爵夫人、失礼しました。昔から仲のいい従姉妹《いとこ》を見かけてしまって、嬉しくてつい……。お話の途中、でしたよね？」

申し訳なさそうな顔をしています。

でも、イレーナさんがそんな見落としをするわけがありません。

……もしかして、私を助けにきてくれたのでしょうか。

イレーナさんが？

少し混乱している私の手を取り、イレーナさんはにっこりと笑いました。

「皆様も、ルシアにあの方のお話を聞きたかったのでしょう？　それとも、この指輪を見せてもらうおつもりでしたのかしら。これ、きれいですよね！　近くで見たいお気持ちはよくわかります！」

にこにこ笑いながら、イレーナさんはするっと私の手袋を外し、左手を掲げてみせました。

私の指の、金の指輪を見せつけるように。

……何のために？

首を傾げそうになった私とは裏腹に、女性たちは食い入るように私の指輪を見つめ、青ざめていきました。

中心である女性――ロッサー侯爵夫人も顔を強張らせています。

そんな反応を確かめるように見渡して、イレーナさんはひときわ可愛らしい笑みを浮かべました。

「ねえ、ルシア、向こうにも面白い絵があったわよ。せっかくだから見せてもらいましょう！　失礼しますわね、ロッサー侯爵夫人」

イレーナさんはそう言ったかと思うと、ぐいぐい手を引っ張って女性たちの間を抜けていきます。

青ざめた女性たちは、足早に遠ざかる私たちを呼び止めませんでした。

やがて私とイレーナさんしかいない区画にたどり着き、イレーナさんは足を止めて、私の手をぱっと放しました。

「あの、イレーナさん。ありがと……」

「ルシアって、馬鹿なの？」

お礼を言おうとしたのに、イレーナさんに遮られてしまいました。ふんわりした口調なのに言葉は辛辣で、振り返った目は冷ややかです。

「あんなおばさんたち、その指輪を見ただけですくんでしまう小物じゃない。真面目に相手をするなんて、馬鹿がやることよ」

「え、そうかしら」

「……呑気ねぇ。ルシアらしいけど」

はぁっとため息をつき、イレーナさんは私をじろりと睨みました。

「あの人たち、ルシアがあの方のただの愛人と思っていたみたいね。情報が古いわよ。あの手の人たちは権威に弱いから、その指輪を最初からさりげなく見せればいいのよ」

「……そういうものなの？」

「どうせルシアのことだから、手を隠したくて手袋をつけているんでしょ？　そのレースの手袋はきれいだとは思うけど、手入れをして見苦しくなくなっているんだから、もっと堂々と見せびらかしなさいよ。そんな簡単なことも思いつかないなんて、信じられないわよ！」

イレーナさんは怒ったように言っています。

確かに手はきれいになってきたとは思います。でも見せびらかすなんて、私にはまだ心許《こころもと》ないと言うか、ちょっとできないです……。

自分の手に目を落とすと、イレーナさんも私の手に目を向けたようでした。

「……本当に、ルシアは呑気すぎるんだから」

首を振りながらため息をついたイレーナさんは、でもすぐに気を取り直したようです。くるりと私に向き直り、外したまま持っていた手袋を私に押し付けました。

「よく考えたら、高貴な方々がついているから心配するだけ無駄だったわね。それより、ルシアはモルダートン侯爵家のナタリア様と仲がいいのでしょう？」

「仲がいいというか、先日ご一緒させていただいたくらいよ」

ナタリア様のほんわりとした可愛らしいお顔を思い出していると、似た雰囲気を作っているイレーナさんが、目を輝かせて身を乗り出してきました。

「今度、ナタリア様に紹介してもらえる？　ぜひお近付きになりたいと思っているの」

可愛らしい笑顔です。でもその目には、昔からよく知っている強気な光がありました。

こういうイレーナさんは、子供の頃を思い出して懐かしいです。

私を助けてくれるだけで終わらないところが、イレーナさんらしいというか。

ベルティア家の令嬢として過ごしていた頃より、結婚して積極的に強気を出すようになった気がします。

イレーナさんらしくて嫌いじゃありません。

少し気が抜けていたせいか、私はつい笑ってしまいました。

「紹介なんて、うまくできるかわからないわよ」

「そこは無理にでも頑張りなさいよ。ところで、今日はアルベスは来ていないの？　あの人、地味な格好でもとても目立つのよね。一緒にいるだけで私も目立てると思っていたから残念だわ。そういえば、ルシアはダルメル伯爵家の方ともお知り合いなの？　さっき立ち話をしていたわよね。あの方にも紹介してよ！」

ダルメル伯爵家というと……ああ、髪をダークブロンドに染めてみたいと言っていた女性ですね。

騎士だった頃のお兄様の話とか、フィルさんの王宮での姿とか、いろいろ熱く話してくれる方です。

「……何度か、お話をしただけよ？」

「それだけの繋がりがあれば十分よ。ダルメル家には普段はなかなか接触できないんだから。ほら、ぼんやりしないで、行くわよ！」

イレーナさんは私の返事も聞かずに、また手を引っ張りました。

このまま、演奏が続いている広間へ向かうようです。ダルメル伯爵家の方にうまく紹介できる気はしませんが……思ったより楽しい時間を過ごせそうでした。

ある男の立ち聞き

今日は運の悪い日のようだ。

苦労して時間を作ったというのに、肝心の人物は急用で欠席しているという。

なんてことだ。王宮の侍女たちからの情報で、久しぶりにラグーレン子爵が来ると聞いたから退屈なサロンへの訪問を決めて、遅れながらもやっとたどり着いたのに。

こんなことなら、月に一度の模擬戦の誘いを断るのではなかった。模擬戦は第一軍恒例のお楽しみ行事。それを断ってここに来ることを選んでしまった。

とはいえ、これ以上ため息を繰り返すと、見かけのわりに苛烈な従妹の機嫌を損ねかねない。私は気分を変えるために、ちょうど通りかかった給仕から飲み物を受け取る。

しかし、ここでも私は運が悪かった。

一つだけ残っていた酒杯には、果物が浮かんでいた。

「普通の葡萄酒《ぶどうしゅ》もあったのですが……」

中身を確かめた瞬間の私の表情を見たのだろう。給仕が申し訳なさそうな顔をしている。

甘いものはよく食べるし、この手の飲み物も嫌いではないが、今はそういう気分では……いや、確かめもせずに受け取った私が悪いな。

「せっかくだから、楽しませてもらうよ」

そう給仕に笑いかけて、口をつけた。

女性たちが気楽に飲めるように果汁やシロップで割っているので、葡萄酒としては薄くて甘い。

……予想を少しも裏切らない味だ。

無言で啜《すす》っていると、その顔が面白いと従妹に笑われてしまった。

「そんなにラグーレン子爵にお会いしたかったの？」

「当然。まだ一度しか話ができていないんだ。今日は馬術場に誘おうと楽しみにしていたのに」

ため息まじりに私がそう答えると、従妹もため息をついた。

「知っていましたけれど、絵画には全く興味がないのね。でも、サイレスが来てくれてよかったわ。ラグーレン子爵が欠席と聞いて、かなりの数のご婦人が帰ろうとしていたんですもの。サイレスのおかげで、半分くらいは思い直して残っているみたい。しっかりと恩が売れたと思いますわよ」

どうやら、サロン主催者の顔を立てることにはなったらしい。それでやけに歓迎されたのか。今日は運に見放されているが、モルダートン家の地盤固めと思えば全くの無駄ではなかった。……そう思おう。

苦笑いをした私は、ふと周りを見た。

「ところでルシア嬢は？　一緒にいなくていいのか？」

「ふふ、それが大丈夫なのよ。あちらにルシアさんがいるけれど……」

従妹は目の動きだけで指し示す。

甘く薄い葡萄酒を手にそちらを見ると、部屋の隅にとても目立つ女性がいた。

女性にしては背が高く、姿勢もいい。長い髪は黒く、極めて美しいドレスをサラリと着こなしている。肌を飾る装飾品も見事だ。宝石は大きくないのに、ひときわ澄んだ輝きが目を引く。

最高のものばかりを身につけているな。全ては殿下のご愛情の証《あかし》と言うべきか。それに立ち姿は堂々としていて、上質な弓のようにしなやかだ。

手を不自然に隠す癖があるのが惜しいが、欠点らしい欠点はそれくらいだろう。

モルダートン侯爵家の茶会で初めて会った時は、緊張していたのか少し控えめだったし、不慣れな様子も見て取れた。だが、今日のルシア嬢にそんな不安定さはない。二ヶ月ほどしか経《た》っていないのに、すっかり場慣れしたようだ。

そんなルシア嬢が、寛いだ様子で誰かと立ち話をしていた。しかし、気のせいでなければ、周囲の貴族たちは妙に遠巻きにしている気がする。

「ルシア嬢と一緒にいるのは、例のオーフェルス伯爵家に嫁いだ女性かな？」

「ええ、イレーナさんよ。以前から気安く話していたみたいだけれど、あの二人、少し複雑な関係ですわよね」

従妹は控えめな表現をしたが、複雑さは少しどころではない。ルシア嬢のかつての婚約者が、イレーナ夫人の現在の夫なのだ。

一時期、あの伯爵家次男の結婚式での出来事が話題になっていた。侮辱的な態度をとった伯爵家と、堂々と招待に応じたルシア嬢と、なんでもない顔をしてルシア嬢に同行していたあの方。どれも退屈していた貴族たちの興味をかき立てた。

気が付くと、社交界とは縁遠いはずの第一軍の騎士たちまで盛んに話題にしていて、おかげで私も噂に詳しくなってしまった。

ルシア嬢の兄がかつて第二軍の騎士だったと知って以来、ラグーレン子爵とはぜひ手合わせをしたいと願っているが、まだその機会には恵まれていない。

……しかし、あの妙な遠巻きの状態は気になるな。

「あの辺り、おかしな雰囲気だな」

「ええ。でもなぜかはわからないの。何か面白いことがあったみたいですけれど」

従妹の話によると、少し目を離した隙にルシア嬢が頭の固い貴族女性たちに囲まれていたようだ。

しかし従妹が動こうとした時には、あのオーフェルス家の若い夫人がするっと囲みの中に割り込んでいて、その直後になぜか囲んでいた女性たちが去ってしまったのだとか。

ただ割り込まれたくらいで、あんな遠巻きになるとは思えない。

決定的な何かがあったはずだ。興味を持ってしまった私は、絵を見るふりをしながら二人に近付いてみることにした。

「それで、今日アルベスが来なかった理由は何なの？」

まず聞こえたのは、イレーナ夫人の声だった。しかも、ちょうど興味深い話題だ。

壁に飾られた絵を眺めながら、私は空気が読めないふりをして二人に近付いていく。警戒されない距離で足を止めて目の前の肖像画を眺めていると、ルシア嬢が答えにくそうに小さな声で応じた。

「それは、あの、お兄様は急用で……」

「外向きの言い訳は聞きたくないわよ。本当は何があったの？　まさか、馬のお産が始まったからとか、牛が小屋を壊して逃げる現場に居合わせたとか、迷子の羊を捜しに行ったとかではないわよね？」

「……えっと」

ルシア嬢は困ったように口籠もった。

どうやらその中の一つが図星だったようだ。なるほど、我らはつい忘れがちだが、昔ながらの領主というものは何かと領民に頼られる存在なのかもしれない。急な欠席も仕方がないか。

……しかし、この絵を描いた画家は正直者だな。男性の顔立ちはかなり美化しているのに、腹回りや顎の弛《たる》み具合は極めて写実的じゃないか。

思わず顔を寄せて絵を見ていると、イレーナ夫人が鼻で笑った。

「本当にそうなの？　あの人が何でも手がけることは知っているけど、今日くらい代理に任せればいいのに」

「私が一人で大丈夫って言ったのよ。ほら、一応、少しは知り合いもできたから……」

「確かにそうだろうし、ルシアの度胸は褒めたいけど、それで囲まれていたら意味がないわよ。声をかけられたからと言って、素直に対応する癖は改めるべきね。私が知っているだけで三回目でしょ？　でもあの手の人たちって、本当に個性がないのね。『せっかくの指輪が野暮ったく見えるのは、お育ちのせいかしら？』なんて、前も聞いたわよ！」

離れていると、ほんわりと微笑んでいるだけに見えたイレーナ夫人だが、囁き声は驚くほど言いたい放題だ。それに、ルシア嬢も平然と返事をしている。

なかなか興味深いな。

しかし、指輪が野暮ったいとはどういうことだろう。この絵の男の指輪なら野暮の極みだが、ルシア嬢の指輪は高貴な紋章が入った見事な作りだったはずだぞ？

ルシア嬢も納得はしていないようだ。小さくため息をついた。

「きれいだと思うんだけど、私の指では見栄えがしないのかしら」

「わかっていないわね。逆よ、逆！　ルシアの指だから、その幅広で存在感のある指輪がきれいに見えているのよ。あの方の見立てを褒めるべきであって、さっきの人たちがおかしいの！」

「そうなの？　私、アクセサリーのことはよくわからないから、いつも皆様の話題についていけないのよ」

「……それ、ルシアがついていけない話題を選んでいると思うわよ。そういう話題しかしない人は仲良くする気がないんだから、無視しなさいよ」

「確かにそういう雰囲気だったかも。でもね、先月お会いした方は宝石の話しかしなかったんだけど、私が無知すぎるからと、手書きの宝石解説書をラグーレンに送ってきてくれたのよ。きれいな水色の目の女性で、お母様が生きていたらこんな感じかなと思っていたから、とても嬉しかったわ」

次の絵の前に移動しながら、私は思わず該当者の候補を頭の中に並べた。

宝石好きのご婦人は多いが、水色の目というと……いや、あの女性は性格がかなりアレだぞ？

私が見当をつけながら首を傾げたのとほぼ同時に、イレーナ夫人がため息をついた。

「ねえ、もしかしてその人、エルジス家のファリナ様？」

「よくわかったわね」

「わかるわよ！　でも選民思想に凝り固まった性格の悪いおばさんだから、間違ってもルシアのお母様とは似ていないと思うわよ」

「えっ、そうかしら」

「当たり前でしょ！　でもあのファリナ様を籠絡するなんて、ルシアもやるわね。あの方の宝石熱と知識は本物よ。その解説書、私も見ていい？　今度またラグーレンに行くわね！」

「え、ええ。それは構わないけど……本当にまた来るの？」

「悪い？」

「悪くないけど、あらかじめ予定を知らせてもらえると嬉しいかな」

いささか勢いに押されているが、ルシア嬢は戸惑っているだけで不快というほどでもないらしい。不思議な関係だ。

それに、誰にも聞かれていないと思っている二人の会話は遠慮が全くない。小気味よいくらいだ。

絵画も、あのくらいわかりやすければ見て楽しいのだが。

……しかし、この絵はいい絵なのだろうか。女性たちはそれなりに美しく描けているが、馬が全く美しくない。なんだ、この貧弱な筋肉は。私が乗ったら一歩も動けなくなりそうだ。

目の前の絵を見ながら思わず眉をひそめていると、ルシア嬢が何かを思い出したように「あ」と小さく声を上げた。

「さっきの方々にも言ったんだけど、この指輪、フィルさんの見立てではないと思うわ。兄上様が用意したって言っていたから」

「……ちょっと待って。兄上様って、まさか陛下のこと？　何よそれ！　それであの人たちは逃げ腰だったのねっ?!　私がでしゃばる必要はなかったじゃない！　そういうことは、もっとわかりやすく自慢しなさいよっ！」

イレーナ夫人は激しく憤慨している。

これには同感だな。ルシア嬢は謙虚すぎる。

しかし指輪は陛下からの贈り物だったのか。王姉殿下のお気に入りらしいとは聞いていたが……

ルシア嬢は思っていた以上に大物だな。対応を迷う貴族たちが遠巻きにしてしまうはずだ。

別の絵の前に移りながらチラリと目を向けると、なかなか激しい言葉を口にしているはずなのに、イレーナ夫人は相変わらず柔らかな笑顔を浮かべていた。

あの外面の良さは見事なものだ。

そう感心していると、イレーナ夫人が長々とため息をついた。

「いつも思うけど、ルシアって……………あら」

言葉を途切らせて、どこかを見ている。私の従妹がこちらに来るようだ。イレーナ夫人はわずかに表情を改めたようだった。

「ナタリア様がいらっしゃるわね。ねえ、私は今日はまだご挨拶できていないのよ。ルシアがいい流れを作ってくれる？」

「頑張ってみるけど、期待はしないでね」

ルシア嬢は私の従妹と言葉を交わし始めた。予想していたより率直で興味深い会話は終わってしまったようだ。少し残念に思っていると、イレーナ夫人がまたため息をついた。

「………本当に、ルシアは……あんなに呑気なままで大丈夫なのかしら」

ため息の中に、ぽつりとつぶやきが混じっている。先ほど言いかけた言葉の続きなのだろう。しかしイレーナ夫人は、その後は何事もなかったように、無邪気そうな笑顔でルシア嬢たちの会話に加わっていた。


ふむ……なるほど。

あの兄妹の周辺は思っていた以上に面白い。

少し天然な兄妹は、貧乏貴族と侮る相手すら巻き込む不思議な魅力を持っている。王家の方々が肩入れするはずだ。

「やはり、ラグーレン子爵とはもっと親しくしてみたいものだな」

もちろん、剣の手合わせはぜひ実現させたい。

悪い運は今日で全て使い果たしたはずだ。次は良い機会を得ることができるだろう。そう考えると気分は悪くない。つまらない絵画鑑賞を切り上げて、私もルシア嬢への挨拶に向かうことにした。

4 王弟フィルオード

私がお茶会に出席するようになって、四ヶ月目に入った頃。

華やかな人々の中に入っていくことにやっと慣れてきたなと思っていると、私たちは王宮に招待されました。

前回王宮を訪れたのはハル様の招待で、公爵邸に向かうものと思っていました。だから、王宮への直接の招待は初めてです。アルベス兄様と一緒に緊張しながら出向くと、現れたのは王妃マリージア様でした。

「久しぶりにお会いできて嬉しいわ。堅苦しい招待でごめんなさいね。でも今回は、少し硬い場に出て欲しいのよ。……といっても、ルシアさんはわたくしの付き添いという形だから、侍女のような役割になるのですけれど」

王妃様は、優しげな顔を少し心配そうにしています。

顔立ちは双子たちとそっくりですが、受ける印象は正反対。こんなにたおやかな女性がいるのかと感動してしまいます。

……それにしても、私は高貴な方とお会いすることに慣れてきたようです。以前ほど緊張せずに済むようになりました。

私が落ち着いているのを見てとったのでしょうか。マリージア王妃様は優しい笑みを浮かべてから、アルベス兄様にも目を向けました。

「今日は、ルシアさんと一緒に、アルベスさんにも来て欲しいのよ」

「御心のままに」

「でもね、本当は今回はアルベスさんが主役なのよね」

「……と言いますと？」

「アルベスさんは、正式にはフィルオードさんの監視役なのでしょう？　フィルオードさんが休暇中にどんな様子なのか、その報告をしてもらいたいんですって」

王妃様の言葉に、アルベス兄様は一瞬啞然としていました。すぐに真顔に戻しましたが、その顔はわずかに引き攣っています。

きっと私も似た顔になっているでしょう。

アルベス兄様は、六年前に王国軍を辞めた一般人です。

でもフィルさんの話では、実はまだ王国軍に籍が残っているとのことでした。

第三軍の軍団長を務める王弟殿下の休暇中の副官、という肩書きで、実質は監視役ということになっているそうです。

書類上の秘密、と言いつつ、フィルさんが酔った勢いで全部暴露してしまったことです。だから酔っ払いの戯言《たわごと》とか笑い話の延長のものとして、お兄様も私もすっかり忘れていました。

でも王妃様の言葉によると、書類上の肩書きが急に息を吹き返したことになります。

「一応ね、表向きの名目はわたくしと各家の当主たちの歓談なの。その席に、わたくしはお気に入りのお友達としてルシアさんを伴って、アルベスさんはルシアさんの付き添いという形で同席してもらいます。でも実際は、重臣の皆さんたちが用があるのはアルベスさんなのよ」

「……承知しました。しかし、報告するための準備は何もできていません」

やや青ざめたアルベス兄様に、王妃様は少し首を傾げて微笑んで見せました。

「大丈夫よ。あくまで非公式な場ですから。あの方たち、純粋にフィルオードさんがどんな生活をしていたかを知りたいだけですもの。それに……それも本命ではないのよね」

王妃様の言葉は、最後はほとんど口の中で消えるほど小さなものでした。

どういう意味だろうかと悩みましたが、お兄様には聞こえていないようでした。


私は緊張しながら、王妃様の後を歩いていました。

今日ティアナさんが用意してくれたのは、一見地味に見える色のドレスでした。少し涼しくなった季節に合わせたのか、形も控えめな雰囲気で長めの袖です。

いつも華やかなものを用意してくれるのに珍しいなとは思っていたのですが、ティアナさんには王妃様の付き添い役を務めることが伝わっていたのなら、納得の選択です。

でも長袖のドレスは昔から馴染んでいますし、地味なくらいに濃い色も嫌いな色ではありません。昔からよく着ていた色で、汚れが目立たなくて好んでいたこともありました。

でも、今日のドレスは、その頃のような重苦しい色ではありません。本当に暗い色よりほんの少し明るいおかげか、とても軽やかに見えました。

合わせた髪型も控えめで、装飾品も華やかすぎないもの。

お化粧も抑えた感じですが、でも何かを省略したわけではないと思います。今日のティアナさんは、いつも以上に真剣な表情でしたから。

それに落ち着いた色や雰囲気のおかげか、いつもの私をそのまま美しいドレスに変えただけのような馴染み方で、鏡を見た時はなんだかほっとしてしまいました。

このドレスを選んだ時のフィルさんは、ラグーレンにいる時の私をイメージしてくれたのかもしれませんね。

一方、私とほとんど並んで歩いているアルベス兄様は、いつも着ている簡素で伝統的な服です。

以前王宮で用意された服に比べると地味ですが、お兄様のダークブロンドを引き立てる効果がありました。

それに、シンプルなデザインのおかげで、しっかりと鍛えている体型が強調されています。

お兄様にとっては、全ては倹約に努めた結果です。だから全く気付いていませんが、王妃様付きの若い侍女たちはうっとりとため息をついていました。

最近のアルベス兄様は、とてもモテていますよね？

この調子なら、良い縁談が来るかもしれない。

そんなことを密かに期待しながら歩いて行くと、王宮の中央棟に入りました。

中央棟は政治の中心です。

何ヶ月も前のハル様主催のお茶会は、華やいだ空気のある部屋で開かれましたが、今日向かっている区画はぴりりと引き締まった重厚な雰囲気があります。

でも前を歩く王妃様は、周囲の空気に臆する様子はありません。そのたおやかな歩みに従っているうちに、やがてひときわ立派な扉の部屋に着きました。

部屋の中には、威厳のある男性たちが揃っていました。二人だけ、少し年配の女性もいます。

ひと目見ただけで、ここに集まっているのは並の方々ではないとわかりました。どなたも紋章を刻んだ大きな指輪をしていますから、きっと各家の当主か、その代理の方々なのでしょう。

私は緊張しながら王妃様の席の後ろに立ち、成り行きを見守ります。

でもアルベス兄様は、重臣たちの視線を受けながらも堂々としていました。

「ラグーレン子爵。君を見かけるのは実に久しぶりだ。いつ以来だろうか」

最初に声をかけてきたのは体格のいい男性でした。年齢は六十代くらいでしょうか。表情は温和そうなのに、目が全てを否定するように鋭く輝いています。

お兄様はその方に騎士風の堅苦しい礼をしました。

「爵位を継いだ時に、閣下……モルダートン侯爵に立ち会っていただいて以来かと」

「まったく、君は硬すぎるな。そんなにかしこまる必要はないのだぞ。私はもう軍から退いている。

爵位も近いうちに息子に譲るつもりだ。そうなると、ただの隠居のじじいだな」

そう言って笑いますが、アルベス兄様は硬い顔をしていました。

もしかして、お兄様の上官だった方なのでしょうか。

……ん？　今、お兄様はモルダートン侯爵と言いましたよね？

いつもお世話になっているナタリア様のお祖父様ですか？

言われてみれば、少し垂れた目元が似ています。温和そうな笑顔もよく似ている気がしました。

モルダートン侯爵は笑顔のまま、ちらりと王妃様を見ました。

「君とはゆっくり話をしたいところだが、それでは時間が足りなくなってしまう。我らの時間も王妃様のお時間も限られているゆえ、本題に入らせてもらおう」

モルダートン侯爵は他の重臣たちに目を向け、それからまた王妃様に笑みを送りました。

……気のせいでなければ、王妃様のそばにいる私にも。

「今日、君を呼んだ理由はすでに聞いているだろう。フィルオード殿下の件だ。最近はおとなしくなったと思っていたのだが、そうでもなかったようではないか。ラグーレン子爵も巻き込まれたと聞いたぞ」

お兄様は答えず、無言です。

モルダートン侯爵は構わず言葉を続けました。

「フィルオード殿下は、北部で真面目な軍人生活を送っていると聞いている。だが、休暇のたびに姿をくらませていたから、王都に戻っている間は以前のように羽を伸ばしていると思い込んでいた。いや、そういう噂があったから、安易に信じてしまったのだが……実際は、君の領地にいたというのは本当なのか？」

「はい」

「君の家を経由して、どこかへ行っていたということは？」

「ありません。フィルオード殿下は、休暇が終わるギリギリまで我がラグーレンに滞在していました。第三軍の上層部に問い合わせていただければ明らかになるでしょう」

重臣たちが、わずかにざわつきました。

でも、意外そうな顔をしている人はいません。程度の差はあれ、皆様はそういう情報も得ていたのでしょう。

「なるほどな。では、もう一つ」

モルダートン侯爵が重々しく口を開くと、ざわめきは消えます。

穏やかそうだった顔に威圧感が増し、私にチラリと視線を向けました。

どきり、と心臓が跳ねます。急に緊張に襲われ、私は両手をぎゅっと握りしめてしまいました。

「フィルオード殿下がようやく婚約すると聞いている。君の妹が……そこにいる女性が、殿下の婚約者なのだな？」

お兄様は顔を上げました。

整った顔には、いつも以上に強い意志が浮かんでいます。

それまで騎士のように上官への礼儀を守り続けたお兄様が、王国有数の貴族たちを見回しました。

巨大な権力を持つ重臣たちが相手であろうと、何も譲らないことを示す真っ直ぐな目でした。

「フィルオード殿下は、我が妹ルシアに婚約の指輪を与えてくださいました」

重臣たちの視線が、一斉に私に集まりました。

王妃様が立ち上がり、私を前へと押し出します。そして皆様の元へと近付き、私の手を持って掲げました。

「ご覧くださいな。皆様が見たがっている、フィルオードさんの紋章の入った指輪ですわよ」

そう言って、王妃様は私に微笑みを向けました。

すぐに王妃様は離れましたが、私は自分の意思で指輪が見えるように掲げます。

私に集まる視線は、念入りに値踏みしているようでした。

「……ふむ。ルシア嬢、こちらの席にどうぞ。そして少し話をお聞きしたい」

年配の男性が、椅子を用意してくれました。

そこに座った私は、しっかりと背筋を伸ばしました。

私を取り囲むように重臣の方々がいます。でも、どの目も冷ややかというより興味深そうに輝いていました。

「ルシア嬢はまだお若いからよく知らないかもしれないが、昔の殿下は、なかなかに手のかかるお方でな。私の配下としてお預かりした頃は、考えなしの若造そのものだった」

噂程度ですが、知っています。

馬鹿なことをしすぎて、当時の軍団長に殴られたとか。

……あ。

もしかして、その時の軍団長というのは……。

「幸い、考えなしの姿は偽装だったようで、馬鹿な坊ちゃんどもよりマシな目をしていたがね」

「確かに、あの頃の殿下は手に負えなかったな。次は何をしでかすかと、いつもハラハラしていました よ！」

「確かに。あのおきれいな顔に派手な傷痕が残るのが先か、酔狂で刺青《いれずみ》を入れるのが先か、と案じていましたが、さすがにそこまで考えなしなことはなかったな」

「だが、そのせいであの方の美貌が輝いてしまいましたぞ。甘すぎる蜜というか、あれでは女性たちが放っておくはずがないでしょう」

「あら、女として申し上げますが、あの方の魅力はお顔立ちだけではありませんよ。どこか冷めた目が、なんとも退廃的な色香を含んでいましたから」

数少ない女性が、私を見ました。

とても落ち着いた目は、どこか私に同情的です。

「あの方はそれなりに相手を選んでいたようでしたが、この先、女として嫌なことを聞かされることもあるでしょう。……それとも、あなたもその一人かしら？」

意味ありげな言葉に、何人かは私に心配そうな目を向けた気がします。

アルベス兄様はわずかに眉を動かし、一歩前に進み出ました。

「恐れながら、フィルオード殿下は妹に対しては誠実です。今も愛人に対するような扱いはしていません」

「……ほう。それは、つまり？」

気のせいでなければ、モルダートン侯爵は興味深そうに身を乗り出しました。

そんな元上官の態度に思うところがあったのか、アルベス兄様は一瞬顔をしかめます。でもすぐに真顔に戻して全員を見回しました。

「殿下が妹を軽々しく扱うつもりだったら、力尽くで叩き出して、ラグーレンへの出入りを禁止するつもりでした」

「あら。あの殿下にそんなことを言えるのは、あなたくらいのものでしょうね」

どこかの名門の女当主は、楽しそうに笑いました。男性たちも顔を見合わせています。

でも、誰かがぽつりとつぶやきました。

「ということは、出回っているアレらは完全な創作なのか？」

「そうです。……どういうものをお読みになったか知りませんが、妹には絶対に見せないでいただきたい」

表情を抑えたままだったアルベス兄様が、うんざりした顔でため息をつきました。一瞬だけ私を見た気がします。他の方々も、私とアルベス兄様を交互に見ているようでした。

……創作とか、読んだとか、いったい何の話をしているのでしょう？　急に話についていけなくなりました。

でも、ここは王国の重臣の方々が集う場です。後でお兄様にこっそり聞いてみましょう。

「……まあ、ラグーレン子爵が言うのなら。我らとて、殿下が選んだお嬢さんをいじめたいわけではないのだよ」

「その代わり、アルベスくんは明日にでも食事に付き合いたまえ。領地のことが大変なのはわかるが、君は真面目すぎる。軍にいた頃はもっとやんちゃな子だったじゃないか！」

「殿下と一緒に走り回っていた坊主が、今では立派な領主の顔をしている。いい男になったものだな！」

いつの間にか、重臣の方々がお兄様を囲んで笑っていました。

重々しかった部屋の空気が、和やかなものに変わっています。王妃様は慣れた様子で侍女にお茶の用意を指示していました。

この雰囲気は、特別珍しくないのでしょう。

……でも、これでいいのでしょうか。今日はお兄様の名目上の役目に関する集まりだったはずなのですが……。

思わず首を傾げていると、王妃様がにっこりと笑いました。

「ルシアさん。あの方々にお茶をお渡ししてくれるかしら。先ほどから何か声をかける口実はないかと、うずうずしているようですから」

「口実ですか？」

「ええ、そうよ。今日はあなたのお兄様を呼び出すという口実で、本当はあなたを見に来ていますのよ」

……私？

フィルさんの素行報告でも、アルベス兄様でもなく、私なの？

戸惑いつつ、でも王妃様に言われた通りに皆様にお茶を配りました。

お渡しする時、無言の方もいらっしゃいましたが、だいたい皆様、じっと私を見つめてから、一言、二言、あるいはそれ以上の質問をしてきました。

休暇中のフィルさんの日常とか、アルベス兄様のこととか、私の趣味とか。

そういう他愛のない質問もあれば、ラグーレン家の借金の額を聞いてくる方もいました。さすがに具体的な金額を言うわけにはいきませんから、それとなくぼやかしておきました。

でも。

フィルさんを何と呼んでいるかと三度ほど聞かれたのは、いったいどういう意味があるのでしょう。高位貴族社会では、相手をどう呼ぶかが重要だったりするのでしょうか。

それにしては「愛《いと》しいあなたではないのか」と残念そうにつぶやいていたのですが、意味がわからなくて気になってしまいます。

……高位の方々のお考えは、よくわかりません。

でも、何だか楽しいお茶会になっていました。男性が多いので私が知っているお茶会とは雰囲気が違いますが、これはこれで優雅ですね。

緊張していた分、ほっとすると急に疲れを感じます。

そっと部屋の端に寄り、私は窓辺に立ちました。窓から涼しい風が入ってきます。

窓の正面に、軍本部がある東棟が見えました。訳もわからないまま王妃様に従って歩いてきましたが、どうやら中央棟でも東の端に来ていたようでした。

東棟の方を見るとたくさんの兵士が歩いていて、どこかで訓練しているような音も聞こえます。

中央棟へとやってくる物々しい一団も見えました。

その一団は全員が帯剣した騎士のようです。華やかな制服を着ていました。

どの人も長いマントを身につけていて、何人かは色鮮やかな黄色のマントです。中央棟の警備をしている兵士たちが慌てたように敬礼をしていますから、かなり高位の軍人たちなのでしょう。

どこかの窓から、女性たちがこっそり歓声をあげているのが聞こえました。あの中に人気のある騎士がいるのかもしれません。

何となく見ていると、その一団の中心にひときわ高位らしい人物がいました。その騎士は銀髪で、私は思わず身を乗り出してしまいました。

銀髪の騎士はまっすぐに大股で歩いていて、何人かの書記官がしきりに話しかけていました。

「閣下！　せめてこの決済だけでも閣下の署名でお願いしたいのですっ！」

「馬鹿馬鹿しい。僕は今は第三軍だ。第二軍の内部書類に署名をする権限はない」

「し、しかし、閣下の署名があると、その後の流れが極めてスムーズになりまして……」

「あり得ないな。いいだろう。その書類をよく見せろ。部外者の顔色をうかがう部署はどこだ。軍務違反ならば、君たちが望むように僕が介入することは許されている。出身で規律を乱す頭の古い奴らがいるのなら、ついでにすっきりさせてやろう」

「いや、それは、そのっ！」

「今すぐ僕にそこまでさせる覚悟がないのなら、下がれ。……やっと王都に到着したばかりなのに、兄上に呼び出されているんだ。これ以上無駄な時間を取らせるな！」

フィルさんです。

聞こえてくる声は私が知っているより低く、厳しい顔をしていますが、間違いなくフィルさんです。

よく見ると、すぐ近くに見覚えのある人もいました。ゴルマン様の結婚式前に我が家に来てくれたバーロイさんです。集団の前の方には、ユリシスさんもいました。

つい、じっと見ていると、視線を感じたのか、ユリシスさんが顔を上げました。私と目が合ったかなと思った次の瞬間、びっくりした顔になって慌ててフィルさんを振り返りました。

「おい、閣下。あんたは知っていたのか？」

「何のことを言っている」

「俺はてっきり、重臣の方々が最新の面白い本を並べて、見せびらかすために閣下を呼びつけたのだと思ったんだが、違ったみたいだぞ！」

「意味がわからないな。いや、君が予想していた件はわかるが。あの方々は僕のことを何だと思って…………えっ？」

イライラしていたフィルさんは、ふと目を上げて、そのまま動きを止めてしまいました。

窓から見ている私に気付いたようです。あのきれいな青い目が私を見上げていました。

急に足を止めてしまったフィルさんに、周囲の騎士たちが困惑しています。

「おい、どうした。一体何が……ん？　あれは……！」

先に行きかけていたバーロイさんも、戻りながら中央棟の建物を見上げて、目を大きく開けました。

でも、他の騎士たちは何のことだかわかっていません。フィルさんと中央棟を不思議そうに見ていました。

「あれは妹ちゃんだよな？」

「……ルシアちゃんだ。間違いない。……ちょっと行ってくる！」

それだけ言うと、フィルさんがいきなり走り出しました。

少し遅れて、若い騎士が慌てて追いかけていきます。でもバーロイさんとユリシスさんは、お互いに顔を見合わせて苦笑します。それから私を見上げて、笑顔で手を振ってくれました。

私も思わず手を振り返していると、廊下が急に騒がしくなったようです。扉の方へと目を向けたちょうどその時、ノックもなしに重い扉が勢いよく開きました。

「何事だ！」

アルベス兄様と話をしていたモルダートン侯爵が、厳しい声で問いただしました。

でも、息を切らせながら入ってきたフィルさんは、そちらには一瞥《いちべつ》をくれただけで無視し、まだ窓辺に立っている私を真っ直ぐに見ながら大股でやってきました。

「……あいつ、戻っていたのか……」

お兄様のつぶやきが聞こえました。

その間に私の前に立ったフィルさんは、驚いたような顔をしていました。手を伸ばそうとして、でも自分の手を見て慌てて引っ込めます。

それから少し乱暴に両手の手袋を脱ぎ捨て、やにわに私の前に片膝をつきました。

「今日、王都に戻ったばかりなんだ。急いで仕事を終わらせて、明後日《あさって》くらいにルシアちゃんに会いに行くつもりだった」

「私、フィルさんが王都に戻る予定だったなんて知らなかったわ」

「僕も、君がここにいるとは知らなかった。でも君はここにいて、しかもとてもきれいだ。……僕は白昼夢を見ているのかな」

「夢ではないわね」

「重臣の連中は、君に嫌なことを言わなかった？」

「皆様、とても親切よ」

「そうか。それはよかった。君がこんなに王宮に馴染んでいるなんて、想像していなかったよ。……でもそのドレス、予想通り君に似合っている。仕立て屋はもっと華やかな流行の形がいいと渋っていたけど、ルシアちゃんらしくてとてもいいね。作らせてよかった」

少し硬い顔で見上げていたフィルさんは、やっとふわりと笑いました。

うっすらとあった長旅の疲れが消え、少し前までの厳しい表情も抜けていきます。

軽く首を傾げながら見上げる表情は穏やかで、ラグーレンを訪れる時の、優しく明るい顔になっていました。

「お帰り、と言ってくれる？」

「もちろんよ。お帰りなさい、フィルさん。お勤めご苦労様でした」

「……うん。ただいま、ルシアちゃん」

一瞬、幸せに浸るように目を閉じたフィルさんは、もう一度微笑んで私の手を取りました。

以前よりきれいになっていることを確かめるように指を見つめ、ゆっくりと唇で触れます。でもその口付けは二度三度と繰り返されて、ギュッと握りしめられてしまいました。

「……やっぱり君が好きだ。愛している」

私の手を頬にあて、フィルさんは押し殺した声でつぶやきました。肌に当たる吐息に、思わず頬が熱くなります。

それから、私はやっと周囲のことを思い出しました。

「あ、あのね、フィルさん、ここには皆様が……」

「今の僕には君しか見えない。……君がいると知っていたら、兄上を待たせることになっても着替えてきたのに！」

何かいつものフィルさんと違うなと思っていたのですが、到着直後で土埃《つちぼこり》で汚れているから気を遣っているんですね。

でも、あの、周りの方々がじっと見ていますからっ！

「……あー、その、なんだ。殿下の情熱はよくわかりますが、我々には少々目の毒です。今は控えていただけますかな？」

「君たちが退室すればいいだけだぞ」

片膝をついたまま、フィルさんが肩越しにジロリと睨みました。

でも、もちろん睨まれた方々は全く動じません。

より面白そうな顔になって、何やらうずうずしているような表情でチラチラと王妃様を見ています。

期待のこもった視線に応じて、王妃様はゆったりと進み出ました。

「フィルオードさん。本当はね、陛下との面会の後にルシアさんを見せて、びっくりしてもらうつもりだったのよ。でも、少しくらいなら順番が入れ替わってもいいかしら。わたくしたちは隣で情報交換をするから、少しだけ二人になる時間をあげましょう。でも、扉は開けておきますよ？」

「お心遣い感謝します。マリージア義姉上《あねうえ》」

フィルさんは少し表情を和らげて立ち上がります。でも、何かを見つけたように、急に硬い顔に戻ってしまいました。

「……義姉上。そこにある本は……？」

本？

私はフィルさんの視線をたどってみました。

王妃様の背後にあるテーブルに、書物が何冊も並んでいます。きれいな色の表紙がついていますが、見つめ合う男女の絵が描かれているものもあります。

まるで若い女性たちが愛読する恋愛小説のような表紙です。少なくとも、重臣の方々が集う部屋にある本には見えなくて、私は首を傾げてしまいました。

でも、フィルさんにはそれが何かわかっているのでしょう。眉を物騒なくらいにひそめてしまいました。

「……まさか、情報交換というのは、以前の手紙にあった『回し読みの会』なのですか？」

「だってねぇ。どんなに頑張っても全ては網羅できないでしょう？　だから時々、こうして手に入れたものを持ち寄って情報交換をしているの。とても有意義ですわよ。ねぇ、皆さん？」

「その通りです。娘に勧められて手に取ってみたのですが、これがなかなか面白くて。版元によって少しずつ内容が違っているのも興味深い」

「深刻な顔の妹から絶対に読めと押し付けられた時は、もしや王宮の情報が漏れているのかと危惧しましたが、全くの創作でしたわね」

「最近、出会い編とやらを読みましたよ。妻や娘たちには非常に好評ですが、陶酔的というか、私には少々甘ったるすぎました」

「それならば、戦場シリーズをお勧めしますよ。四、五年前から続いている殿下関連の硬派な戦記ものなのですが、最近は恋愛を組み合わせているせいか、女性人気も出ているそうで。戦場の描写が実にリアルで、軍部の人間が関わっているのではないかと睨んでいます」

何やら謎めいたことを、王国を動かす重臣の方々が和やかに話しています。

そんな中、一人が深刻そうなため息をつきました。

何事かと皆が振り返ると、覚悟を決めたように硬い顔を上げました。

「殿下もお見えですので、この場で申し上げたいことがあります。……実は愚息が、とある本の愛読者でして。見つけたメイドが、青ざめて密告してきましたよ。内容が内容なので、さすがに不敬を理由に差し止めにするべきではないかと……」

急に、室内がしんと静まりかえってしまいました。

なぜか壁を向いたアルベス兄様が、首を振りながら何かつぶやいていました。あの表情を見る限り、あまりきれいな言葉は使っていないような気がします。

でも、お兄様のことは誰も気にしていません。悲壮な顔の貴族とフィルさんを交互に見ているようです。誰かがごくりと唾を飲み、おそるおそる口を開きました。

「それは……そんなに過激な内容なのか？」

「若い男が隠し持っているものですから、まあそういう内容です」

室内に重い沈黙が落ちました。

……いったい何があったのでしょう。

よくわからずに私まで緊張していると、静かな部屋に剣が揺れる硬い音が響きました。

フィルさんが歩いていきました。無言のままその貴族の元へ行き、きまり悪そうに差し出された本を受け取り、パラパラとページをめくりながら目を通します。

時々手が止まり、眉間の皺が深くなり、パタンと本を閉じた時には完全に表情が消えていました。

「殿下。発行者を探し出して罰を与えますかな？」

「……この程度では手を出すべきではないだろう。この手のものはこれだけではないから」

静かに答え、でも次の瞬間、本を床に投げたかと思うと腰の剣を抜きました。

ガツン、と硬い音が響きます。

何やらいかがわしい感じで肌を露出させた女性と男性が抱き合っている表紙に、深々と剣が刺っています。

でもよく見ると女性の絵は無傷です。女性の腰に手を回している男性だけが貫かれていました。

「まあ、意外に理性的なのね」

王妃様がのんびりとつぶやき、重臣の方々が堪《こら》えきれなくなったように笑い始めました。

「……あり得ない。創作にしても度を越している。僕はいろいろ自重しているんだ。キスだって……なのに、これは何だ！　もっと事実を取材しろ！　こんなことを考えただけでアルベスに殴り飛ばされるぞっ！」

フィルさんは吐き捨てるようにそう言って、くるりと向き直ります。

よくわからないまま見守っていた私に、直前の表情が幻だったかのように、にっこりと笑いかけました。

「ルシアちゃん、少し廊下を歩こうか。兄上との面会まで一緒にいてくれる？」

「え、ええ。それはいいんだけど、でも……」

「ここのことは気にしなくていいですわよ。でも、必ず北棟に戻って来てくださいな。今夜はまた家族だけの食事を楽しみましょうね」

王妃様はにこやかにそう言って、私の背を押してフィルさんの前に進めてくれました。

剣を鞘に戻したフィルさんは、笑顔で腕を出します。

薄く土埃に汚れている腕にそっと手をかけると、フィルさんはとても嬉しそうな顔をしてくれました。


フィルさんとゆっくり廊下を歩きながら、私は首を傾げました。

「ねえ、さっきの本は何だったの？」

でも、思い切ってそう聞いたのに、フィルさんは無言でした。真っ直ぐに前を見たままです。

でも、触れている腕にほんの少し力がこもりました。どうやら答えたくないようですが、何か理由があるのでしょうか。

「フィルさん？」

「……アルベスには黙っていろと言われているし、僕も言いたくはない。でもできれば隠し事をしたくない。何より、僕は君に嘘《うそ》をつくのは苦手なんだ」

ふうっとため息をついたフィルさんは、歩きながら私に目を向けました。

道中の土埃のせいでしょうか。銀髪はごくわずかにくすんで見えます。

でも、私を真っ直ぐに見つめる目は記憶にある通りにとても青く、迷っている顔もとてもきれいでした。

やっぱりハルヴァーリア様とよく似ています。同時に、私を見つめる表情はハル様とは全く違っていました。

私の前では、フィルさんはとても表情が豊かで、心の中の葛藤まではっきりと見せてしまいますから。

「……ルシアちゃん。僕は王の子だから、貴族たちはもちろん、庶民たちからもいろいろ好奇心の対象になっている。特に僕は……いわゆる問題児だったから、そういうことは多いんだ」

「そうでしょうね」

「だから、僕をモデルにした話が面白おかしく広まっていたりする。それは別に構わない。上に立つ人間は、そういう対象になりやすいものだし、それで日々の憂さ晴らしをしているようなものだからね」

確かに、王族というものはそういう対象なのかもしれません。

……私も、幼い頃にハルヴァーリア様をモデルにした物語を読んだことがあります。

元はお父様に連れられてベルティア家を訪問した時に、イレーナさんがそういう本を見せてくれたのですが、冒頭部分だけ読んだ私は、どうしても続きを読みたくなってしまいました。でもお父様にねだっていいのか迷っていると、ユラナに見咎《みとが》められて白状させられたのだったと思います。

その後しばらくして、ユラナは少し表紙がいたんだ本をこっそりくれました。

王都には、庶民用に中古書店があることもその時に初めて知りました。たぶん、出入りしている商人に手配してもらったのでしょう。

その時の本は、今も大切な本として私の部屋にあります。

今にして思えば、あの物語の中では「ハルヴァーリア王女」とは明記されていませんでした。でも「金髪の美しい王女殿下」のお話で、誰が見てもハルヴァーリア様のことだとわかりました。

だから「銀髪で美しい容姿の第二王子」が主人公の物語が広まっていたとしても納得できます。

そんなことを考えていたら、フィルさんが困ったような顔をしました。

「あのね、実は、僕がそういう対象になっているせいで、君も……いろいろな物語の中に描かれているんだ」

「……物語の中に？」

思わず足が止まります。

フィルさんも立ち止まり、一瞬決まり悪そうに目を彷徨《さまよ》わせてから私を覗き込みました。

「ごめん。その……いろいろ問題のある僕が夢中になった女性として、好奇の対象になっている」

「私が？」

「うん」

「……どんな風に描かれているの？」

「一番よく出回っているのは、身分違いの恋物語だよ。これは貴族女性たちの間で人気があったものだろう。大袈裟だけど、それなりに真実に近い」

フィルさんは再び歩き出しました。

手をフィルさんの腕にかけたままだったので、引っ張られる形で私も歩きます。

「そこで終われば問題はなかったんだけどね。どうやら僕たちの話は、いつも以上に人気が出てしまったらしいんだ。だから類似作というか、いろいろ関連したものが出ていて、その中には悪質で低俗なものもあるんだよ」

「さっきの本は、そういうものだったの？」

フィルさんは曖昧に笑っただけで、何も答えません。

でも、それが答えなのでしょう。

私は真面目に少し考えてみましたが、なんとなく苦笑が漏れただけでした。

「何というか……私が知らない間に、そんなことになっていたのね」

「……まあね、普通のものは悪くないんだよ。アルベスの許可があるものは、君も読んでもいいかもしれない。ただ、それ以外のものは絶対に見てはいけないよ。特にあの手のものはダメだ。存在そのものを否定する気はないが、名前と身分が同じなだけの全くの別物になっているのは許せない！」

また少し苛立《いらだ》ったのか、フィルさんの声が荒くなりました。

でもすぐに表情を改めて、私にそっと囁きました。

「僕は慣れているから平気だけど、ルシアちゃんはそうではないと思う。……不快なら止めることはできるよ」

「でも、実際にそんなことをするのは難しいんでしょう？　娯楽ってそういうものだわ」

フィルさんは答えませんでした。やはり、止めることはかなり困難なのでしょう。

私は歩きながら考えてみました。

フィルさんは王弟殿下で、私は貧乏子爵家の娘です。そんな二人の恋物語があったなら、若い女性たちはつい手に取るでしょう。幼い頃の私のように、密かな憧れを込めて読んでしまうかもしれません。

……なんだか、変な気分です。

何となく落ち着けずにいると、フィルさんがまたため息をつきました。

「実は、マリージア義姉上からの手紙には、さらに踏み込んだ話があった。僕たちの話を上演したいという申請があるらしい」

「……上演？」

「兄上とマリージア義姉上も演劇になっていたし、ハル姉上が結婚した時も甘い恋物語になっていた。国民に親しんでもらえる絶好の機会だから、悪いことではないよ。……ハル姉上のものはとんでもなく美化されていて、僕たちはどうしても最後まで真顔で見ることはできなかったけどね」

苦笑いを浮かべたフィルさんは、もう一度ため息をついて足を止めました。

いつの間にか、とても華やかな区画に来ていました。フィルさんの姿を見て、何人かが奥へと向かっていきます。

すぐに私たちは近くの部屋に案内されました。どうやら控え室のようです。とても豪華で、でも他に誰もいない静かな部屋でした。

「兄上との面会は、そんなに時間はかからないと思う。ルシアちゃんはここで待っていてくれるかな。僕はまた軍本部に戻らなければいけないけど、その前に北棟まで送るよ」

「でも、フィルさんは戻ってきたばかりで忙しいんでしょう？」

「大丈夫だよ。北棟に寄るくらいはたいしたことではないから。それにルシアちゃんと一緒にいる時間のためなら、死ぬ気で頑張れるからね！」

……どの辺りが大丈夫なのでしょうか。騎士の「大丈夫」は、一般の感覚では全く大丈夫ではないと思います。

用意された椅子に座りながら、私は首を傾げてしまいました。

フィルさんは私の横に立ったまま、少し笑いました。

「それにしても、今日のルシアちゃんは本当にきれいだな。僕は完全に引き立て役だ」

「そんなことはないわよ。制服姿のフィルさんはとても素敵だもの」

「ありがとう。でも土埃で薄汚れている。おかげで君を抱きしめることもできない。残念だよ」

そんなことを言いながら、深々とため息をつきました。

フィルさんは、相変わらずのフィルさんですね。

誰よりもきれいで、明るくて、私によく笑いかけてくれて、時々子供っぽくて、少し愚痴っぽい。

この半年で、私の世界はいろいろと広がりました。王家の方々とは親しくさせていただくようになりましたし、高位貴族の方々ともお話をするようになりました。

でも、フィルさんはやっぱり特別です。……少なくとも、私にとっては。


「フィルオード殿下」

開け放ったままの戸口から、声が聞こえました。

案内役の従者が、少し目を逸らしながら立っています。

「すぐに行く」

そう応じて歩きかけ、フィルさんはぴたりと足を止めて戻ってきました。

「どうしたの？」

「先に補給しておこうと思って」

何を？

そう聞こうとした時、フィルさんの指が私の顎に触れました。

軽く上向けられ、フィルさんが腰をかがめ、銀髪が私の顔をくすぐります。

――顔が近い。

そう気付いた瞬間、かすめるように唇に何かが触れました。驚いて動けずにいる間に、もう一度、今度は少し長めに押し当てられました。

「……よしっ、これでいくらでも頑張れる。ではルシアちゃん、また後で！」

上機嫌のフィルさんは大股で歩いていき、あっという間に見えなくなりました。頑《かたく》なに目を逸らしたままの従者が後を追っていきます。

残された私は呆然と見送っていましたが、おそるおそる手を口元にあてました。

今、私の唇に何かが触れました。

柔らかくて、温かなものが。

「…………えっ？」

顔がじわじわと熱くなるのを感じます。

両手を頬に当てようとして、金の指輪が目に入ってしまいました。

そうでした。

私はフィルさんと婚約をしています。だから、別におかしなことではないのです。でも……。

「――もう、フィルさんの馬鹿……っ！」

頬だけでなく全身が熱くなるのをごまかしたくて、抗議の言葉をつぶやいてしまいました。

5 対立

「フィル、この件については絶対に譲りませんからね」

「僕も譲るつもりはありませんよ。姉上」

王姉ハルヴァーリア殿下とフィルさんは、そっくりな青い目で睨み合っていました。


ここは王宮の北棟の一室です。

一年と少し前に初めて泊めていただいた時は、なんて世界が違うのだろうと思ったものですが。人間、何事にも慣れるようです。

古い時代の狭い階段は楽しい気分で上れましたし、改築されている華やかな廊下に出ても、年代を感じさせつつも豪華な内装に囲まれていても、過度に緊張することはなくなりました。

金で飾られた美しいカップでお茶をいただいても、味がわからなくなることはありません。向かいの席に王妃マリージア様がいても、隣にロスフィール国王陛下がいても、それで思考が止まったりはしません。

やっぱり私は図太いようですね。

でも、どうしても慣れないことはあります。

例えば、私たちから少し離れた場所で冷ややかに睨み合っている二人。一人はフィルさんで、もう一人はハルヴァーリア王姉殿下です。この二人の激しい睨み合いには全く慣れません。

この睨み合いは、今日で二日目なのですが。

「ルシアさん、お茶のおかわりはいかがかな？　お菓子ももっと食べていいのだよ」

気さくに声をかけてくれるロスフィール陛下は、お菓子の皿を差し出してくれました。

……慣れないことはまだありました。

こうやってお菓子を勧められることはともかく、陛下にお茶のおかわりを注いでいただくことは少しも慣れませんし、しばらく慣れるとは思えません。

緊張しながらお礼を言った時、ハル様が私たちの方を見ました。

真っ青な目が向けられると、思わず緊張が高まってドクンと心臓が大きく跳ねます。でもハル様が見たのは、私ではなくアルベス兄様のようでした。

「アルベスくん。あなたはどう思うの？　やっぱり、きちんと王族として迎えることを広く示す方がいいわよね？」

「姉上、何度も言っているように、僕はルシアちゃんに王族の義務を負わせたくはないんだ。それに『貴族だけど親しみやすい女性』というのを目玉にしたのは姉上だろう？　それなら、王族待遇ではなく、フィルオード個人との結婚という形式を取るべきだ」

「そんなことをすると、私たちが意地悪でルシアさんを疎《うと》んじているみたいじゃない。それに、子供が生まれた後のことも考えなければいけないわよ。ルシアさんに似た子が生まれれば、王族としての特権をあげたいでしょう？」

「それは確かに……いや、特権なんて必要ない。無理に王族に加えなくても、ルシアちゃんはラグーレン家の人間だ。多少は僕の財産を相続してもらいたいけれど、それ以上のものは重いだけだ。僕に何かあった時は、子供と一緒にラグーレンに戻る。それでいいじゃないですか！」

「私に、ルシアさんを追い出す小姑《こじゅうとめ》役をしろというの？　フィルが死んでも、ルシアさんにはずっと私たちの家族でいてほしいのよ！」

……また激しい言い合いになってきました。

昨日から、二人はずっとこんな感じです。

論争の原因は私です。

正確には、私とフィルさんの結婚式をどのような形式にするか。

ハル様は王族の結婚として婚礼も華やかに執り行い、国内外に私を披露すべきだと主張しています。

でもフィルさんは、私の負担を考えて、地味な形にしたいと言ってくれました。王族としての義務も外そうと頑張っているのですが、それでは特権が得られないとハル様は許そうとしません。

その結果、フィルさんが死んだ後とか、そういう縁起でもない仮定が飛び交っていました。

二人とも、私のことを思ってくれているのはわかります。

フィルさんは私の負担をできるだけ減らそうとしてくれていますし、ハル様は私を正式な妻として披露することで、王族としての待遇を与えるべきだと主張していました。

二人の根底にあるのは、私を守ること。

大切にしてもらっていると思うと、とても嬉しいです。でも……さらに一週間言い合いを続けても解決するようには思えません。

私はフィルさんと結婚できるだけで十分だと思っていたのですが、なかなかそれだけで終わる話ではないようです。

こういうところは、やはりフィルさんは王族なのだなと思ってしまいます。

……でも、何と言うか。

二人の議論の本題は、そういう深く重々しい話ではなかったりします。

「各国に招待状を送って、荘厳な挙式、そして最後は国民の前で華やかなパレード。これは外せないわ！」

「パレードなんてやっている暇があったら、僕はラグーレンに行きたいし、ルシアちゃんと二人でいたい。そのくらいわかるでしょう！」

「そんなことは後でいくらでもできるのだから、少しは我慢しなさい。それより、最近は結婚式の後は華やかなパレードをするのが主流なのよ。それをしないなんて、王家の権威の問題になります！」

「王家の権威を語るのなら、庶民の創作に対抗意識を持たないでくださいっ！」

要するに、こういうことなんですよね……。

ハル様が言う「主流」とは、創作の中の主流です。

私とフィルさんがモデルになっている恋物語については、アルベス兄様が許可してくれたものを一冊だけ読みました。……自分の物語だと思うと恥ずかしくて、それ以降は読んでいません。

でもその本では、ハル様が言う通り、華やかなパレードが物語の最後を飾っていました。

庶民ではないけれど、貧乏な弱小貴族の娘が王弟に嫁ぐというのは、物語として面白いのはわかります。そして王族の結婚式といえばパレードですし、物語は華やかであればあるほど面白いですよね。

一応、私も当事者なんですが……あの二人の中に入って、何かを主張するほどの強い希望も度胸もありません。

こっそりため息をついていると、今度はフィルさんがお兄様をじろりと睨みました。

「おい、アルベス。君も何か言ってくれ！　君の妹の結婚式なのだぞ！」

「俺が口を挟める話じゃないだろう。だがもし、俺が言っていいのなら……」

「許します。何でも言いなさい」

「寛大なお言葉、感謝いたします」

お兄様は立ち上がってハル様に丁寧に礼をし、それから私にちらりと視線を向けました。

「お二人の主張はだいたい理解できますが、このままではずっと平行線です。一度持ち帰って、少し冷静になるべきかと」

「まあ、アルベスくんの言う通りだろうな。お互いの主張は把握できただろうから、頭を整理する時間が必要だ。……そうでしょう、姉上？」

お茶のポットをテーブルに置き、ロスフィール陛下は穏やかな笑顔でハル様を見つめました。

決して声を荒らげたりしたわけではないのに、一瞬ひやりとするような空気が流れます。ハル様はわずかに眉をひそめ、でもすぐに嫣然《えんぜん》と微笑みました。

「いいでしょう。でも、私は譲る気はありませんからね」

ハル様は優雅に立ち上がりました。

いつの間に移動していたのか、すぐそばにドートラム公爵リオル様がいて、ハル様に手を差し出しました。

「ハルさんもお茶をどうぞ。あなた好みのお茶を用意しているよ」

「そうね、いただきましょう。フィルが頑固だから、つい声を出しすぎてしまったわ」

ハル様は不機嫌そうにそう言いましたが、ご夫君のエスコートに任せてテーブルにつき、ちょうど侍女が注いだばかりのお茶を飲みました。

昨日も驚いてしまったのですが、ドートラム公爵がお茶の用意を頼むタイミングはピッタリです。

今日も飲み頃のお茶の香りに、ハル様の表情が和らいだように見えました。

お二人は、こんな感じで不思議な間合いの取り方をします。

ハル様はいつも好き勝手に動いていて、公爵様も特に合わせようとしているようには見えないのに、不思議なほど寄り添っているというか。

会話は多くありませんが、とても円満なのだろうなと思います。

私が幼い頃に読んだ本では、ハル様はうっとりするような恋の末に結婚したことになっていました。……でもフィルさんによると、現実とはかなり違うようです。私とフィルさんのことでも、いろいろ事実と異なる描かれ方をされています。ハル様と公爵様も、本当は違う出会い方をしたのかもしれません。

そのうち、誰かに教えてもらおうかな。

……ハル様に直接聞く、という選択肢はありません。絶対に無理だと思います。

表情を隠すために、私は国王陛下にいれていただいたお茶を飲みました。

◇

私たちは王宮を後にして、ラグーレンへと戻りました。

あらかじめ帰宅の知らせが届いていたからか、騎士の皆さんが食事を用意してくれていました。

温かいスープが待っているなんて、本当にありがたいですね。

私がほっとしながら食べている横で、アルベス兄様は深々とため息をついていました。

前髪をぐしゃりとかき乱しているお兄様は、とても疲れているように見えます。やっぱり気疲れしたのでしょう。

わかります。

ハル様はお兄様に容赦しませんものね。マリージア様もお兄様に気軽に声をかけてきますから、疲れは倍増なのだと思います。

「お兄様、おかわりは？」

「……いや、もういい。少し酒が飲みたい」

本当に疲れているみたいですね。

明日は、お兄様の好物をたくさん作ってあげましょう。

メニューをいろいろ考えていると、蒸留酒のコップを手にしたフィルさんがため息をつきました。

「なあ、アルベス。姉上を説得するいい方法はないかな」

「……そんなの知るか。正直言って、俺は今でもお前との結婚には反対なんだ」

「え、なぜだ。僕はそれなりに財産を持っているぞ？」

「財産以外も持っているから、タチが悪いんだよ」

「ああ、うん、まあそうだよな。姉上と親戚付き合いをしなければならないなんて、はっきり言って無茶だよな」

「お前なぁ、そういうところが……！　いや、もういい。一人であの方の攻略法を考えておけっ！」

「な……無茶を言うなっ！　正面からでは勝てるわけがないだろう！　君は姉上に気に入られているんだから、もっと僕に協力しろ！」

アルベス兄様とフィルさんが言い合いを始めました。

言い合いと言っても、二人とも強いお酒を飲んでいるところですから、真に受けることはありません。

ため息をついて食事を続けていると、くすくすと笑う声が聞こえました。

ああ、そうでした。

この子たちも我が家に来ていたのでしたね……。

そっと横を見ると、銀髪に紫色の目をした元気で美しい双子たちが目を輝かせていました。

「ねえ、ルシア。あの二人、見ていると面白いね！」

「アルベスも、フィルも、ぼくたちが知っているのとちょっと違う感じだね！」

……そうでしょうね。

でも私にとっては、二人はあの姿が普通なんです。

旺盛な食欲を見せる王家の双子たちのお皿におかわりのパンを置いて、私はお兄様たちを振り返りました。

お兄様とフィルさんは、まだ何か言い合っていました。でもその横では休暇滞在中の騎士の皆さんがナイフを用意して、壁に取り付けた的に投げ始めています。

私たちが食事をしている間も直立の姿勢を崩さなかった双子の護衛騎士は、突然始まったナイフ投げ大会に唖然としていました。

双子たちに同行している護衛は、今回も第一軍の騎士です。

お兄様の話では、第一軍の騎士も兵舎食堂でのナイフ投げは普通にしているはずなのですが……実はそうでもなかったのでしょうか。

なんとなく首を傾げていると、アルくんが笑いを堪えながらこっそり私に囁きました。

「あのね、今日のぼくたちの護衛、今は第一軍所属だけど、将来は近衛騎士になる人たちなんだよね」

「だからかな、やっぱりちょっとお上品だよ。ハル伯母さんがうらやましいって、いつもこぼしているよ」

リダちゃんもこそこそと囁いて、笑っています。

二人の明るい笑顔は見ていて楽しい気分になりますが……近衛騎士という言葉を聞くと、やっぱりこの子たちは国王陛下の御子たちなのだなと思ってしまいます。

将来、アルくんは国王になります。

その頃も、こうして笑っていてくれるでしょうか。ラグーレンはそういう場所の一つになっているでしょうか。

フィルさんがそうだったように、心を許せる場所をどこかに用意するお手伝いができれば……。でも、それならますます、お兄様の結婚問題が重要な気がしてきました。

「……お兄様に、誰かいいお相手はいないかしら」

ハーブ茶用のポットにお湯を注いでそうつぶやくと、双子たちも真剣に考えてくれました。

「アルベスかぁ。うーん、確かにアルベスもいい年だよね。ハル伯母さんに頼んだらどうかな？」

「ダメだよ。ハル伯母さん、絶対に公爵家の親戚を連れてくるよ？」

「あ、絶対にそうだよね。あの人、変なところで身分に対するこだわりがないよねー。でも、アルベスにそういう人はまずいでしょ？」

えっと……うん。そうですね。

もちろんお兄様の気持ち次第ですが、できれば家格が釣り合った人がいいな……。

「……そういうことなら、ドートラム公爵に相談してはいかがでしょうか。あの方は様々な分野に顔が広いですから、家格にも幅が出てくるかと」

護衛の騎士が、直立を保ったままつぶやきました。

まるで独り言のような小さな声でしたが、ポットを置いて振り返った私に、ちょっとだけ笑いかけてくれました。

「とはいえ、アルベス殿のお相手を探していると広まればいろいろ殺到しそうなので、ルシア嬢が気に病むことはないと思いますよ」

お兄様より少し若いくらいの騎士ですが、とても穏やかな笑顔でした。将来は近衛騎士に移るのなら、こういう育ちの良い雰囲気が普通なのかもしれません。

でも……そうですね。ドートラム公爵なら、確かに相談しやすいかもしれない。いいことを教えてもらいました。


「おい、そこの護衛っ！　今、ルシアちゃんに色目を使ったな！」

突然、大きな声が割り込んできました。

その直後に、背後から乱暴に抱き寄せられてしまいます。驚いて見上げると、銀色の髪が見えました。

「僕の目の前でいい度胸だな。表に出ろ」

「……えっ？　いや、違います！　誤解です！」

「あんな間近から笑いかけておいて、何が誤解だ。さっさと表に出ろ。猿どものお守り任務に免じて木剣で許してやる」

フィルさんの青い目は恐ろしいほどに冷え冷えとしていますが……とてもお酒臭いです。

こっそりため息をつき、お腹に回っている手をぽんぽんと叩きました。

「フィルさん。騎士さんは助言をしてくれただけなんだから、落ち着いて」

そう言ってなだめようとしたのに、フィルさんの腕にさらに力がこもり、すっぽりと両腕で抱き込まれてしまいました。

もう、フィルさんったら。

酔っ払いぶりに呆れているのに、うなじにフィルさんの吐息を感じてなんだか落ち着きません。

……それに、包み込まれているのは心地よいというか。

周囲の護衛騎士たちが驚いた顔をしているのも気恥ずかしいです。

なんとか抜け出そうと身じろぎをした時、荒々しい舌打ちと低い声が聞こえました。

「……おい、フィル。お前も落ち着いて周りを見ろ。お前こそ、俺の目の前でよくもそんなことができるなっ！」

「えっ、アルベス兄様？」

いつの間にか、アルベス兄様もそばに来ていました。

私を背後から抱きしめているフィルさんを、とても恐ろしい目で睨みつけていました。

もちろんお兄様も猛烈にお酒臭くて、髪が少し乱れていて、襟元もいつもより広く寛げています。

……これは、かなり酔っていますね。

誰か理性が残っている人、この二人を止めてくれないかなぁ……。

こっそりため息をついていると、フィルさんがやけに爽やかに笑いました。

「僕たちは、もう事実上の婚約をしている。このくらいは許されるはずだ！」

「お前は馬鹿か！　まだ正式に発表されていないんだぞ。人前でそんな姿を見せてみろ。やはり子

爵家の娘は浮かれているだの、愛人止まりだのと言われてしまうんだ。何度言ったらわかるんだ！」

「僕はルシアちゃんを愛人にするつもりはない。対等な妻になってもらうんだ。その覚悟の証として、兄上の目の前で結婚を申し込んだぞ！」

「お前が暴走して、結果的に陛下が見てしまっただけじゃないかっ！」

酔っ払っている二人は、とうとう私の頭越しに言い合いを始めてしまいました。

私のことで白熱してくれるのは嬉しいです。

……でも、私がここにいる必要はありますか？

ため息をついている横で、青ざめている護衛の騎士と私たちを交互に見ながら、双子たちがけらけらと笑っていました。

◇　◇　◇

翌朝、アルベス兄様とフィルさんは喉と頭を押さえていました。もちろん私と目を合わせようとしません。

あれだけ飲んで騒げば、そうなりますよね。二人とも記憶が飛ぶわけではありませんから、余計に居た堪《たま》れないのでしょう。

それがまた面白いのか、食堂でお皿を並べていた双子たちは笑っています。

そういえば、この子たち、今回はいつまで我が家にいるのでしょうか？

「今回は一週間くらいかなー。お父様とハル伯母さんが話し合うから、その間はラグーレンにいなさいってお母様が言ってくれたんだよ」

「お父様がどのくらいがんばるのか、見てみたかったんだけど」

王宮でも、昨夜のお兄様とフィルさんのようなことがあったりするのでしょうか。

双子たちはニヤッと笑い、それから神妙な表情を作りました。

「政治的な案件では絶対に負けないのに、こういうことだと、お父様は全敗なんだよね。お母様も見ているだけじゃなくて、たまには助けてあげればいいのに」

「お母様は平和主義だから、ハル伯母さんとは対立しないんだって。あ、でもお父様が再起不能までボッコボコにされる前に、ちゃんとリオル伯父さんが助けてくれるよ！　あの人、本当にハル伯母さんの扱いがうまいよねー」

平和主義とは、そういうことを指すのでしょうか？

それに、ボッコボコって……。

……今の言葉は聞かなかったことにしましょう。

朝食後に厩舎で一仕事して、私は双子たちの勉強時間に付き合いました。

といっても、今日は秘密で作りたいものがあるからと言われてしまって、少し離れた壁際にいました。

ようするに、私の役割は見張りですね。

いつもなら護衛の騎士が室内にも何人か控えることになっています。でも、今日はいません。

かわりに、腰に剣を帯びたアルベス兄様がいました。

椅子を並べて座っているのに、お兄様はまだ私と目を合わせてくれません。酔って羽目を外してしまうのはいつものことだから、そんなに気にしなくてもいいのに。

なんとなく気まずい私たちをチラチラ見ていた双子たちは、でもすぐに何かに熱中し始めました。

「……なあ、ルシア」

絵を描きながら小声で話し合っている双子たちを見ていると、お兄様が口を開きました。

私が顔を向けても、お兄様は真っ直ぐに双子たちを見ているようでした。

「お前は、フィルとの結婚をためらうことはないのか？」

「ためらうって？」

「フィルは王家の中心にいる。あいつがどんなに頑張っても、ルシアもそこに立つことを求められるだろう。……それを重いと思わないのか？」

お兄様の声はとても静かでした。私を見ないままの横顔も真剣でした。どうやら、私に話があったようです。

だから、護衛の騎士たちと警備の役割を交代してもらったのかもしれません。

私は双子に目を戻しました。

銀髪の美しい子供たちは、こそこそと話し合っています。アルくんが絵を指差して何かを囁くと、リダちゃんが真剣な顔でパステルで何かを描き足しました。

それで満足したのか、今度は別の厚手の紙に色を塗り始めます。真剣に塗っていると思ったら、ハサミも持ってきました。

チョキンと大胆に紙を切り、切った紙には糊《のり》を塗るようです。

工作なのかな？　二人とも楽しそうですね。

……でも、どんなに普通の子供に見えても、どんなに元気一杯に周囲を振り回しても、あの子たちは国王陛下の御子たち。将来はどちらかが王冠を頭上にいただき、王家を示す紋章を身につけ、我が国で最も尊い人になります。

細い肩に王国の全てが載り、あの小さな手が権力を握り、天真爛漫な笑顔はやがて心情を探らせない微笑みに変わってしまうでしょう。

私の前では表情豊かなフィルさんが、外では違う顔になるように。

それが王族というものです。

そういう世界に私が組み込まれてしまわないように、フィルさんは精一杯に頑張ろうとしています。お兄様も心配してくれたのでしょう。

……正直に言うと、垣間見える王家の義務の重さに今でも慄《おのの》いてしまいます。

でも私は、フィルさんが背負うものを分けてもらうと決めました。

フィルさんが結婚してほしいと言ってくれたあの日から、私はどんなものでも受け入れる覚悟をしています。

「アルベス兄様。私、もう決めたの」

私がそう言うと、お兄様が顔を動かしました。

今日初めて目が合いました。心配そうなお兄様に、できるだけ明るく笑ってみせました。

「私はフィルさんと一緒に生きていくわよ。きっと苦しいこともあるだろうけど、フィルさんがいるし、他にも助けてくれる人はたくさんいるでしょう？　だから……お兄様は、私のことばかり心配しなくてもいいのよ」

アルベス兄様は私を見つめ、眉を少し動かしました。

一瞬ためらってからお兄様の手が伸びてきて、私の頭に触れました。

大きくて、力強くて、剣を握ることも農具を使うこともできるお兄様の手が、ゆっくりと私の頭をなでました。

「本当に強くなったな」

「お兄様の妹だもの」

「そうだな。お前もラグーレンの子だな。……お前がそうやって強いから、フィルは羽を伸ばしてしまうんだ。あいつは本当に馬鹿だぞ。今まで以上に振り回されるかもしれない」

「だったら、私もフィルさんを振り回してあげるわよ」

私がすまし顔を作って言うと、お兄様は吹き出すように笑いました。

「それはいいな。あいつを思い切り振り回してやれ。わがままも言っていい。贅沢も好きなだけしろ。だがパレードについては、お前がやりたくなかったら断っていいんだ。王姉殿下も、お前が嫌だと言うことまでは強いることはない……と思う」

ああ、うん、パレードはね……ちょっと私には荷が重いかなと思います。

私が少し目を逸らして曖昧に笑うと、アルベス兄様はいつもの笑顔になって私の頭をぐしゃぐしゃと乱暴になでました。

まるで私がもっと小さな子供だった頃のような……お兄様がまだ騎士で、お父様が元気だった頃のような手つきでした。

◇　◇　◇

三日後の夜、いつも通りに食堂に入ると、何だか様子がおかしいことに気付きました。

今日は新しいドレスのことで商人たちが来ていたので、私は料理に参加していません。食事の時間になるぎりぎりまで、ティアナさんと商人たちとでじっくりと打ち合わせをしていました。もちろん、私がほとんど座っていただけなのはいつも通り。

でも、お兄様も久しぶりに新しい服を作ることにしたので、私たちの横で小物合わせをしていました。宝石商たちは同席するフィルさんの審美眼に絶対的な信頼を寄せていたようですが、お兄様はニヤニヤ笑うフィルさんをうんざり顔で睨んでいました。

私とお兄様が疲れ切って、でもフィルさんとティアナさんが充実した笑顔を浮かべて食堂に入った時。何か違和感を覚えて私は足を止めました。

いつもより食堂にいる人の密度が高く感じます。思わず人数を確認してしまいました。

笑顔のアルくんとリダちゃん。

護衛任務中の騎士たち。

それに、休暇中の騎士の皆さん。

今回も警護担当としてかなりの人数の騎士が同行していますが、この場にはいませんから特に多いわけではないようですね。いつも通りです。

でも、騎士の皆さんは全員が整列していました。そのせいで圧迫感を覚えてしまったようでした。

「あの、どうしたの？」

思わず聞くと、双子たちがにっこりと笑いました。

「アルベスー、こっちに来て」

「こっち、こっち！」

「……俺か？」

手招きに応じて、首を傾げながらアルベス兄様が双子たちの前に行きます。

途端に、騎士の皆さんが一斉に姿勢を正して敬礼をしました。

「えっ？」

私が驚いている間に、アルくんがちょっと真面目な顔になって進み出ました。

「ラグーレン子爵アルベスに、我アルロードとリダリアの名前で与えたいものがある」

話し方がいつもと違います。

少し間延びをする子供っぽい話し方ではありません。極めて美しい発音になっています。

アルベス兄様も驚いていました。でもフィルさんはわずかに目を細め、表情を消して双子たちを静かに見据えました。

「……アルロード。リダリア。君たちはいったい何をするつもりだ？」

「前から思っていたんだけど、今回ラグーレンに来て特に強く思ったんだ。ぼくたちも、いつでもここに来たいなぁって！」

「だったら、そういう場所にしちゃえばいい！　と思いついたんだよねー」

アルくんとリダちゃんはちらりと顔を見合わせ、いつもの話し方に戻ってにっこりと笑います。

でもリダちゃんはアルベス兄様を見て、こてりと首を傾げました。

「……あの格好では、なんだかしまらないよ？」

「うーん、そうかなぁ。アルベスだから、これでいいんじゃない？」

「いや、やっぱり格好がつかない！　ねえ、誰か制服を貸してあげてよ！」

「あ、そうだね！　上だけでいいから！」

「……俺は持ってきていないぞ」

「俺もだな。よし、そこの若いの！　脱げ！」

「えっ、私ですかっ!?　いや、でも、私の制服ではアルベス殿にはサイズが合わないですよ！　外に比較的近い体形の連中が……！」

「ないよりマシだ。ほら脱げ！」

双子の護衛をしている若い騎士が、無理矢理に制服を脱がされています。

いったい、何が始まったのでしょうか。

呆気に取られている間に、休暇中の騎士が脱がしたばかりの制服をアルベス兄様に渡しました。

アルベス兄様はためらっていましたが、双子に強力に促されてゆっくりと袖を通しました。

お兄様はとても背が高くて、体つきもがっしりしています。

だから、借り物の制服を羽織っても袖は少し短いし、肩や胸周りはかなり窮屈そうでした。でも、ぎりぎり前を閉めることはできたようです。

お兄様は落ち着かない様子で袖を見ていました。

「ねえ、片膝ついてくれる？　ぼくはまだ背が足りないんだよね」

「あ、ああ。……だが、いったい何を……」

「うん、これならいいかな。アル、お願いね！」

「任せて！」

リダちゃんとアルくんが目を合わせて頷きます。

それから、アルくんは少し前の、王族らしい顔に戻ってアルベス兄様に歩み寄りました。

表情の薄い顔のまま無言で見ていたフィルさんは、アルくんの手元を見て顔色を変えました。

「……ちょっと待て。まさか、君たちは……！」

「フィル、しぃっ、だよ！」

「おい、やめるんだ！」

「うるさいよー。……こほん。ラグーレン子爵アルベスを、我アルロードの名で王家特別管理官に任命する。はい、これをどうぞ！」

神々しいほどの王族の顔が、にっこりと笑った途端に悪戯っ子の顔に戻り、お兄様の胸に何かをつけました。

色パステルを塗った紙で作った……花？　勲章？　それとも徽章《きしょう》の真似事でしょうか。

私は見守るしかありません。

いったい何が起こっているのか……王家特別管理官？

まだ事態を把握できない私の前で、フィルさんが硬い顔で髪をかき乱していました。

「なんてことをするんだ！　アルベスは僕の休暇中の副官なんだぞ！」

「休暇中以外は空いているでしょ？　だからその間は、私たちの遊び相手になってもらおうかなーって」

「勝手なことをするな！」

「だってぼくは第一位継承者な王子だし？　フィルより序列と任命権は上だよ？」

「……くっ……この猿どもめ！　どこでそんな知恵をつけたんだ！」

顔をしかめたフィルさんは本気で悔しがっています。

子供相手に。

いや、王家の方々ですから、大人とか子供とか、そういうのは問題ではないのかもしれません。

つまり、これは……。

「……もしかして、お兄様の書類上の肩書きが増えたの？」

「そのようでございますね。でも、アルベス様に肩書きをかぶせてしまうなんて、さすが殿下方です」

ティアナさんは呆れているのか、ほめているのか、よくわからないことを言って頷いていました。

でも、書類上の肩書きなら……特に困ることはない、はずですよね？

アルベス兄様は片膝をついたまま、呆然と胸の紙細工を見ていましたが、やがてため息をついて立ち上がりました。

「フィル。俺はどういう反応をすればいいんだ？」

「光栄です、とでも言っておけばいいんじゃないかな。でも、騎士たちが揃っているから、公文書に載るぞ。覚悟しておけよ」

「……やはりそうなのか？」

まだ悔しそうにしているフィルさんの言葉に、アルベス兄様は顔を引き攣らせていました。

本当に、なんてことでしょうね。

双子の殿下たちは、お兄様を公式の遊び相手にするためにこんなことをしたのでしょうか。あの紙細工、三日前からずっと作っていたものですよね？

それに……お兄様ったら、あんなに窮屈そうな騎士の制服を着て。

――全然、サイズが合っていないじゃないですか。


「……ルシアちゃん？」

フィルさんが慌てた声をあげました。

駆け寄ってきて、腰を屈めながら私の顔を覗き込みます。

「ルシアちゃん、これを使って」

フィルさんが私にハンカチを差し出してくれました。

でも、それを受け取ることができませんでした。嗚咽《おえつ》を抑えるために口に手を当てるだけで精一杯で……それ以上はうまく動きません。

涙をぽたぽたとこぼしてしまう私に動揺したフィルさんは、でもすぐに私を椅子に座らせて、顔を拭いてくれました。

「ルシア、どうしたんだ」

アルベス兄様は私の前に膝をつきました。うつむく私の顔を覗き込み、目を合わせようとしながらそっと言葉を続けました。

「何か嫌なことを思い出させてしまったのか？」

――違うのよ。だから私は大丈夫。

そう伝えたいのに言葉にならなくて、私はただ首を振ることしかできません。

じっと私を見ていたアルベス兄様は、ハッとした顔をしました。

「俺が最後に制服を着たのは、親父が死んだ日だったか。すまない。うっかりしていたな」

お兄様がつぶやき、困ったような顔になります。

……ああ、違うんです。

お兄様にそんな顔をさせたくないのに。

私が勝手に動揺しただけ。

お兄様が王国軍騎士の制服を着ていて、まるで騎士に戻ったようで。

それだけのことで……私は…………。


「アルベス。違うんだよ」

静かな声が聞こえました。

アルベス兄様が振り返ると、フィルさんは硬い顔に薄い微笑みを浮かべました。

「君の制服姿が原因だろうけど、でも違うんだよ。……ルシアちゃんは、君が騎士を辞めたのを自分のせいだと思っていたんだ」

一瞬、お兄様はフィルさんが何を言っているのか理解できないようでした。

でもすぐに顔を強張らせ、慌てたように私を見ました。

「それは、だが、俺が騎士を辞めたのは……っ！」

「——うん。君の覚悟の問題であって、ルシアちゃんが原因ではない。ただ、あの頃のルシアちゃんはずっと気にしていたんだ。ルシアちゃんがまだ子供だったのは仕方がないことなのに。……でも、まだ気にしていたんだね」

フィルさんの言葉はとても淡々としていました。でもなんだか寂しそうな目をしています。

愕然としたお兄様は何か言おうとしたようですが、言葉が続きません。

「……そんな、馬鹿なことを……」

首を振ってやっとつぶやいたアルベス兄様は、そのまま言葉を失ってしまいました。

そうですね。

とても馬鹿なことかもしれません。

でもお父様が亡くなった夜、十三歳だった私は泣くことしかできませんでした。

私がもっと大人だったら。もっとしっかりしていたら。王都から制服のまま帰ってきてくれたお兄様を見て、気が緩んで泣き出してしまうような弱さがなかったら。……せめて「おかえりなさい」とだけでも言えていたら。

アルベス兄様は、もう少し騎士を続けていたかもしれない。

……そう考えてしまったのです。


ぎゅっと握りしめた私の手に、お兄様がそっと触れました。

「ルシア。俺はそんなことで悩ませてしまったのか？　お前が気にする必要はなかったんだ」

「……でも、騎士だった頃のお兄様は……とても楽しそうだったわ」

帰ってくる時は疲れた顔で、怪我をしている時もありました。でもあの頃のお兄様は、本当に楽しそうでした。

うつむく私を見つめ、アルベス兄様はぐっと唇を引き結びました。

お兄様の手に一瞬力がこもりましたが、すぐにふうっと息を吐いて全身の力を抜きました。

「そうだな。あの頃は楽しかったよ。馬鹿もやったし、やり甲斐《がい》もあった。国のために命を張ることを誇りにしていた。いつかは辞めるつもりだったのに、あの頃の俺はのめり込んでいたのかもしれないな」

硬い顔で語っていたアルベス兄様は、少し窮屈な制服の襟を緩め、それから過去を思い出すように目を閉じて、ふと表情を和らげました。

「……でもな、爵位継承の手続きを終えてラグーレンに戻った時、俺が感じたのは責任の重さより誇らしさだったんだ。借金が重すぎてさんざん悩んでいた時でも、朝起きて窓を開けるたびに言葉にできない幸せを感じていた。だからしみじみと思い知ったよ。……俺は、ラグーレンが好きなんだ」

そう言い切ったお兄様は、屈託なく笑っていました。その笑顔を残したまま、お兄様はゆっくりと立ち上がります。

そして私の頭を引き寄せるように腕を回し、そっと抱きしめてくれました。

「俺はラグーレンの領主であることを誇りに思っている。騎士を辞めたことに悔いはないし、未練もない。お前が引け目を感じる必要はないんだぞ」

静かな言葉は力強くて優しくて、少しの揺るぎもありません。いつものお兄様の声でした。

爵位を継いだ頃のお兄様はいつも忙しくて、私も余裕がなくて、あまり真面目な話はしていなかったと思います。だからアルベス兄様の言葉は初めて聞く心情でした。

でも、意外だとは思いません。お兄様はどうすればラグーレンが良くなるかをいつも考えて、堅実に守っている立派な領主です。どんな困難にも真面目に取り組む姿を、私は間近からずっと見てきました。

だから、お兄様がラグーレンを愛していることは知っています。

それでも私は……誰よりも速く馬を駆り、第二軍の騎士として軍章をきらめかせていたお兄様がとても誇らしかった。騎士であり続けるお兄様をもっと見ていたかったのです。

「……本当はずっと、お兄様に騎士に戻って欲しかったの」

「そうか」

「もう一度、制服を着たお兄様を見たかったの」

「殿下たちのおかげで、それはかなったな」

「……うん、そうね。やっぱり騎士の制服、お兄様にはよく似合っているわね」

「だが、これは小さすぎる」

「お兄様が大きいのよ」

私は笑いました。

——やっと笑えました。

お兄様が腕を緩め、私の頭をくしゃりとなでて離れます。

私はふうっと息を吐いて姿勢を正し、フィルさんが差し出してくれたハンカチで顔を拭きました。顔がすっきりすると、頭も少しすっきりしてきました。

まだ目元が熱いことはできるだけ気にしないようにして、心配そうなフィルさんを見上げました。

「フィルさん、私の代わりに言ってくれてありがとう。でも、どうしてわかったの？」

「あの頃の君は、笑いすぎていたからね」

フィルさんはそれだけ言って、曖昧な微笑みを浮かべました。

つまり、ずっとお見通しだったんですね。……なんだか恥ずかしい。

思わず目を逸らしてしまった私の横で、アルベス兄様は制服を脱ぎながらため息をつきました。

「俺は、何も気付いてやれなかったんだな」

「仕方がないよ。あの頃は、君もいっぱいいっぱいだったから」

「……そう、だったか？」

「自覚していなかったのか？　まあ、それは忘れてやる。――すっかり腹が減ったな。食事にしようか！」

アルベス兄様の肩を乱暴に叩いたフィルさんは、くるりと見回して明るい声で呼びかけました。

途端に、食堂の空気が変わりました。

騎士の皆さんが一斉に配膳を始め、スープを注ぎ、水とお茶とお酒を配ります。賑やかな笑い声が戻り、お兄様から制服を返してもらった護衛の騎士はほっとした顔をしていました。

「そうだったな。あの頃はあいつに助けられていた」

アルベス兄様がぽつりとつぶやきました。

きっと、領主となってすぐの頃を思い出しているのでしょう。

私が不自然に笑っていることに気付いたフィルさんは、でも何も気付いていないふりをしてふりとラグーレンに来て、ごく普通に笑ってくれました。

私たちが負担に思わない程度の差し入れをしてくれて、お兄様とお酒を飲んで、夜遅くまで騒いで……気を抜くと重く張り詰めそうになった時も、さりげなく明るくしてくれた気がします。そうやって、フィルさんはたくさん私たちを助けてくれました。

でも、今の私は泣くだけの子供ではありません。

頼りないなりにアルベス兄様を手伝うことはできるし、微力ながらフィルさんの背中を押すこともできます。

だから――――私はもう大丈夫。

私は立ち上がり、すぐ近くで心配そうに見ている双子たちに笑いかけました。

「泣いてしまってごめんなさい。でも、夢がかなったわ。ありがとう。アルくん、リダちゃん」

「ぼくたち、ルシアを泣かせるつもりはなかったんだ」

「もっと前に、相談しておけばよかったね」

双子たちはしょんぼりした顔になっています。

この子たちに、こんな顔は似合いません。少なくとも、このラグーレンにいる間は。

「いいのよ。私が勝手にびっくりしただけだから。さあ、食事にしましょう。あんなに頑張って作ってくれたんだもの。お腹が空《す》いたでしょう？」

双子をぎゅっと抱きしめ、それから背中を押します。

食卓へ向かいながら、王家の美しい双子は私の手を握って笑い返してくれました。

ある日の台所にて

ふと思い立って台所を覗くと、ユラナが二人の子たちと何かをつまんでいるところだった。戸口に立つ俺に気付いたユラナは、少し目を大きくしてから、にっこりと笑って立ち上がった。

「アルベス様。どうかしましたか？　お飲み物の用意ですか？」

「すまない。邪魔をしてしまったな」

昼食の片付けが終わった後の、家族だけの休憩時間だったようだ。そういえば、今日はユラナの子供たちが手伝いに来ていた。俺は少しぼんやりしていたようだ。苦笑いをしつつ、慌てて立ち上がったユラナの息子と娘に座るようにと合図をした。

「俺に構わず、ゆっくりしていてくれ。特に用事があったわけではないんだ」

「そうですか？　……では、よかったらアルベス様もこちらにどうぞ。軽く召し上がってくださいませ」

ユラナは椅子を用意して、笑顔で手招きした。場所を少しずつ譲ってくれた子供たちも、なんだか嬉しそうに目を輝かせている。

一瞬迷ったが、期待に満ちた視線に負けて用意してもらった椅子に座った。目の前の作業台の上には素朴な菓子の皿がある。余った粉に水と少しの蜂蜜を混ぜて薄く焼いただけの、簡素な菓子だ。

久しぶりに見たせいか、俺は思わず身を乗り出してしまった。

「懐かしいな」

「そうでしょう？　今は厨房仕事のささやかなおまけですが、昔はこれがお楽しみのおやつでしたからね」

そうだな、よく食べていた。幼い頃は、使用人たちのおやつだったのをこっそり分けてもらったものだ。でも親父が子爵になった頃には、領主一家も食べる菓子になっていた。質素な生活しか知らないルシアにとっては、この素朴な菓子は身近だっただろう。

甘味は薄いが、軽くつまむにはちょうどいい。

「うん、美味《うま》い」

「昔はよく食べましたものね。ルシアお嬢様は蜂蜜をかけたり、ジャムを添えたりしていますよ」

「……これをさらに甘くするのか？」

「はい。甘くするためというより、いろいろ工夫するのが楽しいんでしょう」

なるほど。

もっと贅沢にバターや砂糖を使った菓子を作ることもできるのに、この素朴な菓子にほんの少し足すところがルシアらしい。ささやかな贅沢気分を楽しんでいるのだろう。

ルシアはどんな状況でも悲観をしない。目の前の状況を受け入れて、その中に楽しみを見つけていく。いつも前向きな妹がいたから、爵位を継いでからの日々は思っていたほどつらくはなかった。

そんなルシアは、自分の意思で人生を選んだ。

迷いのない真っ直ぐな目で、あの男と生きると決めたのだと語る姿は、もう頼りない子供ではなかったな。

それに、あの時のルシアの笑顔は……。

「……なあ、ユラナ。ルシアは母さんに似てきたよな」

「アルベス様もそう思いますか？　お顔立ちや表情が亡き奥様そっくりに見える時があって、ドキッとしてしまいます」

「ルシアはすっかり大人になった。……いや、本当は昔から大人なんだろうな」

俺は、年の離れた妹を守っているつもりだった。

だがルシアは、俺が騎士を辞めたことに責任を感じてしまった。そのことに俺は気付いてやれず、ルシアは俺に気付かせないように振る舞っていた。いつも前向きに笑っていたルシアは、あの頃から大人だったのだろう。

……昨夜知ったばかりの事実に、俺はまだ動揺しているらしい。ユラナの子供たちの前だから自制するつもりだったのに、ついため息が漏れてしまった。

「自分が情けない。兄の俺はルシアが思い詰めていたことを気付けなかったのに、フィルは気付いていたんだからな」

「あの方は、周囲のことを過剰なくらいによく見ていますから。……あら、もしかして悔しがっているんですか？」

「そんなわけは！　……いや、俺は悔しいのかもしれないな」

否定しようとして、しかし俺はすぐ目を逸らして渋々認めた。ユラナは少し驚いたような顔をしている。むきになって否定したら、からかおうと思っていたのだろう。

俺は時々ガキ臭くなるからな。本当の子供時代を知っているユラナには頭が上がらない。ため息をついていると、ユラナが立ち上がった。

「アルベス様、少しお待ちくださいな。もっと懐かしいものをお出ししますから」

ユラナは小鍋を出して何かを用意しているようだ。特に急ぎの用事もないから、待てと言われたら待つしかない。

のんびりと素朴な菓子をつまみながら、ユラナの子供たちと話をする。二人とも大きくなった。

ビスケットを作る練習をしていると誇らしげに胸を張る下の子も、もう十一歳になっている。

ルシアが大人になったはずだ。

何となく窓の外を見ると、フィルが戻ってくるのが見えた。厩舎にいたのか肘まで袖まくりをしたままで、頭には干し草がついている。王宮でのあいつを知っている人間なら、唖然とするような隙だらけの格好だ。

相変わらず、完全に寛いでいるな。

ルシアの選択は否定しないが、呑気に浮かれているあいつを見ていると、無性に腹が立ってきた。

……わかっている。これは八つ当たりだ。大人げないし、俺を必要以上に憧れの目で見てくれるユラナの子供たちには見せたくない。

だが……やっぱり腹が立つ。


「お待たせしました。どうぞ召し上がってください」

運ばれてきたコップには、温かな牛乳が入っている。思わず中身を覗き込んでしまった俺に、ユラナは満面の笑みを向けた。

「考えすぎた後は、甘すぎるくらいの飲み物がいいんですよ。とても元気になりますからね！」

つまり……これは甘いんだな？

一瞬腰が引けたが、覚悟を決めて飲む。想像以上の甘さに手が止まったが、懐かしさも覚えた。

――幼かった頃、厨房に遊びに行くと料理人たちがよくこれを作ってくれた。

じいさんが死んだ頃には料理人がいなくなって、砂糖の使用も控えめになってしまったが、母さんの墓に初めて花を供えた日は、ユラナがたっぷりと甘くて温かい牛乳を用意してくれた。冷えていた体が温まり、全身の力が抜けていったのを覚えている。

あの時は本当に美味かった。……ただし、今の俺には甘すぎる。

表情に出したつもりはなかったが、ユラナは笑いを堪えながら歪《いびつ》な形のビスケットを出してくれた。噂の練習作のようだ。

ユラナはろくに給金を払えなかった頃も、ずっと俺たちを支えてくれた。ユラナの夫や子供もたちも、それを当然と思っているらしい。俺たちは恵まれている。

「……ユラナには、いつも感謝しているよ」

「あら、アルベス坊ちゃんのためなら、当然のことですよ！」

ユラナは明るく胸を張る。

こんなことを言っていいかわからないが、ユラナは母親のような存在だ。いや、俺の母親にしては若すぎるから、姉のようなと言うべきだろう。雇用主と使用人という線引きは必要だろうが、本当に家族のような存在になっている。

……だが、俺はもう二十六歳になっているんだ。

ふとした時に「坊ちゃん」と呼ぶのは、そろそろ勘弁してほしい。

「おっ、美味そうな物を食べているね。僕ももらっていいかな？」

急に軽い声が入ってきた。

振り返るまでもない。フィルだ。台所に何をしにきたのやら。

「いつも申し上げていますが、これは庶民の食べ物です。フィル様が召し上がるようなお菓子ではありませんよ？」

「そんなことは言わないでほしいな。僕はユラナが作る菓子も好きなんだ。うん、この控えめな味が癖になるんだよね」

ユラナの息子が急いで用意した椅子に笑顔で座り、さっそく菓子を口に放り込んでいる。……この男に関しては今さらなんだが、王弟殿下がこんな菓子を嬉しそうに食べていいのか？

俺が呆れていると、ユラナもため息をついて、でも笑顔で薬草茶を出す。これも王族が飲むような高級な茶ではない。だがフィルは、野で摘んできた癖の強い薬草の茶も美味そうに飲んでいる。

本当にこいつは……。

だがルシアは、財産とか地位とか、そういうものに目をくらませることなく、この男を選んだ。

ルシアが明るく笑っているのは、この男のおかげでもある。俺もこいつに救われてきた。

まあ、この男もラグーレンに入り浸ってきたから、お互い様か。

そういえば親父は、俺が無理矢理連れてきた友人が第二王子と気付いた時は、青ざめていたな。

そのくせ、ラグーレンに来る他の同僚たちに対するのと同じように、密かに言動に目を光らせていた。俺が何度笑い飛ばしても「ルシアは母さん似だから美人になるんだぞ」と心配していて、うんざりしたものだ。

ルシアの婚約が正式に発表される頃には、報告の墓参りをするつもりでいる。権力好きなじいさんは目を輝かせるだろうし、派手好きのばあさんも浮かれるだろう。母さんは……喜びながら心配するかな。

だが親父は「やっぱりこうなったじゃないか！」と胸を張るんだろう。目に浮かぶようだ。

こっそりため息をついていると、フィルが菓子をつまむ手を止めた。

「そうだ、アルベスに頼みがあるんだが」

「改まってどうした」

「近いうちに、親父さんの墓に行きたいんだ」

「……親父の墓に？」

ちょうど墓参りのことを考えていたから、甘い牛乳を飲み干そうとしていた俺は思わず聞き返してしまった。

同時に首を傾げてしまう。

「お前、墓の場所は知っているだろう？」

いつも気楽に墓参りをしている男が、今さら何を言い出したのだろう。

しかしフィルは真剣な顔を崩さなかった。

「君の許可も得た上で、きちんと報告をするべきだろうと思っている」

「何を報告するんだ」

「つまりだな、もうすぐ本格的にいろいろ動き始めるだろう？　だから改めて親父さんに『お嬢さんをください』と言おうと思っている。……いきなり『ください』はよくないかな。昔風に『結婚の許可がほしい』と言うべきか。なあ、アルベスはどう思う？」

……は？

いや、どう思うと言われてもな。

こいつは、時々こういう気が抜けるようなことを言う。

あくまで真剣なのはわかっている。だが、今さらそれなのか？　そんなことを本気で悩んでいるのか？

顔をしかめながら考え込む友人に、俺はため息をついた。

同時に、笑いの衝動が腹の底から湧き上がってきた。このままでは、ユラナの子供たちの前で威厳も何もない馬鹿笑いをしてしまいそうだ。……これも甘すぎる飲み物の効果なのか?!

俺はなんとか真面目な顔を保ち、咳払いをして立ち上がった。

「ちょうどいい機会だ。今から墓参りに行くか」

「今から？　……いや、それは待ってくれっ！　僕はまだ心の準備が……！」

「知るか。さあ、行くぞ！」

俺はフィルの腕をつかんで、軽く引っ張る。

その気になれば振り切れるだろうに、フィルは顔を強張らせながら素直に立ち上がった。

ぐいぐい引っ張ると、よたよた歩きながら「現在の収入の報告からするべきだろうか」とか「財産の配分の話もした方がいいのか？」とか、そんなことをつぶやきだした。

石の墓に、そんな話をしてどうする気なんだ？

というかだな、親父はラグーレンで唯一フィルが王子であることを意識し続けて、いつまで経っても硬くなっていたんだぞ？　そのことを忘れたのか？

……こいつのことだ。覚えているだろう。

ただ馬鹿正直に、正面から向き合おうとしているだけだ。それがフィルオードという男で、話す相手が冷たい石であろうと誠意を尽くす気構えは嫌いではない。

笑いを堪えながら台所を出る時、ユラナが「いってらっしゃいませ」と澄まし顔で見送ってくれた。

◇　◇　◇

「では、王族の結婚式の形式を取るが、パレードは無し。それでいいな？」

国王陛下の言葉に、フィルさんとハル様が頷きました。

予定通り、一週間ラグーレンに滞在した双子たちが王宮に戻りました。その時に私とアルベス兄様も一緒に王宮に向かい、改めて私たちの結婚式についての話し合いがもたれました。

でも、私が最初に希望を言ったせいか、先日のような対立は起こりません。フィルさんは何も言わず、ハル様も小さくため息をついただけでした。

国王陛下は部屋に集まった全員の顔を見ながら、誰も異議を唱えないことにほっとしているようです。

やはり、ハル様とそれなりに激しいやり取りを……いや、それは考えないことにしましょう。疲れ切った顔を見れば、どういう展開だったかは想像できてしまいますから。

でも、これで結婚式の流れが決まりました。

決まってしまいました。

もう、戻れません。……戻るつもりもありませんけど。

ハル様はため息をつき、でもいつも通りの迷いのない美しいお顔で私を見据えました。

「ルシアさんが望まないなら、パレードは諦めましょう。でも、ドレスについては私が用意させてもらうわよ。それから、ルシアさんはリオルの叔母の養女になりなさい。それで差し当たっての家格は整うから」

「はい」

「ところで、アルベスくんはどうするの？　何か地位をあげなくていいのかしら」

「えっ、殿下、私は別に……！」

「それについては、すでに解決済みです。堅苦しい形式的な地位はアルベスくんには似合わないでしょう。そうだよな、フィル？」

「その通りです。アルベスは特別扱いは望みません」

「あら、そうなの？　つまらない。でもアルベスくんらしいかもしれないわね」

眉をひそめたハル様は、ため息をつきました。でも、パレードの時ほど食い下がりません。

ハル様もアルベス兄様の性格はよくわかっているのか、あるいは国王陛下との話し合いで納得するものがあったのかもしれません。

国王陛下は穏やかな笑顔でした。この件については異議を挟む余地はどこにもないと確信していたからでしょう。

◇

でも、お兄様は少し硬い表情のままです。

王家の方々が相手ですから、安心できないようでした。

一ヶ月後。

王宮での華やかな舞踏会の場に、私はフィルさんと一緒に入っていきました。

一年と少し前の仮装舞踏会では、この大広間ではなく、その横の小さい広間でダンスを楽しんでいたことを思い出します。

あの時は楽しかったな……と思った次の瞬間、初めて自覚した胸の高鳴りとか、手を伸ばしてはいけない人かもしれないという不安や全てを知った時の絶望、それに翌朝のことまで思い出してしまい、何となく落ち着かない気分になってしまいました。

「ルシアちゃん、緊張しているのかな？」

私に腕を貸してくれているフィルさんが、少しだけ身をかがめて囁きました。

丁寧に銀髪を撫で付けて、王族らしい美麗な服を着たフィルさんは、騎士の制服を着ている時とは違う華やかさがあります。

こんなに着飾っている姿は初めて見ました。何を着ても似合う人なんですね。歩くだけで周囲の視線が集まります。

でもその視線を全く気にしていないのは、やはり慣れているからでしょうか。

華やかな姿のフィルさんは、でもいつも通りの気取りのない笑みを浮かべていました。

「今日のルシアちゃんは誰よりもきれいだから、心配する必要はないと思うけど」

「……そうね、とてもきれいなドレスを用意してもらったし、ティアナさんも頑張ってくれたわ」

今日のドレスは流行の形のドレスで、私のために仕立てられたものです。ネックレスも、イヤリングも、髪飾りも、全て私のために作られました。

だから、私を完璧に引き立ててくれるものばかり。きっと今日の私はとても美しく見えるでしょう。絶対に美しく見えるはずです。

でも、緊張はしてしまいます。

だって今日、私は正式に紹介されるのです。フィルさんの……いいえ、フィルオード王弟殿下の婚約者として。

体中にずっしりと重石が載っているような気がします。それを紛らわせようと深呼吸をして、手袋をつけた左手に目を落としました。

今は隠れて見えませんが、左手には指輪を一つだけはめています。厚みのある黄金製で、王家の紋章とフィルさんの個人紋章が緻密に刻まれたものです。

しっかりと重く、きらびやかで、私を王家の中に組み込んで生涯にわたって縛るもの。同時に、フィルさんの誠意の証であり、私の将来を約束してくれるものでもありました。

少し落ち着いた私がフィルさんと一緒に大広間を進んでいくと、貴族たちの視線が集まってきました。

あれは誰だ、と不審に思う視線。

あれが噂の女か、と値踏みする視線。

純粋に、物見高い興味だけを向けてくる視線もありました。

私がフィルさんと歩いているのを見て何があるかを察したのか、意味ありげに頷く貴族もいました。

「……あ」

ふと目を向けた先に、イレーナさんがいました。

少し青ざめて硬い顔をしているゴルマン様と一緒です。イレーナさんは私に親しげに手を振り、それからやっとフィルさんの存在に気付いたように、慌てて深い礼をしていました。

もちろん、あれは演技です。

フィルさんがいることを知っていながら、私に手を振って、それから気付いたふりをしているのです。周囲の貴族たちに、私との繋がりを示すために。

イレーナさんは、王宮でもいつも通りのイレーナさんですね。見ているとほっとするというか、何だか笑ってしまいます。

おかげで、緊張を忘れることができました。

「オーフェルスか」

フィルさんは舌打ちして低くつぶやきましたが、私はフィルさんの腕をぽんぽんと叩きました。

「知っている？　私、最近はイレーナさんとそれなりに仲良くしているのよ」

「……あの人工ふわふわ女と？」

「イレーナさんは、よく私を助けてくれるわよ？　もちろん下心もあるかもしれないけど、どんな時でもイレーナさんはいつも通りだから、逆に安心できるのよね」

「よくわからないな。だが、君がそう言うのなら、あの家を潰さないでおこう」

フィルさんはため息をついて、それから足を止めました。

視線の先にいるのは、アルベス兄様でした。

今日のお兄様はフィルさんとティアナさんが厳重に見立てた服を着ていますから、とても素敵です。ただし、大広間の端に立っていました。目立たないようにしているようですが、主に女性たちの視線がさりげなく集まっています。周囲に目をやったフィルさんは呆れ顔になりました。

「アルベス、君はなぜこんなところにいるんだ。姉上に呼び出されていただろう？」

「あんな高い席、気が休まるか。俺はここでいい」

「諦めろ。兄上からも、君を見つけたら絶対に捕まえてこいと言われている」

「……また、何かあるのか？」

「さあな。僕も知らされていないんだ」

軽く肩をそびやかし、フィルさんはまた歩き始めました。私も一緒に進みながら、お兄様を振り返ります。

いつもの伝統的で地味な服より、少し華やかな衣装に身を包んだお兄様は、ため息をついて私たちの後を追ってきてくれました。

目的の王族の皆さんが集まっている場所では、ハル様がゆったりと座っていました。まるで女王のような威厳と美しさです。

そんなハル様のそばに立つドートラム公爵は、私たちを見ると穏やかに微笑んでくれました。

「君たちを待っていたよ。ルシアさんは一段と美しいね。アルベスくんもよく似合っている」

「ありがとうございます」

私が丁寧に礼をすると、すすっと小さな人影が近付いてきました。

銀髪の美しい双子たちです。フィルさんはうんざりした顔になりました。

「君たちもいるのか」

「ついに舞踏会デビューだよ！」

「私と踊っていいからね！」

アルくんとリダちゃんは、とても嬉しそうです。二人ともとても美しい服装で、黙って立っていると本当にお人形のようでした。こうして見ると背が伸びましたね。

目が、人形にしては生き生きしすぎていますけど。

二人は私の周りをくるりと回り、ニヤニヤしながらフィルさんをぽんぽんと叩いていました。

それから、アルベス兄様のもとへ、たたっと走り寄っていきました。

「アルベスも、ちゃんとおしゃれしているんだね」

「俺だって場に応じた服は着るんだぞ」

「うんうん、いいね。今日のアルベスはとってもかっこいいよ！」

「これは、お姉様方が放っておかないんじゃないの？　ちゃんと予約制にしている？」

「……予約制って何だ？」

お兄様は不思議そうに首を傾げます。

正装した双子たちは一瞬絶句して、それから目を大きくしました。

「何って、ダンスの相手だよ！　えっ、もしかして無策でここにいるの？」

「ええっ、それはまずいと思うよ？　列ができたらどうするの?!」

「何を言っているのかわからないが、俺は今日も踊るつもりはないぞ？」

アルベス兄様は、あくまで生真面目に言っているだけ。自分の価値をよくわかっていないところも、いつも通りのお兄様です。

でも、双子たちにとっては衝撃的だったようです。驚愕を隠せないままお兄様を見上げていましたが、やがて深いため息をついて顔を見合わせました。

「……だめだ。どうする、リダ」

「あれをつけちゃったら人が寄ってこないんじゃないの？　それとも、その辺の暇そうな騎士たちを呼んで張り付かせておく？　オルドス、いないかなー」

「そうだね！　オルドスなら顔が怖いから、誰も寄ってこないよ！」

……だいたい目的はわかりますが、オルドスさんはそんなに怖い顔ではないと思いますよ？

いつもフィルさんが厄介をかけているから、怖い顔になるだけで。


思わず苦笑していると、ハル様が立ち上がりました。

それだけで周囲が一瞬静まり返ります。ハル様の姿が見えていない遠くでは、まだ賑やかな空気があるのに、この周辺だけハル様の挙動を息を呑んで見ているようでした。

「アルベスくん、今日は悪くないと思うけれど、まだ少し物足りないわね。……ロスに、早くあれをつけてもらいましょう」

ハル様の言葉に、私は慌てて振り返りました。

ちょうど国王ロスフィール陛下が、王妃マリージア様と連れ立って現れたところでした。

途端に、大広間の空気が一変しました。静かに流れていた音楽が止《や》み、全員が動きを止めて深々と礼をします。私とお兄様も深い礼をしました。

でも、当然ですが他の王族の方々は和やかな顔で軽い礼をするだけ。そんな中で、フィルさんは騎士らしい直立とともに敬礼をしました。

会場の貴族たちに軽く手をあげて応じた陛下は、音楽の再開も促します。

それからハル様に向き直り、ひっそりとため息をつきました。

「あまり急かさないでください。アルベスくんが萎縮したらどうするのですか」

「アルベスくんは、萎縮するような可愛らしい子ではないわよ」

「例えですよ。もちろん、準備はできていますが……さて、誰があれをつけるかな」

「ぼくがつける！」

「私がつける！」

双子たちが我先に手をあげます。

直立から楽な姿勢に戻したフィルさんは、眉をひそめました。

「兄上。いったい何が始まるのですか？」

「今年から、あの子たちが舞踏会を始めとした公式行事に出るだろう？　お前がいれば話が早いが、あの子たちの見張りとしてアルベスくんにここにいてもらおうと思ってね。まあ、箔付けのようなものだ」

そう言うと、ロスフィール陛下は背後を振り返りました。

すぐに近衛騎士が進み出て、何かを手渡します。ちょうど男性の手のひらに載るくらいの箱です。

その蓋を開けると、双子たちが飛びつくように手に取っていました。

きらびやかな黄金製で、緻密な模様が入っているようです。

……ん？　あの形、見覚えがありますよ？

私が見たのはパステルでぐちゃぐちゃと塗りつぶした紙で作られていて、もっと歪な形でした。その原形を留《とど》めながら、繊細な細工で美しく洗練された形で再現されています。

双子たちがこそこそと作ってお兄様の胸に飾った紙工作が、豪華な勲章か徽章となっているようで……え？　どういうこと？

混乱して、フィルさんを見上げました。

意外なことに、フィルさんはひどく驚いたような、珍しいくらい強張った顔をしていました。でも私の視線に気付くと、ため息をついて苦笑いを浮かべました。

「あの時も言っただろう？　猿どもの手作りの紙細工であろうと、公文書に載る肩書きだって。あいつは昔から王族係と言われてきたけど、本当に王族係になってしまったんだよ」

「……特別管理官、と言っていたわよね？」

「まあ、要するに王家に公式に認められた遊び相手かな。でも、それを表に出すとは思わなかった。……兄上にやられてしまったな。今後の猿たち次第だが、将来的には近衛騎士に連れて行かれかねない」

「えっ？」

「僕の義兄で、次期国王のお気に入りとなると、他の貴族も放っておかない。第三軍に引っ張っていければいいんだけど、王都勤務の枠はもう埋まっているから手が出せないんだ」

確かに、私の兄ということでいろいろ面倒なことに巻き込んでしまうとは思いますが……。

まだ戸惑っていると、フィルさんは深いため息をつきました。

「特別管理官は護衛も兼ねるから、書類上は軍の役職なんだ。軍に籍が残っていることを、兄上が明言したようなものだよ。これから、あいつの古巣の第二軍と、僕への対抗手段を探している第一軍の取り合いになると思うよ」

……それは……なんだか話が大きくなっていませんか……？

私はそっとアルベス兄様を見ました。

また片膝をつかされて、双子たちが楽しそうに飾る位置を探しています。いつもの諦め切った顔ですが、私と目が合うと笑ってくれました。

お兄様も、それなりに楽しんではいるようです。

でも……。

私はさらに周りを見てみました。

見覚えのある貴公子が、第一軍の制服を着た騎士たちと何か話をしていました。ナタリア様の従兄サイレス様です。とても真剣な表情でチラチラとお兄様を見ていました。

さらに目を転じると、別の騎士が深刻そうな顔でどこかへ走っていくのが見えました。休暇中にラグーレンで畑仕事をしてくれた人ですね。確か第二軍だったと思います。

華やかな舞踏会だというのに、一部の人たち、主に軍部の方々の真剣な目が不穏です。

……いったい、何が始まったのでしょう。本当にアルベス兄様の取り合いが始まるのでしょうか。

と、その時、陛下が進み出て軽く手をあげました。

再び、音楽が止まります。

皆が振り返る中、陛下はフィルさんに笑顔を向けました。

「皆に、知らせたいことがある。我が弟フィルオードのことだ」

途端に、会場が静まりかえりました。

何が始まるのか、こちらはわかります。私も一気に緊張してきました。

でもフィルさんはいつも通りの笑顔で手を差し出して、私が手を重ねるとゆっくりと陛下のところまで進みます。

大広間に、微かなざわめきが起きました。

フィルさんが……王弟フィルオード殿下が、私を伴っているのです。様々な情報がすでに流れているので、何が始まるのか確信したのでしょう。

「我が弟フィルオードが婚約することになった。相手はルシア嬢。ラグーレン子爵の妹だ」

陛下の言葉に合わせ、フィルさんが私と共にさらに前に出ました。

フィルさんが軽く礼をして、私もそれに合わせて深い礼をします。足が震えていましたが、フィルさんが手をぎゅっと握ってくれました。

ゆっくり顔を上げると、体格のいい年配の男性が進み出てきました。モルダートン侯爵でした。

「おめでとうございます。フィルオード殿下。ようやく落ち着いてもらえるようで、我が王国にとって実に幸いですな！」

「第三軍は目障りだった盗賊団の撲滅にも成功したと聞きましてよ。我が王国にとって、良いことが二重ですわね」

「とはいえ、女性たちは涙に暮れるでしょう。ああ、我が妻と娘がすでに泣きそうになっている。殿下は罪作りなお方だ」

続けて進み出た方々が、口々にそう言って笑いました。

先日、王妃様のお供をした時にお会いした方々です。私と目が合うと、澄まし顔で片目をつぶった方もいました。

陛下の合図によって音楽が再び始まり、フィルさんは私を促して大広間の中央へと進みます。

そして、フィルさんはごく自然に私をくるりと回しました。

すでにダンスの一節に入っていると気付いた時には、もう次のステップが始まっていて、私の体も自然に動いていきます。

私がガチガチに緊張していても、皆の視線が集中していても、フィルさんの笑顔はいつも通りです。ダンスは相変わらずとても上手で、私も気が付くと楽しく踊っていました。

ふと目を動かすと、すぐ横でアルくんとリダちゃんがくるくると元気に踊っていました。ハル様の長男レイフォール様は末妹ジルフィア様と踊っていて、ミレイナ様は若い護衛の騎士を引っ張り出しているところでした。

ハル様も踊っています。

相手はご夫君のドートラム公爵ではなく、青ざめたアルベス兄様でした。お兄様は背が高くてダンスも結構上手ですから、とても見栄えがします。

……顔が、とても強張っていますけど。

でも、これはハル様の心遣いなのだと思います。

爵位が高くないお兄様と、強力な後ろ盾のない私に、自分がついているのだと周囲にはっきりと示してくれたのです。

厳しくて大変な方ですが、とても優しい女性でもあるのだと、しみじみ思ってしまいます。

ドートラム公爵は、王妃マリージア様と踊っていました。

ロスフィール陛下だけは一人で王座に座っていて、穏やかに微笑んでいました。


曲が終わり、王族の方々は席に戻って行きました。でも次の曲になって一般の貴族たちが踊り始めても、フィルさんは私を続けてダンスに誘いました。

とても楽しそうな笑顔で、時折ふわりと私を持ち上げ、かと思うと必要以上に引き寄せ、私が抗議をすると子供のように笑っています。

三曲目も始まって、くるりと私を回したフィルさんは、ふと真面目な顔になりました。

「……ねえ、ルシアちゃん。僕はずっと君と踊りたかったんだ」

複雑なステップを踏みながら、フィルさんは独り言のようにつぶやきました。

足元を気にしていた私が顔を上げると、深く青い目が覗き込むように見ていました。

「誰の目も気にせず、君と好きなところを歩いて、心のままに笑い合って……姿も身分も偽ることなく君と踊ってみたかった。やっとそれがかなったよ」

軽やかに踊りながら、フィルさんはゆっくりと噛み締めるようにつぶやき、それから微笑みました。

「浮かれていると呆れられてもいい。僕は今、とても幸せだ」

少し掠《かす》れた声は、とても甘く響きます。

心の奥からにじみ出るように、柔らかく微笑んでいるからかもしれません。

またくるりと回った時、銀髪の陰に半分隠れているイヤーカフが目に入りました。

幅広の黄金に刻まれた個人紋章は、武人にしては可憐すぎる花の形です。兄ロスフィール陛下への遠慮と服従を示すために、フィルさんは優しい花を紋章に選んだのだそうです。

そうやって何も望まなかった人が、私に関してだけは我がままを通しているのだとか。

いろいろ教えてくれたドートラム公爵は、自分が教えたことは内緒にして欲しいと言って微笑んでいました。

……フィルさん、本当に家族に愛されていますよね。

「私がどう思っているかは聞かないの？」

「必要ないよ。君は指輪をはめ続けてくれるから」

「そうね。でも私にも言わせて。とても楽しいって言いたいのよ」

私は拗ねた顔をしてみせました。

でも不機嫌そうな顔は長くは保《も》たず、すぐに笑ってしまいました。

「私、フィルさんと踊るのは楽しいわ」

「うん、ルシアちゃんはダンスが好きだよね」

「それだけじゃないわよ。踊っているフィルさんは、楽しそうに笑っているでしょう？」

濃い青色の目が私を見つめてくれて、楽しそうに笑っていて。そんなフィルさんを見ていると、とても幸せな気分になるのです。

……私は、フィルさんの笑顔が好き。

周囲の環境が変わって、私の立場が変わってしまっても、あるいは私が年を取っていっても、きっとこれだけは一生変わらないでしょう。

そんな予感が……静かな確信がありました。

「――私も、とても幸せよ」

そう囁くと、フィルさんは一瞬驚いたような顔をしました。でもすぐに、子供のように明るくて純粋な笑みを浮かべてくれました。

舞踏会の翌日、王弟フィルオード殿下の婚約が国内外向けに公式に発表されました。

婚約の相手として、私ルシア・ラグーレンの名前も公表されました。

すでに様々な情報が先行していたおかげでしょうか。国内の反応はおおむね好意的だったと聞いています。

ラグーレンの領民たちも、とても喜んでくれました。

王宮での様々な行事を終えて戻ってきた私に、笑顔で「おめでとうございます！」と次々にお祝いに来てくれました。

◇

領民たちの訪問が途切れた夕方。

アルベス兄様は、一人でふらりと散歩に出かけました。羊飼いたちの話によると、お父様とお母様のお墓の前で長く座っていたようでした。

6 誓いの日

よく晴れた朝でした。

二日前まで続いていた雨から一転して、鮮やかな青い空が広がっています。

準備の責任者たちは長く続く雨に気を揉《も》んでいましたが、昨日から雨が上がっているおかげで一気に作業が進んだと聞いています。

今朝は早い時間から最終チェックが行われていました。

窓の向こうの青い空を眺め、忙しそうな人々の声を聞くともなく聞いていると、突然、鐘の音が響き始めました。

王宮の中央棟に設置された巨大な鐘は、低いながら澄んだ音で鳴り続けています。

あの鐘は、王家の様々な儀式を知らせる役目を持っています。

八年前は国王陛下の双子の御子たちの誕生を知らせました。王姉殿下が三人の御子を産んだ日も、それぞれ鐘は鳴りました。

もちろん慶事を伝えるだけではありません。九年前に前王妃様が急死した時も、退位後に長く療養していた前国王陛下の死去も伝えました。

その鐘が、今また鳴っています。

慶事の場合は、正午にもう一度鳴るのが通例なのだそうです。

「……『愛を誓う日が来た。愛しき人よ、この鐘の音に最初の誓いを立てよう。我が愛は永遠に続く。この命が尽きる日まで』……でしたか？」

珍しいことに、ティアナさんが手を止めてつぶやきました。

ティアナさんが口ずさんだ一節は、最近の王都で、もっとも人気のある演目の台詞《せりふ》です。

数々の困難を乗り越えた二人が、最終幕でついに結婚式を迎える。ティアナさんが暗唱した台詞は、まさに結婚式の場面が始まる直前の、幕の前で二人が愛を伝え合いながら幸せに浸る時のものでした。

私も鐘の音を聞いて、同じ場面を思い浮かべていました。同時に、演劇というものはやはり創作なのだな、としみじみ考えていたところでした。

「あの劇は大変によいものですが、現実では、午前の鐘が鳴る頃に出歩くことは無理でございますね」

そう言ってティアナさんは笑っています。

でも手は再びてきぱきと動いていて、私の髪は美しい形へと結われていました。

私たちが思い浮かべた人気の演目は、王弟と貧乏子爵令嬢の身分違いの恋物語です。

そして今日は、その演目のモデルであるフィルさんと私の結婚式の日。

午前の鐘の音を聞きながら、私は支度の真っ最中でした。

一年前、フィルさんと私の婚約が正式に発表されました。

その日から用意されたドレスと宝石は、とても美しいものばかりです。

贅沢なドレスを着て、宝飾品で身を飾ることを繰り返し、王家の一員として扱われることにそれなりに慣れてきました。

でも、物心がついた時から質素な生活をしてきたせいで、今も贅沢な品々を前にすると戸惑ってしまいます。

そんな私に対して、ティアナさんは咎めることはありません。何でもないことのように促し、私の好みを汲んで華美になりすぎない方法で着飾ってくれました。

ただし、今日ばかりは私の好みより華やかさを優先しています。私は王弟フィルオード殿下の妃になるのですから。

テーブルの上に用意されているきらびやかな髪飾りを眺めていると、急に今まで忘れていた不安が湧き上がりました。

「……私、本当に大丈夫なのかしら」

つい、気弱な言葉が漏れてしまいました。

ティアナさんはわずかに眉を動かしただけで、手を止めません。

でも髪がきれいに仕上がって、ドレスの着付けも終わると、他のメイドたちを退室させて私の前に椅子を置いて座りました。

「ルシア様。弱音を吐くなら今のうちでございますよ」

どうやら愚痴を聞いてくれるようです。

これも珍しいことです。ティアナさんは、どちらかと言うと叱咤《しった》激励をしてくれる人ですから。

その心遣いに少しだけ甘え、私はふうっと長いため息をつきました。

「私、自信がないわ。二年前まで日焼けをしながら畑仕事をしていたのに、これからは王弟妃と呼ばれてしまうなんて」

「不安ですか？」

「……とても不安です。今までの私は、不手際は全て自分の責任だったし、無教養で恥をかくのは私自身だったから」

でも、これからは違います。

名実ともに王家と結びついてしまいます。私の不手際は王家の傷になり、笑われるのも王家なのです。

それに、私の悪名はラグーレンに繋がってしまうでしょう。

堅実に領地を立て直しているアルベス兄様の努力を汚してしまったら。

私は、私だけで終わる存在ではなくなるのです。

それが重くて、苦しい。

独り言のようにつぶやくのを、ティアナさんは静かに聞いてくれます。ただそれだけで、心の奥に澱《よど》んでいたものが薄らいでいくような、不思議な安心感がありました。

「……私、変なことを言ってしまったわね」

「構いません。誰にでも重すぎることはございますから」

「そうね。いろいろ重いわね。でも……」

私は自分の手に目を落としました。

一つだけはめている幅広の指輪を見つめ、もう一度息を吐いてから顔を上げました。

「つい弱音を吐いてしまったけど、みんなが支えてくれるから思ったより重くはないのよ。時々、弱気になってしまうだけなの」

「その時は私がまたお話を伺います。口は堅いですよ？」

「そうね。ティアナさんなら安心です」

真面目な顔のティアナさんに、私は笑ってみせました。

ティアナさんも少し笑ってくれました。さらに何か言おうとしたように口を開きかけた時、ノックの音が聞こえました。

「……まだ時間はあるはずですが」

そうつぶやいて、ティアナさんは扉へと向かいます。

私はその間に、ゆっくりと深呼吸をしました。

弱くなった心を、もう一度強気のルシアに戻すための儀式です。

深呼吸を繰り返すと、お腹にしっかり力が入るようになった気がします。ほっとしていると、ティアナさんが戻ってきました。

「何だったの？」

「それが……」

ティアナさんはちらりと扉を見ました。

「……こんなことは、慣習に反することですからお断りすべきだとは思うのですが」

迷うように口ごもり、でもティアナさんは私を真っ直ぐに見ました。

「できれば、ルシア様に来ていただきたいとの要請です」

「私に？」

婚儀前の花嫁は、できるだけ他の人と顔を合わせないようにするのが慣例です。

王家の婚儀では完全に遮断することはできませんが、少なくとも正午の儀式までは控え室で待つのが普通だと聞いていました。

それなのに、わざわざ来て欲しいと要請があるなんて、何があったのでしょう。

もう一度扉に目を向けたティアナさんは、困ったような顔になっていました。

「どうやら……フィルオード殿下が……」

「フィルさん？」

意外な名前を聞きました。名前を聞き間違ったのでしょうか。

思わず首を傾げた私に、ティアナさんはそっとため息をつきました。

「とにかく、すぐに来て欲しいと……陛下がお望みだそうです」

それを聞いて、私は慌てて立ち上がってしまいました。

すでに婚礼の衣装を着ている私は、本来は軽々しく出歩くべきではありません。

でも、国王陛下がお呼びとなれば話は違います。一瞬悩んだティアナさんは、でもすぐに支度に取り掛かります。長く床に広がるドレスの裾を軽くたくし上げて固定し、上から薄い外套を羽織ることで目立たないようにしてくれました。

前を歩いて案内しているのは知らせに来た王妃様付きの侍女です。道順を工夫してくれているのか、それとも人払いがなされているのか、廊下で誰かとすれ違うことはありません。

すぐに王族の控え室にたどり着きました。

でも私が扉を叩こうとすると、ティアナさんが止めました。

「……中にお入りになる前に、ルシア様のお耳に入れておきたいことがございます」

王妃様付きの侍女は、心得たように少し離れた場所へと移動しました。私とティアナさんも、扉の前から廊下の窓の近くへと寄ります。

さらに用心深く周囲を見回したティアナさんは、一段と声をひそめました。

「今まで、ルシア様には申し上げていませんでしたが……フィルオード殿下は、母君様が倒れて亡くなられた場に居合わせていました」

「……それは……」

私は一瞬息を止め、それから急いで前王妃様に関する噂を思い出してみました。

私が知っているのは、当時の王妃様が毒殺されたということだけ。前王妃様を失った心労で前国王陛下が倒れ、ロスフィール陛下が急遽《きゅうきょ》即位したと聞いています。

つまりフィルさんはその場に……母君様が毒を飲んでしまった場に居合わせていたのでしょうか。

ふと、その頃の暗い目をしたフィルさんの姿が脳裏をよぎり、私はぞっとしてしまいました。

目を伏せたティアナさんは小さく息を吐き、窓の外を見ました。

「当時はフィルオード殿下を次の王に推そうとする一派がいて、殿下が王位に目を向けないのは王妃様が邪魔をしているためだ、と思い込む者もいたそうでございます。ですからあの毒殺事件は、王妃様を排除することが目的だったと聞いております」

フィルさんは、昔から兄上様が大好きな人です。

生まれ持った能力のわりに穏やかな性格で、王位を望んだことなんてないはずです。尊敬する兄上様の地位を脅かしたくなくて、自分を必要以上に軽く見せようとする優しくて真面目な人なのに。

そんなフィルさんを理解しようとせず、勝手な思い込みで偶像にして、大切な母君様を、よりによって目の前で死に至らしめるなんて。

それに父君様も、倒れた後はほとんど回復しないまま寝付いていて……フィルさんは弱っていく姿を見続けたのです。

……なんて酷い。

何がしたかったのでしょう。フィルさんの何を見たのでしょう。

当時の、私と同じくらいの年齢でしかなかったフィルさんの心情を思うと、身勝手な人々に腹が立って仕方がありません。

あの頃のフィルさんは、ラグーレンに来ても暗い目をしていました。

眠れないのかずっと青い顔をして、でも私には何も言わず、いつも通りに笑いかけようとしてくれました。

フィルさんは、そういう優しい人なのに。

首謀者たちがすでに処刑されているとしても、フィルさんを追い詰めた人々を許せませんでした。

私の怒りを察したのか、ティアナさんはいつもの静かな微笑みを浮かべました。

「フィルオード殿下は武人でございます。人の生き死には身近でいらっしゃいました。母君様のことも、今は乗り越えているでしょう」

……そうですね。

確かに、フィルさんは乗り越えていると思います。

いつからか明るい笑顔が戻っていましたし、ずっと手をつけずにいた母君様から受け継いだ屋敷も、私のためにいろいろ手を加えてくれましたから。

少し冷静になった私は、いつの間にか握りしめていた手から力を抜きました。

「ただ、そういう過去がございますので、フィルオード殿下は、ルシア様が母君様と同じ事態になるのではないかと思い詰めているかもしれません。少なくとも、陛下はそれをご案じになっていると思います」

そうつぶやいて、ティアナさんは目を伏せました。


そっとノックをすると、扉を開けてくれたのはロスフィール陛下でした。

「すまないね。フィルの様子がおかしくなったから、アルベスくんを呼んだのだが、君を呼ぶ方が早いと言われてしまったのだよ」

驚いている私に、陛下は小声で説明をしてくれて、それから私を中へと招き入れました。

「フィル。ルシアさんが来てくれたぞ」

明るい声で呼びかけましたが、返事はありません。

小さくため息をついた陛下に促されて進むと、長椅子に座っているフィルさんが見えました。

でもただ座っているのではなく、きれいな銀色の頭を抱え込むような姿勢です。

陛下も従者たちも困惑していますが……何となく見覚えがある気がします。

隣に座ると、フィルさんの頭が動いて私を見たようでした。

「……ルシアちゃん」

「陛下がとても心配しているわよ。どうしたの？」

そう声をかけると、フィルさんは少しだけ顔を上げました。表情が消えた顔は青白く、でも口元に笑みのようなものが浮かびました。

「幸せすぎて、怖い」

「…………は？」

なぜか、予想外の言葉を聞いてしまいました。

フィルさんは何を言っているのでしょう。

少し離れたところに控えているティアナさんも意表をつかれたようです。困惑を隠せずに瞬きをしていました。

あんな顔をしているティアナさんは珍しいですね。でも気持ちはわかります。

フィルさんに目を戻すと、銀色の髪がため息とともに揺れました。

「ルシアちゃん。僕は君が好きだ。愛している。この二年は本当に長かったし、やっと今日が来たのはとても嬉しい」

その声は吐息に紛れるように小さく、銀髪の隙間から見える顔はさっきより青ざめているようです。

どう見ても嬉しそうには見えません。

密かに首を傾げていると、フィルさんの顔が微かに歪みました。

「でも……怖いんだ」

「何が怖いの？」

「君を縛り付けてしまうことが怖い。僕のわがままな選択が、君を不幸にするんじゃないかと思うと眠れなくなるんだ。でも君を手放したくないし、絶対に他の男には渡さない。今の僕は、君を奪っていく男がいたら殺しかねない。……ああ、違うな。ルシアちゃんが僕を好きでいてくれると思うと、それだけで幸せなんだ。でも幸せすぎて怖いんだっ！」

「……お前は何を言っているのだ？」

ぼそりとつぶやいたのは、壁際に立っていたロスフィール陛下です。

陛下は、フィルさんのこういう姿はあまり見たことがないのかもしれません。……でも、要するに、いつものぐだぐだなフィルさんですよね？

ちょっと安心しました。

「フィルさん。手を出して」

「……手？」

青い顔のフィルさんは、不思議そうな顔をしつつ右手を出しました。

こういう時、フィルさんは利き手を出します。

でもこうして利き手を預けてくれるのは、私を信頼しているからだそうです。ラグーレン家に滞在する騎士の皆さんは、迷いなく右手を預けるフィルさんを見て驚愕していました。

特に北部砦から来た第三軍の騎士は、目をまん丸にするんですよね。

今も、陛下が目を見開いています。

視線が少し気になりましたが、私はフィルさんの手を取ってゆっくりとマッサージをしてあげました。

「こうすると、気持ちが落ち着くらしいわよ。指のマッサージもいいと聞いたけど、場所によって効果が違うらしいことしか覚えていないわね。フィルさんは知っている？」

「……そういう話を聞いたことはあるな。やたらと触りたがる連中だったとしか覚えていないけど」

「それは、女の人？」

「…………うん」

少し顔を強張らせ、でもフィルさんは正直に白状しました。

壁前に立っている陛下が「馬鹿者！」とつぶやいて、すぐにごまかすように咳払いをしています。

本当に、そういうことまで言わなくてもいいのに。

でもフィルさんは、私の前では正直すぎるくらいの正直者になります。

こっそりと笑い、私はフィルさんの右手を離しました。

「次は左手も出して」

そう言って手を差し出すと、フィルさんが急に動いて両手で握りしめてしまいました。

「……ルシアちゃん、逃げるなら今のうちだよ。僕は追いかけたりは……いや、追いかけてしまいそうだけど、廊下には第一軍の連中がいるだろうし、アルベスも近くにいるはずだ。兄上が命じれば僕は拘束されて、君はその間に逃げ切ることができる」

とても逃げられそうもないくらいに手を包み込んでいるのに、まだ顔を伏せているし、ぼそぼそとした声には力がありません。

こっそりため息をついた私は、笑顔で首を傾げてみせました。

「フィルさんは、私に逃げて欲しいの？」

「まさか！　でも……君を王家に縛り付けていいのか、僕はまだ迷っているんだ」

「私は、二年も考える時間をもらったわよ」

「……本当にいいの？　兄上はともかく、今後ずっと、姉上や猿どもと付き合っていかなければいけないんだよ？」

え？　ハル様？　双子たち？

……これ、冗談なのでしょうか？

でも少しだけ顔を上げたフィルさんは、とても真面目な顔をしています。だから私も真面目な顔を保とうとしたのに、結局堪えきれずに笑ってしまいました。

「問題はないわね！　ハル様は頼りになる女性だし、アルくんとリダちゃんは元気でかわいいわよ」

「僕と一生を共にするんだよ？　自分で言うのもなんだけど……僕は重いだろう？」

「そうね。確かに重いかも」

そう言うと、フィルさんの顔が白くなって手から力が抜けました。

壁の方でも息を呑んだ気配があります。

私は離れそうになったフィルさんの手をぎゅっと握って、小さく笑ってみせました。

「フィルさんは体が大きいから、支えるのは大変ね」

「……え？　いや、ルシアちゃん、僕が言いたいのはそういう意味ではなくて……」

「私にとってはその程度のことよ。ねえ、フィルさん。私はフィルさんのダメなところをたくさん見てきた気がするんだけど、違ったかしら？」

「いや、間違っていない。僕は君の前で取り繕ったことはないから」

きっぱりと言い切ったフィルさんは、妙に自信たっぷりです。

壁の方から深刻そうなため息が聞こえましたが、聞かなかったことにしましょう。

「私はダメなフィルさんしか知らないし、二年も時間をもらったのよ。今さら、何を迷うと言うの？」

「……本当にいいの？」

「ええ」

「本当に？」

「ルシア・ラグーレンの名にかけて」

私はフィルさんの手を離し、まだ青い顔を両手でそっと挟みました。

急に自信を失って疑い深くなった人に笑いかけ、銀髪の隙間に見える額にコツンと私の額をつけました。

「私は絶対に逃げないし、迷わない。……フィルさんが好きだから」

鼻先が触れ、吐息が掛かる距離で囁くと、フィルさんは静かに目を閉じました。

私が立ち上がっても、フィルさんは目を閉じたままでした。

顔色はいつも通りに戻っています。

もう大丈夫でしょう。

「私、戻るわね」

「……うん。また後で」

目を閉じたまま、フィルさんは笑いました。


部屋を後にする直前、陛下がため息をつくのが聞こえました。

「なぜお前は目を閉じているのだ」

「花嫁の姿は、婚儀の前に見てはいけないものですから」

「……なんだそれは。今さらすぎるぞ」

扉が閉まる直前に聞こえた陛下の声は、明るいフィルさんの声とは対照的に陰鬱なものでした。

◇

王宮は、三つの大きな建物によって成り立っています。

そのうちの中央棟に、豪華な祭壇を備えた聖堂がありました。

貴族の邸宅に祭壇の間があるのは、王宮の造りを模倣しているからだと言われています。昔は最も古い北棟にあったそうですが、豪華な中央棟が建築されてからは中央棟に移されていました。

王宮聖堂では、王族に関わるすべての儀式が執り行われます。例外は戴冠式だけで、それだけは大広間で行われることになっていました。

そして王宮聖堂で婚礼を行えば、たとえ身分が低くても王族と同等の存在として扱われることになるそうです。だからハル様が絶対に譲らないと言っていた項目の中に、この聖堂での婚儀も含まれていました。

「大変にお美しいですよ」

聖堂内の祭壇の間から扉を一枚隔てた廊下で、ドレスの裾を丁寧に整えていたティアナさんがそっと囁いてくれました。

まもなく、婚儀のために私が入場する頃合いのようです。

頭部を飾る黄金と宝石の重さをできるだけ気にしないようにしながら、私は何度も深呼吸をしました。

前日にしっかり打ち合わせをしたので、この後の手順は頭の中に入っています。祭壇の前まで行けば、あとは途中で意識を失ったりしない限り、私が多少失敗しても周囲がごまかしてくれるはず。

だから……ドレスの裾を踏まないように気をつけて歩くだけです。

一人ではないから、きっと大丈夫。

ベールの下でなんとか落ち着こうと努力しながら、私は隣を見ました。

祭壇の前まで導いてくれるのは、アルベス兄様です。

花嫁と共に入場して花婿に引き渡すのは、本来は父親の役割です。でもお父様は亡くなっていますし、形式上の親になってくれたドートラム公爵の叔母様も今は独身でした。

ロスフィール陛下やドートラム公爵が代理を務める案もありましたが、私の意を汲んだフィルさんはアルベス兄様を強く推してくれました。

ただのわがままかもしれませんが、私の密かな夢が叶いました。

でも……私は首を傾げてしまいました。

気のせいでなければ、アルベス兄様の様子がいつもと違います。顔色が悪いというか、落ち着きがないというか……。

「お兄様、もしかして緊張しているの？」

「どうやらそのようだな。新兵時代だってこんなに緊張したことはなかったのに、手足が震えてくる」

手を握ったり開いたり、何度も深呼吸をしたり、軽くその場で飛び跳ねたり、びっくりするほど落ち着きがありません。

見慣れないお兄様の姿に驚いて見入っているうちに、私はつい笑ってしまったようです。お兄様に恨めしげにため息をつかれてしまいました。

「……ルシア、笑うなよ」

「ごめんなさい。でも本当に珍しいから……お兄様でもそんなに緊張することがあるのね」

「当たり前だ。子爵でしかない俺が、王族や高位貴族が居並ぶ中を進むんだぞ。だがお前のために親父の代理として、しっかり務め上げなければ……」

お兄様は、最後は独り言のようにつぶやきながら深呼吸をしていました。

私のせいで緊張させていると思うと申し訳ない気持ちになりますが、これだけはわがままを通させてもらいます。

せめてお兄様に負担をかけないように、一人でしっかり歩きましょう。

覚悟を決め、お兄様と一緒に深呼吸を繰り返します。

そんな私たちの視界の端で、ティアナさんがこっそり笑っているようでした。

「まもなく入場のお時間です」

婚儀の進行の補助をする若い神官が、控えめに声をかけてきました。

私は最後に大きく息を吐き、背筋を伸ばします。顔を上げると、お兄様は袖口を整えているところでした。

ベール越しの私の視線に気付くと、アルベス兄様は小さく頷きました。

「では、行くか」

「はい」

まだ硬い顔ですが、お兄様はいつもの落ち着きを取り戻していました。差し出してくれた腕は頼もしく、手をかけても少しも揺るぎがありません。

……私は、この腕にずっと守られてきました。

ラグーレンでの生活が穏やかだったのは、お兄様がいてくれたからです。だから私は……とても幸せでした。

「ルシア」

名を呼ばれて見上げると、アルベス兄様はまもなく開くはずの扉を真っ直ぐに見ていました。

でも少しだけ私の方を見て、静かに微笑みました。

「まだお前に言っていなかったな。……結婚おめでとう」

とても優しい声でした。

お兄様の言葉に、一瞬ぐっと喉が詰まってしまいます。

それでもなんとか堪え、私も感謝の言葉を返そうとしましたが、その前に若い神官が扉を開けてしまいました。

大きな扉が開くにつれ、王宮聖堂内の荘厳な装飾が見え始めます。

正面に豪華な祭壇があり、そこへ真っ直ぐに広い通路が延びていました。その両側には出席者が座る椅子が並んでいて、アルベス兄様と私に物見高そうな視線が集中します。

お兄様の腕に、また少し力がこもりました。

でも、ゆっくりと踏み出す足取りは堂々としていて、少し表情が硬いくらいで緊張を感じさせません。

私もお兄様の歩みに合わせて進みますが、ベールで顔が隠れていることを心から感謝していました。高位貴族の好奇の視線は、それくらい強烈な圧力がありました。

それに……少し潤んでしまった目も隠せます。

落ち着くためにこっそり深呼吸をして、私は少しだけ目を上げました。

真っ直ぐに延びる通路の先は祭壇です。そしてフィルさんが立っていました。

王国軍の騎士の礼服に軍団長の階級章を飾り、第三軍の黄色のマントを長く垂らしています。それだけでも凜々しくて華やかな姿ですが、今日は王族としてのきらびやかな頸飾《けいしょく》もつけていました。

腰に帯びているのはいつもの剣ではなく、式典用の装飾を施した特別な剣。でも鞘の中は実戦用の刃《やいば》がついていると言っていました。

いつ何があっても、兄である国王陛下を守ることができるように。

そういう忠実な武人で、同時に王弟の地位に相応しい華やかな姿です。

撫でつけた銀髪はひんやりと輝いていて、王族としての少し表情の薄い顔をしています。

高貴な生まれを強く印象付かせ、意図する以上の崇拝を集めてしまう特別な存在感がありました。

つい少し前の、青ざめてうつむいていた人とは別人のような姿です。豪華な祭壇の前にいるのに、少しも見劣りしていません。

……こういう王族としての姿は、私はまだ見慣れません。

とても遠くて、大きな力を持つ代わりに重い義務も背負う人。

でも、貧乏な子爵家の娘でしかない私に真摯に向き合って、結婚してほしいと言ってくれた人でもあります。

頭からかぶったベールの下から、私は少しずつ近付くフィルさんを見つめます。

二年と少し前、私はこの華やかな人への思いを自覚しました。同じ道を歩む未来なんて想像もできなくて、一度は離れることを選ぼうとしました。

でもフィルさんは、大好きな兄上様に楯突《たてつ》く覚悟をしながら、私に手を差し伸べてくれました。

フィルさんは私を王家に縛り付けていいのかと悩んでいましたが、そんなことを悩む必要はありません。

私は、フィルさんと生きると決めました。

身を縛る重さに戸惑うことがあろうと、ラグーレンの人間は一度決めたことは絶対に最後まで貫き通すのです。

歩みを進めながら、いつしか私は微笑んでいました。

ベールでほとんど隠れているはずですが、うっすらと見えたのでしょうか。フィルさんが少し驚いたように眉を動かしました。

そして……フィルさんはいつもの気取りのない明るい表情で笑ってくれました。

途端に、聖堂の中に微かなざわめきが起きました。

もしかしたら、フィルさんが王宮であんな顔をするのはとても珍しいのかもしれません。

「顔が緩みすぎだぞ」

祭壇の前で、私の手をフィルさんへと渡したアルベス兄様がため息をつきます。でもその苦笑いはすぐに消えました。

「……妹を頼む」

少しためらってからつぶやいたアルベス兄様は、とても真剣な顔になっていました。

フィルさんも表情を改め、私とお兄様を見つめます。

そして空いている手を剣の柄《つか》に触れて、ゆっくりと頷きました。

「我が剣に誓おう」

それがどのくらいの重さを持つものなのか、私にはわかりません。でも、アルベス兄様はとても満足そうな顔をしました。

王国軍の騎士の中では、それなりに重い誓いなのでしょう。

お兄様は祭壇から離れて行きました。

私の唯一の肉親ですが、お兄様は子爵。用意されている席は少し下がった場所にあるはずです。もっと高い席を勧められていましたが、秩序を乱すつもりはないからとお兄様は固辞しました。

フィルさんに促され、私は祭壇へと向き直ります。

やがてアルベス兄様が席についたのでしょう。大祭司様は婚礼の儀式のための聖句を読み上げ始めました。


婚礼の儀式は滞りなく進みます。

神への祈り。伝説の時代の聖人の言葉。人の目指すべき指針。王国の歴史。

大祭司様の声が聖堂に朗々と響いています。

やがて若い神官たちが進み出て、古い聖典を掲げた台を私たちの前に置きました。

「お二方、誓いの言葉を」

大祭司様が静かに促しました。

「永遠に誓う。我は隣に立つものを配偶者とする。死が我らを引き離す日まで」

誓いの言葉は、古い聖典に書かれた文字を読むだけです。慣例通り、先に私が読み上げました。間違えないように慎重に読んでいった私は、少しほっとしながら聖典から目を離します。でもフィルさんは聖典台から離れ、突然その場で片膝をつきました。

『永遠に誓おう。我は汝《なんじ》を配偶者とする。死が我らを分かつ日まで、汝に愛を捧げ続けることを天の神に誓う』

私を見上げながらフィルさんが口にしたのは、古い時代の言葉でした。

あっけにとられた私が、頭の中で慌てて翻訳して、やっと意味を理解する。そういう古典に属する言葉です。

それを、フィルさんはまるで当たり前のように口にしました。

間近で聞いていた大祭司様も驚いた顔をしています。でも、儀式の聖句として間違っているわけではないようで、訂正を求めませんでした。

「今は省略されている、いにしえの作法通りですな。まさか、殿下が古代の婚儀の手順をご存知とは思いませんでした」

大祭司様が呆れたように、でも感心したようにつぶやいています。

そうですか。古代の手順通りですか。では問題はないんですね。

……なぜ、打ち合わせもなしにそれをしたの？

おそるおそる王族席に目を向けると、ロスフィール陛下が顔を伏せ、震える手で口を押さえていました。……必死で笑いを我慢しているようですが、肩が震えていますよ？

王妃マリージア様はそんな陛下を呆れたような顔で見ています。

ハルヴァーリア王姉殿下は満足そうなお顔で、そのお隣のドートラム公爵も楽しそうでした。

王家の子供たちは、わかったようなわかっていないような、でもフィルさんが何かやってくれたのだと理解しているようで、顔を見合わせながらニヤニヤしていました。

たぶん、アルベス兄様は末席で顔を強張らせているはずです。

……本当に、フィルさんは何をやっているんでしょうね。

逃避気味にぼんやり考えていると、フィルさんは立ち上がって一瞬楽しそうに目を輝かせました。

「永遠に誓う。我は隣に立つものを配偶者とする。死が我らを引き離す日まで」

澄ました顔で改めて通常の宣誓の言葉を言い、フィルさんは私のベールを持ち上げました。

視界が少し明るくなり、微かな風の流れを頬に感じます。目を上げると、フィルさんが微笑んでいました。

「宣誓は絶対的な誓いにしたかったんだ。ただの王族の契約的な結婚ではなく、君への愛を誓うために」

私の頬に触れながら、フィルさんは囁きます。それから華やかな顔が少し真剣になって近付いてきました。

儀式だと分かっていても胸が急に高鳴り始め、私は慌てて目を閉じました。

少し離れたところに体温を感じます。一瞬の間の後に、唇に柔らかな口付けを感じました。

「……君を、絶対に守り抜くよ」

フィルさんのつぶやきが聞こえました。

私は目を開け、予想通りに悲壮な決意を湛《たた》えている青い目を見上げました。

「フィルさん、重すぎるわ」

「ごめん」

「でも、私は……そんなフィルさんも好きよ」

そう笑いかけるとフィルさんは動きを止め、それから急に落ち着きなく目を逸らしてしまいました。

大祭司様は何も聞いていないふりをしてくれましたが、祭壇に向き直ったフィルさんの横顔は、ほんのりと赤くなっていました。


婚礼の儀式が終わり、しばらく各国の大使や集まった貴族たちからの祝福の言葉を受け続けました。

でも大掛かりな祝宴は省略したので、王宮での行事はこれで終わりです。やっと解放された私たちは、馬車で新居へと向かうことになっていました。

新居といっても、フィルさんが母君様から引き継いだあの屋敷です。何度も滞在をしてきましたから馴染んでいますが、馬車が待つ場所へ向かいながら、私は不思議な感覚に囚われていました。

……私の「家」は、もうラグーレンではなく、あの屋敷になったんですね。

そんなことを考えて少し感傷的になっていると、フィルさんがアルベス兄様を振り返りました。

「なあ、アルベス。これからはラグーレンを『僕の家』と言っても許されるんだよな？」

「そうだな。ただし、俺のことは『お義兄様』と呼べよ」

「そのくらいは簡単だな。近いうちにまた泊まりに……いや、あの家に帰るつもりだ。よろしく頼むよ、お義兄様！」

「……本当に言うのか。信じられない」

アルベス兄様がうんざりした顔で首を振り、うめくようにつぶやきました。

婚儀の時の真剣なやり取りは幻だったのだろうかと疑いたくなるような、いつも通りの呑気な姿です。

思わず首を傾げている間も、私たちは廊下を進みました。

でも、馬車が待っている場所へと出た途端、待機している騎士たちがピリピリした雰囲気になっていることに気付きました。

フィルさんは眉をひそめて足を止めます。すぐに、第一軍のオルドスさんと第三軍のバーロイさんが早足でやってきました。

「フィルオード閣下、少し面倒なことになったようです」

「何があった？　近辺で盗賊でも出たのか？　待機中の第三軍に出動要請が来ているのなら、僕の護衛は不要だぞ」

「いや、そういうのではなくてだな……」

ビシッと制服を着ているバーロイさんは、せっかく整えていた髪をガシガシとかき乱しました。

「どうやら、人が集まっているようでして」

「……人？」

フィルさんは瞬きをしました。

でもすぐにオルドスさんに視線を移します。厳格な第一軍の騎士隊長は、地図を広げて指差しました。

「閣下の屋敷までの道に、若い女性を中心に人が集まっています。この辺りは特に多いとのことで、迂回《うかい》が必要になるかと」

「なぜ集まっているんだ？」

「そりゃあ、閣下が結婚したからでしょう。まあ、女性たちが見たいのは、あんただけじゃないだろうがな」

バーロイさんは私をチラリと見てニヤリと笑います。

つられたようにフィルさんも私を振り返り、やっと笑顔になりました。

「そうか。なるほどね。当然ではあるが、姉上の工作が効きすぎるのも困りものだな」

「どうします？　本来の馬車を囮《おとり》にして、別の馬車で迂回しますか？　俺としては、このままパレードと洒落込《しゃれこ》んでもいいんじゃないかと思いますがね」

「王都の治安を守る我らとしては、それには賛成しかねる。万が一のことがあれば、民衆の暴走を平穏に抑えるのは難しい」

バーロイさんの提案に、オルドスさんは生真面目に反対しました。

ここからでは城壁の向こうの王都の様子は見えません。でも、王都はラグーレンとは人口が違います。人が集まっているというのなら、きっと私がびっくりするような人数になっているのでしょう。

少し不安になっていると、フィルさんが私の肩をぽんぽんと軽く叩きました。

「大丈夫。君の安全は確保するから。ただ、何か手を打つべきだと思う。少し冒険になるけど、いいかな？」

……冒険、とは？

戸惑う私に、フィルさんはニヤッと笑いました。

「王都の民のために、少しサービスをしようと思う。……おい、僕の馬を用意してくれ。そうだな、アルベス用の馬も念のために用意しておこうか」

「俺に何をさせようと言うんだ」

「万が一の時の囮だよ。暴走しそうになったら、君と僕で引きつけて道を作る。あとは……最悪な事態になったとしても、僕たちは荒っぽいことには慣れているから、まあなんとかなるよ」

フィルさんは他にも小声で指示を出していきます。

あっという間に馬が用意され、新たな騎士たちもやってきました。第二軍の騎士のようです。

一方、オルドスさんもテキパキと指示を出していますが、どこか不機嫌そうでした。


やがて準備が整ったようで、私たちは馬車に乗り込みました。

馬車はすぐに動き始め、王宮の門を出ていきます。馬車は二台が連なっていて、前の馬車にはフィルさんと私、それに静かに控えているティアナさんが同乗しています。後ろの馬車にはアルベス兄様が乗っていて、馬車の前後にはいつもより多い人数の騎士が護衛としてついていました。

「ルシアちゃん。君を見ようと人が集まっている。せっかくパレードはしない予定にしたんだけど、やはり何もしないのは無理みたいだ」

「もしかして、このまま行くの？」

「うん。そんなに長い時間にはならないと思うよ。でも、ちょっとだけ民にサービスをして欲しいんだ。軽く笑って、手を振るだけでいい」

さっきもサービスと言っていました。

そうですね。これも王族の一員になった者の義務なのかもしれません。笑って、手を振るだけでいいのなら、特別に難しいことではないはずで……。

「……困ったわ。笑顔って、どうやって作ればいいのかしら」

「うーん、たぶん自然に笑顔になると思うけどね。……そろそろのようだな」

フィルさんは外を見て、表情を引き締めました。

それから窓を開け、フィルさんに気付いた人々が歓声をあげるのに笑顔で応じながら、さりげなく周りを見たようです。完璧な笑顔のまま、小さく「確かに多いな」とつぶやきました。

「オルドス。計画変更だ。これ以上進むのは危険そうだから、次の角で馬車を止める」

「だから言ったんだ。……だが了解しました」

馬車に並走していたオルドスさんは、ため息をついてから敬礼をしました。

それからは、あっという間でした。

オルドスさんが見えなくなったと思ったら、馬車が減速を始めて、緩やかに止まりました。

馬車の外の歓声が一段と大きくなった気がします。一体どれだけの人が集まっているのでしょうか。歓声を聴く限りでは男女共にいるようですが、女性の割合が高いかもしれません。

と、その時でした。

少し後ろで、とんでもない歓声が湧き上がりました。そちらは女性の声ばかりです。思わず窓から外を見ようとして、フィルさんに止められました。

「アルベスが先に降りただけだよ。あいつは見栄えがいいから、流れが分散するように民衆の目を一時的に引きつけてもらっている。いざとなれば、あいつは荒っぽい切り込みもできる。そういう事態にならないことを祈るけどね。……さあ、僕たちも降りようか」

窓の外で後ろの馬車へと動きができたのを見定めて、フィルさんが先に馬車を降りました。

外の歓声が大きくなりました。

その大きさに足がすくみそうになりましたが、振り返ったフィルさんが笑顔で手を差し出してくれたので、思い切って馬車を降りました。

途端に、今度は周囲が静かになってしまいました。

私が地面に足をつけて見回すと、驚くほどたくさんの人がいます。それを、第一軍の騎士たちが前に行かせないように押し留めていました。

「ルシアちゃん、笑顔を忘れているよ」

フィルさんが腕を差し出しながら囁きます。

少し震える手を腕にかけ、私はそっともう一度周りを見ました。

視線が集まっていますが、嫌な感じではありません。びっくりしたような顔の男性、目をまん丸にしている子供、無言のまま隣の友人と肘をつつき合っている若い女性たちもいました。

フィルさんに促され、私は歩き始めます。ドレスの長い裾はティアナさんがそっと持ってくれました。

馬車の陰を抜けると、反対側にいる人々からも視線が集まりました。大勢がいるのになぜか静かで、でも小さなざわめきがじわじわと広がっています。

「ねえ、このまま歩くの？」

「この先に馬を待たせてある。そこからは馬に乗って行くつもりだよ。さあ、笑って。君を見に集まっているんだから」

「そう言われても、うまく笑えないわ」

「慣れていないと難しいかな。……では、こうしようか！」

少し考えたフィルさんは、チラリとティアナさんに目配せを送り、それからにっこりと笑いました。

明るくて邪気がなくて、まるで子供のような……アルくんとリダちゃんが悪巧みをしている時のような……。

「さあ、みんな！　僕の最愛の人を見てくれっ！」

「……えっ?!」

フィルさんが周囲に華やかな笑顔をむけ、高らかに言ったかと思うと、私の体がふわりと浮きました。

フィルさんの顔が目の前にありました。

横抱きにされていると気付いた次の瞬間、くるりと視界が回ります。

私を抱き上げたフィルさんが、その場で一回転したようです。ドレスの長い裾がひらりと広がりました。驚いた私が思わずフィルさんの首にしがみつくと、周囲からわっと歓声が上がりました。フィルさんはもう一度くるりと回り、それからぐいっと私を高めに抱え直すと、笑顔で走り出しました。

え、ちょっと、私、それなりに重いわよね?!

「前に言っただろう? 僕は君を抱えて走るくらいは平気だって!」

「だからといって、本当に走らないで!」

「少しでも早く、後ろの者たちにも見えるようにしたいからね!」

柔らかな笑顔は楽しそうです。私を抱えて走っているとは思えません。あっと言う間に、馬が用意されている場所までたどり着きました。

どうやら、迂回した騎士たちが馬を連れて先回りしていたようです。

フィルさんのたくましい軍馬は、第三軍の騎士に手綱を引かれて待っていました。その背に、ひょいと私を座らせます。

馬の背の上からは、通りに集まった人々がよく見えました。皆、興奮したような笑顔でした。

「……全く、お前のやることはいちいち派手すぎるんだよ」

すでに騎乗していたアルベス兄様が、ため息をつきました。

気のせいでなければ、お兄様も女性たちの視線を集めています。微かに「あれがラグーレンの領主様なのね！」とか「お芝居よりも素敵だわ！」とか、そういう声も聞こえました。

「やはり君はいい囮になる。とても優秀だよ」

私の後ろに乗ったフィルさんは、周囲に笑顔を振りまきながらそんなことを言っています。

つい呆れ顔をしてしまっても、仕方がありませんよね？

でもフィルさんは、少しも気にした様子はありません。ぎゅっと私の腰に腕を回して、ごく自然に私の頬にキスをしました。

きゃぁー！

女性たちの甲高い歓声が上がりました。

視界の端で、オルドスさんが渋い顔で首を振っています。

私は恥ずかしさで顔が熱くなりましたが、もう自棄《やけ》になった気分で周りに手を振りました。

すると、若い人も年配の人も、大人の足元をすり抜けて前に出ていた子供たちも、みんな笑顔で「おめでとう！」とか「お幸せに！」とか言いながら手を振り返してくれました。

「……フィルさん」

「何？」

笑顔を振りまきながら馬を進めるフィルさんは、私に目を向けました。

その深い青色の目を見上げ、私は笑いました。

「私、少し慣れてきたみたい。なんだか楽しい気分よ」

「そうか、それはよかった」

私の体を支える腕に少し力がこもります。

ほんの一瞬、フィルさんのきれいな顔に真剣な表情が浮かびました。

「……君がいつまでも笑ってくれるように、僕はいかなる努力も惜しまないよ」

フィルさんは、婚儀の時のような硬く真剣な顔をしています。

また重苦しく思い詰めているのでしょう。

私は、きゅっとフィルさんの頬を軽くつまみました。

「そんなに頑張らないで。私はけっこう図太いから、勝手に幸せになれるのよ？」

笑いながらそう囁くと、フィルさんの硬い表情が緩み、ふうっと息を吐きました。

「……そうだったね。ルシアちゃんはとても強い。だから僕は君が好きなんだ」

独り言のようにつぶやき、フィルさんは微笑みました。

その笑顔がとても優しかったせいでしょう。女性たちがため息をつきながらうっとりとしています。

視線が集まる中、フィルさんはひときわ蕩《とろ》けるような笑みを周囲に振り撒《ま》きました。あちらこちらで思わず息を呑む気配が広がった直後、フィルさんは私をぎゅっと抱き寄せて、唇に長いキスをしてしまいました。

一瞬、しんと静まり返ります。

でも次の瞬間、花びらをまこうと待ち構えていた女性たちが悲鳴のような歓声をあげました。それだけでは収まらなかったのか、花びらを入れた籠が次々と空へと投げ上げられてしまいます。籠が石畳の上に転がり、花びらが空に舞い、立ち並ぶ騎士たちの体にひらひらとまとわりついています。

何枚かが、フィルさんの頭にも流れてきました。

銀色の髪についた可愛らしい赤い花びらは、まるで宝石の飾りのようです。でもそれが意外によく似合っていて、私はフィルさんに見惚れてしまいました。

◇

私たちの結婚式から一ヶ月後。

王都で新しい演劇が始まりました。

内容はよくある私とフィルさんを題材としたもので、最終幕では花びらが舞う中を馬に二人乗りするそうです。

ただし、劇は劇でもサーカスとお芝居を組み合わせたような、非常に活動的で華やかなもの。ヒロインを横抱きにした状態で、どれだけ派手に走り回れるかで良し悪しが語られるのだとか。

ヒロインのドレスは特別に長く作られているそうで、その裾がなびく様子は何度見ても美しい、とメイドたちがはしゃいでいました。
……私は、まだ見に行く覚悟ができていません。
でもティアナさんは「悪くない出来でした」と、とても満足そうに頷いていました。

特別編

『最後の夜と、始まりの朝』

夕日に照らされ、古い建物は赤く染まっていた。

貴族の住居としては小さく質素だが、ここはラグーレン子爵家の屋敷だ。かつては冬用の住居として利用されていた。夏用の豪華な屋敷が燃えてからは、この古びた屋敷がラグーレン子爵一家の唯一の住まいだ。ルシア・ラグーレンもこの家で育った。

ルシアは、かつての華々しいラグーレンを知らない。

物心がついた時にはこの古い屋敷で生活をしていて、父と兄と、数人の使用人に囲まれただけの静かな日々だった。

そのことを物足りないと思ったことはない。

父の死去後のさらに生活が厳しくなった時期でも、この古い屋敷での生活が嫌になったことはない。結婚できないまま一生この家にいるかもしれないと考えた時でも、決して不幸だとは思わなかった。

この家での日々は、間違いなく幸せだった。

だが、この小さな屋敷での生活はまもなく終わる。

一週間後に予定されている結婚式の準備のために、明日からは王都に移ることになっていた。そして、ずっと「フィル」とのみ名乗ってきた人物との結婚により、新しい生活が始まる。

自分の選択に後悔はない。

でも……この家を離れると思うと寂しくなる。

生まれ育った家を見上げ、ルシアはそっとため息をついた。


ルシアが居間に入ると、兄アルベスが立っていた。何かを見ているようだ。

「お兄様、どうしたの？」

「ああ、ルシアか。先ほどこれが送られてきたんだ」

珍しいことに、アルベスは戸惑っているようだ。ルシアは首を傾げながら指差された場所を見やり、すぐに目を大きくした。

壁に、華奢《きゃしゃ》で美しい額縁に入った絵が立てかけられている。

パステルで薄く色付けしただけの絵だ。

しかし、ルシアはこの絵を何度か見たことがあった。王都の豪華な屋敷の一角を飾っていたものだ。

「……これ、先代のカレード伯爵がお描きになった、昔のラグーレンよね？」

「そうだな」

短く答えたアルベスは、再び絵に目を向ける。

描かれているのはラグーレン。かつての夏用の屋敷から見たであろう風景だ。アルベスにとっては、子供の頃の懐かしい風景に違いない。

「でも、どうしてこれがここにあるの？」

「それが……」

「あら、ルシアお嬢様もお戻りでしたか。もうすぐ夕食の支度ができますよ」

明るい声が入ってきた。通いで家事を担当しているユラナがニコニコと笑っている。

しかし、ルシアはユラナの笑顔より、もうすぐ支度が整う夕食のことより、ユラナに続いて居間に入ってきた騎士が抱えている大きな包みが気になった。

「あの、それは？」

「そちらの絵と一緒に送られてきたものですよ。こちらも絵だそうです。……隣に置いてくださいな」

「了解です。ユラナ殿」

すでに顔馴染みになっている体格のいい騎士は、気楽な薄着姿でニヤッと笑い、壁際に置いて包みを解いていく。

中から現れたのは、やはり美しい額縁で飾られた絵だった。こちらは水彩画で、丘の上に建つ立派な屋敷を描いている。しかし周囲の風景は見覚えがある。ルシアは思わず見入ってしまった。

「まあ！　夏のお屋敷ではありませんか！　なんて懐かしい。あのお屋敷の絵は一枚もなくて残念だったのですが、ええ、確かにこんな感じでしたよ！」

ユラナが興奮したように声をあげた。

やはり、今は焼け焦げた瓦礫《がれき》しか残っていない、かつての夏用の屋敷だったようだ。しかしルシアが想像していたより豪華さはあまり感じない。細かく見れば豪華な造りになっているとわかるが、全体的に周囲の風景に溶け込むような彩色にとどめられていた。

それに手前には牧場の馬たちが描かれていて、伸びやかに駆けている様子に目を奪われる。この絵の主役は豪華な屋敷ではないようだ。先代のカレード伯爵は、ラグーレンののどかな風景を好んだのだろう。

ルシアにとっては馴染みのない、でも何度となく話を聞いていた屋敷の絵を見ていると、身じろぎもせずに見ていたアルベスがふうっとため息をついた。

「しかし、どうしてこれが送られてきたんだ？」

「アルベス、こっちには手紙が同封されていたぞ。二通あるな。……おい、これは王姉殿下からの手紙じゃないかっ！」

「なんだと?!」

騎士が慌てた声を出すと、アルベスも顔色を変えて少し厚い手紙を受け取る。

すぐに開封して真剣な顔で読んでいる間に、ルシアはもう一通の、自分宛の手紙に目を通した。

こちらはカレード伯爵家のご婦人からの短い手紙で、結婚祝いにこの絵を贈りたいと書いてあった。

「この絵が結婚祝いだなんて、お兄様、これは受け取ってもいいのかしら？」

「……受け取るしかないな。王姉殿下とナタリア嬢が、同時にこの絵の買い取りを打診していたそうだから」

「え？」

「王家とモルダートン侯爵家の争いになることを懸念して、カレード伯爵家は個人として先代の絵を我らに贈ることにしたようだ」

「そうなのね。でも……」

兄から手紙を受け取りながら、ルシアは少し変な顔をした。

王姉殿下からの手紙の内容はその通りなのだろうし、実際にそういう背景があるのだろう。しかし、ルシア宛に手紙を書いてくれたカレード伯爵家の女性は、騎士時代からアルベスを大変に贔屓にしている人物だ。

争いを避けるためと言いつつ、十分に美術的価値のある絵を「もう一枚ラグーレンの絵があったから」と二枚セットで贈り物にするのは、いささか豪快すぎないだろうか。

そう思うが、ルシアは兄に敢《あ》えて指摘する気にはなれない。

アルベスという人物は、女性からのあらゆる意味の好意に無頓着すぎるのだ。とはいえ、ここまで気付かないのは……どうなのだろう。

どうやら、ユラナも同じことを考えたようだ。

ルシアと目が合うと呆れ顔で肩をそびやかし、それから絵を運んできた騎士に目配せをして、居間を出て行った。

「ルシア。お前の結婚祝いだ。持っていくか？」

妹の複雑な心境も知らず、振り返ったアルベスは真面目な顔で聞く。ルシアは少し考えたが、贈り主のご婦人の顔を思い浮かべてそっと首を振った。

「フィルさん宛ではなくラグーレンに送ってきたのだから、ここに飾るべきじゃないかしら」

「確かにそうかもしれないな。では、どちらか持っていくか？」

そう言われて、ルシアは改めて二枚の絵を見た。

のどかなラグーレンの風景と、かつての豪華な屋敷を含む風景。

どちらも静かな愛情を感じる心地のよい絵だ。王都の屋敷に飾っても、しっとりと馴染むだろう。

でも……。

「この絵は、両方ともラグーレンにあるべきよ。ここの壁に映えそうだもの」

「そうか」

アルベスは再び絵に目を向けた。

かつての広大な屋敷の絵を見つめ、それから屋敷から見たと思われる風景画を見る。

やがて、アルベスは小さく笑った。

「こうして見ると、ラグーレンは少しずつ変わっているな」

「そうね。この頃より畑が整備されているし、水路も行き渡ってきたわ」

「……記録にも残っているが、昔は雨が少ない年は本当に収穫量が落ちていたんだ。一年土地を休ませれば、それでもそれなりに収穫できる程度にはなったはずだが、じいさんの代には財政的によくないから無理に耕作を続けていた。来客が多かった分、下働きとして領民を多く雇っていたと思うが、それでもあまりいい領主ではなかっただろうな」

静かに語るアルベスは、少し懐かしそうだった。

それを、ルシアは驚きを隠しながら聞く。豪華な屋敷が燃え落ちたのはルシアがまだ幼かった頃だ。だから、ルシアは贅沢な時代を直接は知らない。

周囲から当時のことはそれとなく聞いているが、アルベスが過去の状況を語ったことはあまりなかった。過去を語ろうとすると、どうしても祖父たちを批判することになるからだろう。

ルシアは兄の横顔から、絵に目を戻す。

この美しい風景は、あくまで二十年以上前のもの。

兄妹の父親が着手し、一度大きな中断がありながらもアルベスが引き継いだ改良は、次第にいい方向に進んでいる。

借金はまだ残っている。

だが、大きすぎる額ではなくなった。

近いうちに、ラグーレンは優良な領地として知られるようになるはずだ。それは王家の威光を借りたものではなく、アルベスの地道な努力の成果だ。

「……アルベス兄様って、やっぱりすごいわ」

「急にどうした」

「ずっと前から思っていたわよ。ラグーレンを守ってきたお兄様は本当にすごいわ。私、お兄様のことを尊敬しています」

「そうか。……ルシアが支えてくれたおかげだな」

「私も、少しはお兄様の役に立てたかしら」

「十分に役に立っただろう。否定する奴がいたら、ユラナとフィルに食ってかかられるぞ」

「それは怖いわね」

ルシアは声を上げて笑う。

それから兄を見上げ、とても真剣な顔をした。

「ねえ、お兄様。私は結婚してしまうけど、これからも私に手伝わせてね」

「しかし、それは」

「何か困ったことがあったら、絶対に私に相談してほしいの。一人で抱え込んだりしないと約束して。お兄様が結婚するまで、いいえ、結婚した後でも、私はお兄様とラグーレンのためならどんな努力も惜しまないから」

ルシアの言葉に、アルベスは眉を動かした。

でも不快そうな表情にはならず、ユラナにおせっかいを焼かれた時のような苦笑になっただけだった。

「嬉しい言葉だが、お前は王弟妃になるんだぞ？」

「生家を贔屓して何が悪いの？　だいたいお兄様は、周囲が問題視するような野心は少しも持っていないでしょう？」

ルシアは強気に言い切って、にっこりと笑う。

そして再び絵に目を向けながら、兄の背中をぽんと叩いた。

「前に、アルベス兄様は言ってたわよね。ラグーレンが好きだって。私も同じよ。私はラグーレンが好き。フィルさんとラグーレン、どちらかを選べと言われたら悩んでしまうくらいにね」

「……ルシア、それはフィルに言うなよ？」

「あら、もう言ったわよ。フィルさんも笑って同意してくれたわ！」

「お前たちは何を話しているんだ」

ちらりと妹に目を向けたアルベスは、呆れ顔でため息をついて首を振る。しかし結局は笑っていた。

「ルシアは幸せになりそうだな」

「……もちろんよ。私は絶対に幸せになるわ」

ルシアは真面目な顔で頷く。

アルベスは一瞬真顔になった。妹を見つめ、それからまた笑ってルシアの頭を乱暴にくしゃりと撫でた。

「皆さーん、お食事の支度ができましたよー！」

廊下の向こうから騒々しい鈴の音がして、ユラナの声が聞こえた。

近くにいたのだろう。すぐに騎士たちが賑やかに食堂へと集まり始めた。何やら大きな包みを持った騎士もいる。

今夜は、食堂でルシアの送別会が開かれることになっていた。ルシアはささやかなものだと聞いているが、アルベスは廊下の様子を見て、ため息をついた。

「俺たちも行くか。だが、お前は明日が早い。羽目を外す馬鹿どもに最後まで付き合わなくていいからな？」

「ええ、そうさせてもらうわ」

ルシアは神妙な顔で頷く。アルベスは少し安心したように表情を緩めて食堂へと向かった。兄の後に続こうとしたルシアは、扉口で足を止めて二枚の絵へと目を向けた。

古びた壁の前に立てかけられた穏やかで美しい絵を見つめ、ゆっくりと部屋全体へと目を移していく。

華やかだった過去と、今の質素で堅実な日々。

どちらもルシアが愛したラグーレンだ。

今夜の送別会が終われば、ルシアは明日の早朝にこの家を離れ、新たな人生へと踏み出すことになる。

次にこの部屋に座る時、ルシアの立場は劇的に変わっているだろう。

だが、ここはルシアの故郷だ。

今後の人生がいかなるものになろうと、それだけは変わらない。

そして……長く願い続けた通り、フィルの故郷にもなる。


今のこの時を目に焼き付けるように、もう一度居間を見回した。

「……おやすみなさい」

小さなつぶやきに、もちろん答えるものはない。でもルシアは静かに微笑んで扉を閉めた。

◇

ルシアが王弟フィルオードとの結婚式を挙げた日の夜。

アルベスはラグーレンへと戻っていた。

いつもより気を遣うユラナを帰らせ、静まりきった居間に一人で座る。

休暇中の騎士たちはまだ滞在しているが、彼らも今夜は早めに旧使用人棟に引き上げていた。気を回しすぎだと苦笑いをしてしまうが、あの騎士たちもそのうちいなくなるはずだ。

ルシアは王都の安全な屋敷に住む。警護対象がいなくなれば、王国軍の精鋭騎士たちがラグーレンに滞在する理由はない。

彼らが去ると、以前の静かなラグーレンに戻るだろう。……ルシアがいない分、この家は少し広すぎるかもしれない。

アルベスは椅子に深く身を預け、ゆっくりと息を吐いた。

今日に至るまで、いろいろなことがあった。冷や汗をかくような予期せぬことも、体がガチガチになるような緊張感も、終わってみれば大したことではなかったように思えてくる。

多少のアクシデントはあったが、王宮での婚儀は王家のしきたり通りに荘厳に執り行われた。意図せず決行することになったパレードも、結果としてとても良いものになった。王都の民衆は満足そうに目を輝かせていたし、ルシアは戸惑いながらも笑っていたから。

妹のこれからの人生には、多くの困難が待ち受けているかもしれない。だが、ルシアは覚悟を決めている。フィルも全力で守っていくはずだ。あの親友に対してはいろいろ思うところはあるが、その一点については信頼していた。

だから、ルシアの幸せは約束されている。

必ず幸せになるだろう。

「……やっと終わったんだな」

暗い天井を見上げ、アルベスはぼんやりとつぶやいた。

――かつての豪華な屋敷が燃えた日。暗い夜空に赤い炎が噴き上がっていて、遠くから夜泣きするルシアの声が聞こえていた。力を落とした祖父は急激に老いやつれ、祖母は全てを嘆きながら死んでいった。ずっと寝付いていた母が息を引き取った日は、周囲の異変を感じて泣くルシアを懸命にあやして一緒に眠った。父が死んだ日は、健気に看取ったルシアを抱きしめた。

よく泣いていた小さな妹は、明るく笑う強い大人になり、自らの人生を選んで嫁いでいった。

大きな仕事を終えたという充実感がある。そして……体がいつになく重い。

しばらく天井を見上げていたアルベスは、やがて小さく首を振って立ち上がった。自分の部屋へ戻ろうとして、振り返ったところで足を止める。

アルベスが留守にしていた間に、二枚の絵が居間の壁に飾られていた。きっとユラナが、騎士たちに指示を出しながら場所を決めたのだろう。

ある伯爵家の豪華な壁面を飾っていた絵は、ラグーレンの古びた壁にすでに馴染んでいる。何もない質素な居間が、今までになく華やいでいた。

しみじみといい絵だと思う。

素人の趣味を超えた美しい絵というだけではない。すでに失われたラグーレンの栄光を伝えているとともに、今の堅実な進歩も教えてくれる。

だが、まだ途上だ。

ラグーレンを守り、栄えさせることは領主の務め。子爵を名乗るようになった日からアルベスの肩にずしりと重く掛かっている。だがその重みは、騎士だった頃以上の充実と喜びを与えてくれるものでもある。

呆《ほう》けている暇はない。

夜が明ければ、朝が来る。誇らしくも忙しい日常がまた始まっていく。

しばらく絵を見つめ、アルベスは燭台《しょくだい》の火を消した。廊下は暗く静かだったが、隣接するかつての使用人棟からの光が漏れ入っていた。


翌朝、アルベスはいつものように井戸で水汲みをしていた。

滞在中の騎士たちも、すでに朝食の準備や馬の世話を始めている。

貧乏領主の一日は忙しい。直接的な労働以外にも、やるべきことはいくらでもある。今日の予定を考えながら、ユラナから北の村の代表者がお祝いに来ていたと報告を受けていたことを思い出す。

その礼も兼ねて、今日は北の農地を見に行ってもいいかもしれない。

そんなことを考えながら、ズシリと重い水瓶《みずがめ》を持ち上げて台所へ戻ろうとした時、羊飼いの笛が聞こえた。

いつかのように、緊急を告げる甲高い音ではない。力が抜けるような呑気な旋律だが、早朝から笛を鳴らすことは普通ではない。何かを知らせるために吹いているはずだ。

アルベスは周囲の丘に目を向けた。

遠くの丘に、青い布を振っている少年がいた。気付いたことを知らせるために手を挙げると、少年は青い布と共に黄色い布も取り出して振り始めた。

青い布は、危険性のない誰かが来ていることを示している。

そして黄色い布は、本来はフィルの到着を知らせるためのものなのだが、青い布と一緒だから違う意味になる。

「……王都から、複数の騎士が来ているのか？」

休暇のたびに精鋭である騎士隊がやってきているが、交代制でその期間はだいたい一ヶ月だ。今滞在している騎士たちは、半月前に来たばかり。交代要員にしては早すぎる。

そもそも、すでにルシアはいないのだ。

今後も騎士隊が休暇中にやってくることは考えにくいのだが……。

「お、奴ら、本当に来やがったな！」

背後で楽しげな声が聞こえ、振り返る。

体格のいい男が外に出てくるところだった。休暇の名目で滞在している騎士の一人で、かつてのアルベスの同僚。現在は第二軍の騎士隊で隊長を務めるレンドだ。

　この旧友は、ラグーレン滞在回数が最も多い一人らしい。個人的な友人関係を理由に自薦を繰り返しているためで、そのせいで王国軍の騎士たちの一部で恨まれている、という噂もあるようだ。

　アルベスは水瓶を地面に置いて、首を傾げた。

「レンド、お前には心当たりがあるのか？」

「あると言えば大いにある。第二軍のお偉いさん方が、お前を諦めきれないらしくてな。絶対に連れ戻すと意気込んでいるんだよ！」

「……まだそんなことを言っているのか？」

「あのなぁ、あの方々は『まだ』なんてレベルじゃないぞ？　妹ちゃん、いやルシア様がいなくなってからが本番だ、と気合を入れているんだ」

「なんだよ、それは。だが……いや、あれは第二軍か？」

　呆れ顔のアルベスは、しかし遠くから見えてきた騎馬の一団を見つけて眉をひそめた。にやけ顔だったレンドも、どんどん近付いてくる騎士たちを見て首を傾げてしまった。

「おかしい。俺にはあれが第一軍の連中に見えてきたぞ？」

「どう見ても第一軍だな。それに指揮官は……」

「うげっ、あの旗印は侯爵家のお坊ちゃんじゃないか！　なんでそんな上部の人間が来ているんだよ！　それにあの装備は夜間行動用だぞ！」

「……やっぱり、あれは夜間訓練の装備なのか」

第一軍は赤色のマントをまとう。例外は精鋭で編成された各騎士隊だけだ。

だが今見えてきた一団は、赤い第一軍の軍旗を掲げているのに、全身は黒色の外套ですっぽりと隠している。

もしかしたら、最近の王国軍ではあのような装備も標準的なのかもしれない、と思おうとしていたのだが、やはりそうではないらしい。

何やら嫌な予感に襲われるアルベスの横で、レンドが悔しそうに舌打ちをした。

「くそっ！　いくら第二軍が優秀でも、夜間から動いている奴らには勝てねぇよ！　第二軍も空が白む頃には出発しているはずなのに！」

「ちょっと待て。夜明け前から動いたのか？」

「第二軍なら当たり前だろ？　アルベスだってそのくらいしていたじゃないか」

「それはそうだが」

「実戦級の訓練という口実でいくらでもできる。実際に、ほら、後ろから追いつこうとしているじゃないか。騎乗術なら第二軍が圧倒しているからな！」

確かに、第一軍と思《おぼ》しき集団の後ろから、凄まじい勢いで距離を詰めている騎馬が見えてきた。青い軍旗を掲げているから、間違いなく第二軍だろう。

だがアルベスが気になったのは、そこではない。

「……なあ、聞いていいか？　王国軍がなぜ夜間に動いたり、夜明け前から出発しているんだ？」

「ルシア様が結婚したからだよ。一応、我らもむさ苦しい競争は控えていたんだ。結婚したからついに解禁だぞ！」

どうやら、結婚を控えたルシアに遠慮していたらしい。

そして婚礼の日の日没後に行動を開始したのが夜間訓練に乗じた第一軍で、翌朝の夜明け前に持ち前の機動力を活《い》かして動いたのが第二軍、というところだろう。

それは理解できた。

しかし、そもそもこの状況はどういうことなのかと、アルベスは頭痛を堪えながら首を傾げるしかない。

ため息をついて手元に目を落としたアルベスは、水瓶の存在を思い出して抱え直した。

あの距離なら、到着までまだ少し時間がある。ならば、今やるべきは水汲みを終わらせることだ。

ユラナたちにも羊飼いの笛の音は聞こえたはず。きっと大急ぎで手伝いに来てくれるだろう。

それまでは、アルベスが対応しなければならない。

はぁっと大きくため息をつき、アルベスは台所へと向かった。

すでに朝食の準備は終わっているが、その準備をしていたレンドは他の騎士たちを呼びに行っている。

水を台所の水瓶に移したアルベスは、ついでに水を一杯飲んで、出来上がっている朝食を手早くつまむ。

冷静に対処するために、今のうちに頭の整理をしなければならない。そう思っているのに、もう玄関前が騒がしくなってしまった。

「ラグーレン子爵！　夜間訓練の途中だが、立ち寄らせてもらいましたよ！　休憩中の滞在をお許しいただきたい！」

「我らも早朝訓練のついでに、立ち寄らせてもらった！　第一軍を追い返す必要があるなら、承るぞ！」

「街道から離れた場所に第二軍が立ち寄るとは、尋常ではないな」

「それを言うなら、第一軍が王都を離れるような緊急のことでもありましたかな？」

次の軍団長候補と言われる人物の声と、懐かしい旧友の声が聞こえる。

どうやら、玄関の前で第一軍と第二軍が鉢合わせたらしい。聞き間違いでなければ、次第に喧嘩腰になっている気がする。早めに対応しに行く方が良さそうだ。

アルベスはコップを置いて、ため息をつく。

しかし、すぐに耐えきれなくなって笑い出してしまった。

「……軍の連中は、相変わらず馬鹿ばかりだな！」

笑いながらつぶやくアルベスは、しかし楽しそうな表情を隠しきれない。玄関へと向かう足取りは、自分で思っている以上に軽かった。

◇

大慌てで駆けつけたユラナが見たのは、ラグーレン家の前庭の異様な光景だった。

危険を感じさせるものではない。

王国軍の騎士が揃っているのだから、むしろ安全だ。

だが、見慣れてしまった気軽な姿の騎士ではなく、たまに見るようになったお忍び馬車の護衛たちでもない。

華やかな王国軍の制服の上に、不自然に黒い外套を羽織った一団。まだその場にいる馬たちも、馬具に黒い布をかけている。

その中でひときわ目立つ端整な顔立ちの人物は、黒い外套姿のまま、満面の笑みを浮かべてアルベスに話しかけている。身のこなしが他の騎士たちとは一線を画しているから、高位貴族出身の人物なのだろう。

だが、前庭にいるのはその黒い集団だけではない。

ユラナもよく知っている、第二軍の軍装の騎士たちがいた。

かつてアルベスと愛馬がつけていた軍章を懐かしく見ていたら、指揮官と思しき人物がニィッと笑って手を振ってきた。すっかり厳つくなっているが、十代の頃にラグーレンに遊びに来ていたアルベスの元同僚のようだ。

前庭を占拠している二つの集団は、所属が異なっているせいか、双方には微妙な距離感があった。

「……あらあら、これは大変なことになっていますねぇ」

ユラナが思わずつぶやくと、するっと一人の男がやってきた。

休暇を利用してラグーレンに滞在中のレンドだった。

「悪いね、ユラナ殿。思ったより騒がしくなってしまいました」

「一応、そうなるかもしれないとは伺っていましたけど、本当に騒がしいですね。何か準備するものはありますか？」

「うーん、まあ、水以外は自分たちで用意していると思いますよ」

レンドは苦笑していた。

ルシアの結婚式が終わったら、騎士たちが押しかけるかもしれない。そうユラナには話していたが、まさか翌日からこの状態になるとは、レンドも想像していなかったのだろう。

ユラナは、ちょっと困った顔を作ってみせた。

「アルベス様は男性にばかり人気がありますね。これが若い女性なら歓迎しますのに」

「あいつは、そういう男ですから」

レンドも笑ったが、すぐに真顔になり、素早く周囲を見回した。

それから、軽く咳払いをして小声で囁いた。

「……実はですね、今後はその待望の女性たちも、ラグーレンにやってくるかもしれませんよ？」

「え？」

「俺の妹の話では、話題のラグーレンの風景を見たいと望む女性は多いようでして。そのうち、観光の名目でこの地を訪れる女性も増えるでしょう」

「あら。では、未婚のご令嬢も観光に来てくださるかしら」

「可能性は高いと思います」

「……それ、アルベス様にもお伝えしています？」

「義弟閣下には、近いうちに領内に宿泊施設を用意すべきかもしれないと進言しましたよ。まあ、俺たちは無骨な武人なんで、アルベスの野郎にはうっかり言い忘れているかもしれません」

「まあ」

「クソ真面目なあいつが、女性たちに押しかけられて慌てるのも、一興だと思うんですよ」

そんなことを言うレンドは真面目な顔だ。

目をまん丸にしたユラナは、でも「あらあら」とつぶやいてくすくすと笑った。

レンドもまた笑顔に戻って、真面目に騎士たちの対応をしているアルベスを眺める。

「一応、弁解しておきますが、アルベスは騎士連中には好かれていますよ。ただ、友情と男の嫉妬は両立するものなのです」

「殿方の言い分は本当に面白いですねぇ。でも、そういうことにしておきましょうかね。……アルベス様！　お茶は何人分用意しますか？」

笑いを収めたユラナは、アルベスに声をかけた。振り返ったアルベスはため息をついてみせたが、表情は明るい。

そのことに、ユラナは密かにほっとする。

ラグーレンを支え続けたルシアは嫁いでいった。たった一人では屋敷は広すぎるだろうと案じていたのだが、初日からこんなことになるなんて。

今後も、静かで寂しいものにはならないだろう。

昔のラグーレンには遠く及ばないものの、今のラグーレンもとても賑やかだ。少しばかり暑苦しい気がするが、たまに訪れる高貴な方々がそれを打ち消してくれるに違いない。

「忙しくなりそうですね」

「朝から悪いな」

腕まくりをしながらユラナが笑うと、アルベスは申し訳なさそうな顔になる。今朝のことだけを言っているわけではないが、それを指摘する必要もないだろう。

だが、アルベス一人で差配をするのは大変そうだ。知らせれば妹夫婦は飛んでくるだろうが……。

――やはり、早く奥様をお迎えしていただかなければ。

ユラナは改めてそう考えたが、今は心の中だけに留めることにした。

終　ルシアの幸せ

そっと扉を開け、私は静かになった部屋を覗き込みました。

明るい部屋には窓から穏やかな風が流れていて、カーテンが静かに揺れています。

私に気付いたメイドが、笑顔で床の一角を差し示します。そちらに目を向けると、目当ての二人がいました。

少し前まで、この部屋は子供の泣き声が響いていました。小さな体なのに、耳を塞ぎたくなるほど大きかった泣き声は、今は聞こえません。静かな寝息だけが聞こえます。

足を忍ばせ、ゆっくりとそちらへと向かいました。

窓に近い明るく心地よい床。そこに、二人が寝ていました。

フィルさんは硬い床にそのまま。幼子は小さな体の下にしっかりとした寝具を敷いています。

でも、同じような姿で寝ていました。銀色の髪の乱れ方もそっくりです。

二人を見つめた私は、思わず笑ってしまいました。


私たちの長男が生まれて、一年と少しが過ぎました。

相変わらずフィルさんは第三軍の軍団長で、北部砦と王都を数ヶ月から半年に一度往復しています。だから王都にいる時間は短く、私たちはほとんどの期間を離れて生活していました。

そんなフィルさんが、今日、王都に帰還しました。

王宮に顔を出して、手早く報告を終えたのでしょう。王都に到着したと聞いてそれほど時間が経っていないのに、フィルさんはもう私たちが住む屋敷に帰り着きました。

急いで玄関まで迎えに出ると、制服姿のまま馬から下りたところでした。私たちを見て一瞬目を見開いたフィルさんは、すぐに笑顔になって駆け寄ってきてくれました。

「前見た時はまだ小さかったのに、すっかり大きくなったな！」

そう言いながら我が子に顔を近付けたフィルさんは、嬉しそうに笑っていました。とても優しい笑顔で、男女を問わず惹《ひ》きつける姿だったのですが……人見知りをする幼児にとっては、全く違うように見えたようです。

元気な子がぴたりと動きを止め、フィルさんが慣れた手つきで抱きとろうとした瞬間、体を大きく反らしながら泣き始めてしまいました。

我が子に拒絶されたフィルさんの顔は——かわいそうだから見なかったことにしてあげましょう。でも、まだ動けずにいるフィルさんの心のフォローもしてあげなければいけません。私は離れて暮らすことに慣れていますが、幼い子から忘れられるには十分な時間なのですから。

私はこほんと咳払いをしました。

「あのね、今は人見知りをする年頃なの。若い女性はそうでもないんだけど、男の人はとても怖がるのよ。毎日会わない人は、すぐに忘れてしまうというか。二週間会っていなかった時は、アルベス兄様も盛大に泣かれていたわよ？」

そう慰めると、フィルさんはようやく立ち直ったようです。ゆっくり瞬きをして、それから小さく頷きました。

「……そうだね。昔、散々遊んでやっていたのに、一ヶ月会わなかっただけで猿どもに泣かれたことを思い出したよ。うん、確かにそういうお年頃だったな。だから僕が悪いわけではない。……よし、再挑戦だ！」

そう言ったかと思うと、フィルさんはマントと剣を外しました。息を切らせて追いついたばかりの副官に手渡すと、さらに革のベルトと制服の上着まで近くの騎士に投げ渡します。あっと言う間に身軽なシャツ姿になって、笑顔で我が子をひょいと抱き取りました。

もちろん、激しく泣かれてしまいます。

でも状況を理解したフィルさんは、とても図太くて不屈でした。泣きながら暴れる我が子を軽々と抱き上げ、庭を歩き回り、何かと話しかけます。

その慣れた様子に安心したのか、いつもより高い位置から見る光景に目を奪われたのか、泣き止ませて仲良くなることに成功しました。

何というか……フィルさんって、思っていたより子供の扱いが上手です。

フィルさんには甥姪が何人もいますが、子守を任されていたと言っていたのは本当だったんですね。

なので、しばらくは安心して見ていたのですが。

フィルさんと一緒に虫を追いかけてご機嫌だった我が子は、疲れて眠くなってしまったのか、急にぐずり始めてしまいました。

それからは、また大変なことになっていました。

見かねたメイドたちが手助けを申し出るくらいに泣かれてしまい、フィルさんはかなり動揺していました。でも、できるところまではやってみたいと言い張って、とうとう寝かせつけることにも成功したようです。

フィルさんの実行力と我慢強さは本当にすごいですね。それとも、王国軍の騎士ならこのくらいは普通なのでしょうか。

……一緒に寝てしまいましたけど。

足音を立てないように気をつけながら、私は二人のそばに座りました。

フィルさんがお母様から引き継いだ屋敷は、少しだけ改築して今風の家具も増えています。アルベス兄様たちが切り裂いたというカーテンも、新しくなりました。

窓も、明るいガラスに替えています。

そのおかげでより室内が明るくなって、床も風通しが良くなったようです。フィルさんだけでなく、よく遊びに来るアルくんやリダちゃんまで床に転がるのが好きになってしまいました。

もちろん、私たちの子も。

しばらく眠っている二人を見つめていましたが、私はそっとフィルさんに顔を寄せて囁きました。

「……ねえ、起きて」

フィルさんは目を開けません。

でも、武人であるこの人がこの距離で目を覚さないなんてことはありません。そう知っているから、金のイヤーカフをつけた耳に唇がつきそうなくらいにさらに顔を寄せました。

「フィルさん、起きてよ。起きてくれないと……キスするわよ？」

そう囁いて、少し待ちます。

フィルさんの瞼《まぶた》は開く気配がありません。

でも。

「……寝たままなら、君からキスしてもらえるの？」

「そうよ」

「まいったな。僕はどうすればいいんだろう」

体を動かさず、目を閉じたままつぶやいたフィルさんは、深いため息をつきました。

ほら、やっぱり起きていました。

私が笑いながら立ち上がろうとすると、手首をつかまれました。長いまつげに縁取られた瞼がゆっくり開き、真っ青な目が私を見上げ、静かに上半身を起こしました。

「君にキスしてもらえる機会を潰すのはもったいないと思うけど、やっとチビが寝たんだ。君を独占する時間の方が大切だよ」

「子守はどうだった？」

「もっと小さかった頃もよく泣いていたけど、今も大変だね。でも……寝てしまうとかわいいな」

フィルさんは寝ている幼子を見ながら笑いました。

とても優しい顔でした。

さらに何か言おうとした時、子供がピクリと動きました。

途端に、フィルさんの動きが止まります。一瞬で気配まで消してしまいました。徹底的に寝た子を起こすことを恐れているみたいですね。

やはり寝かしつけにはとても苦労したようです。壁際に目を向けると、苦闘を見守っていた子守メイドは、フィルさんを称《たた》えるように力強く頷いていました。

では、私もフィルさんの頑張りを労《ねぎら》ってあげましょう。

隣の部屋では、ティアナさんがお茶の用意をしてくれているはずですから。

「頑張ったフィルさん、お茶はいかがかしら。帰ってくると聞いていたから、お菓子も久しぶりに作ったのよ」

「君の手作りの菓子？」

「ええ」

「そうか！　それは楽しみだ」

フィルさんは身軽に、でも音がしないようにそっと立ち上がりました。乱れていた服を軽く整え、ざっくりと髪にも手櫛《てぐし》を入れます。

そうすると、寛ぎすぎたシャツ姿なのに急に美麗な貴公子になってしまって……私はほんの少しだけ見惚れてしまいました。

「お手をどうぞ。ルシアちゃん」

フィルさんは恭しく私に手を差し出しました。

子供の相手をしていたからか、手袋は外したままです。大きな手はきれいな形ではありますがゴツゴツとしていて、手を重ねると手のひらが硬くなっているのがわかります。

微笑みをたたえた顔は、以前より落ち着きを感じさせるものになりました。でも、きれいな顔立ちは今も健在ですし、私に向ける表情は少しも変わりません。

——気取りがなくて、ごまかすことをせず、真っ直ぐに見てくれて。

私を幸せにしてくれる、明るく優しい笑顔でした。

あとがき

こんにちは。藍野ナナカです。

この度は『婚約破棄されたのに元婚約者の結婚式に招待されました。断れないので兄の友人に同行してもらいます。』の二巻を手に取っていただいてありがとうございます。

完結巻である二巻は全て書き下ろしになりました。

一巻はルシアの恋の物語でしたが、二巻はルシアとフィルが幸せになる話です。同時に、ルシアとアルベスの話にもなっています。楽しんでいただければ嬉しいです。


——さて。基本的に、私は好きなものについては語りたい人間です。

熱くなりすぎるのでできるだけ抑え気味にしていますが、せっかくの完結巻だから執筆エピソードなどを書いてもいいですよと編集S様に言ってもらいました。その言葉に甘えて、本作について少し語らせていただきます。

実を言うと、私の中ではルシアの物語は一巻本編までで完結していました。なぜなら「その後」

は「ルシアがラグーレンを出ていく話」になるから。

小さいけれど温かいラグーレンを出たルシアは、きっといろいろ苦労していくだろう。今までの知識や経験が役に立たないどころか、邪魔になるかもしれない。そうなった時、ルシアはルシアらしくいられるだろうか。美しいドレスを着て、王都の豪華な屋敷に住んだとして、それはルシアにとって本当に幸せなのか……？

ＷＥＢ連載当時はどうしても良い「その後」を思い描けなくて、三人がラグーレンで楽しく笑っている場面で終わろうと決めました。

こうして一度は終わった本作でしたが、幸運にも書籍化のお話をいただいて、追加でルシアとフィルの結婚式まで書いてみることになりました。

正直に言ってかなり悩みました。

ご都合主義で行くとしても、結婚式まで書くと決めたからには、フィルが属する貴族社会とどう関わっていくかを考えなければいけません。

ルシアは、社交界とは縁がなかった田舎育ちのお嬢さん。意地悪な人々はいるでしょうし、慣れない場所では気後れもするでしょう。もちろんフィルは全力で守ろうとするだろうけど、守られすぎて流されるだけになるのはルシアらしくない。

かと言って、王宮で華麗に振る舞うのもちょっと違う気がする。裏で嘲笑されるような田舎者のままでは困るから成長はしてもらいたいけど、ルシアが変わりすぎてしまっても、慎ましくも幸せなラグーレンから連れ出してしまったことをフィルが悔いてしまうかもしれない……。

さらに、問題がもう一つ。

ルシアがフィルと結婚すると、生活の拠点は王都になります。

その頃のアルベスはどんな生活をしているかなと考えた時……ふと浮かんだのは、ラグーレン家の居間でポツンと一人で座っているアルベスの姿でした。

……これはだめだ。泣く。

実際に泣いた。

アルベスは栄光と没落を経験しながら頑張ってきた人です。ルシアが心から幸せになるために、お兄様も幸せになってもらわなければ。アルベス早く結婚しろ！　……でも領地と妹のことで忙しい時に、片手間で相手を見つけるほど器用な男ではない気がする。

考えれば考えるほど、ますます頭を抱えてしまいました。

でも、意外になんとかなるものです。

編集S様とお話をさせていただいたことで、まずルシアの道筋が見え始め、ヒーロー不在期間にアルベスもたっぷりと巻き込まれてもらって、外の世界と関わっていくことになりました。

幸いなことに、フィルと一緒に生きると決めたルシアは私が思っていた以上に強かった。フィルの家族に振り回されながら、少しずつルシアらしく歩き始めてくれました。

ルシアとフィルはのびのびと楽しそうに笑っていて、アルベスもラグーレンに一人で取り残されることはない。

そんな光景が伝わればいいなと思っています。

先崎真琴様のイラストについても語らせてください。

カバーイラスト、本当に美しいっ！　明るい草地の上でくつろぐ二人の世界が甘くて幸せそうで、でも伸びやかな自然体で……今も気を抜くと見入ってしまいます。

ルシアの迷いのない明るい表情がいいですよね！　そしてやっぱりフィルの顔がいい！　こんな人が脱力系なあれやこれやの言動をすると想像すると……無性に笑ってしまいます。

カラー口絵も最高です。

まず表面。キャララフを拝見した時にすでに叫びましたが、ハル様が最高にハル様です。これで三児の母です。こんな迫力のある美女と円満夫婦な公爵はすごい人だ。

アルくんは将来が有望すぎる天使だし、リダちゃんは元気いっぱいでかわいい！　次世代も王国は安泰です。

さらに、裏面では結婚式後のあの場面を描いていただきました。

周囲から見たら、ルシアもこんなに幸せそうに笑っているんです！　でもフィルは浮かれすぎ。本当にお前は何をやってるんだ。兄上様は絶対に頭を抱えていますね。間違いない。

そして私がもたもたとあとがきを書いている間に、挿絵のラフも拝見できてしまいました。

ああ……挿絵も本当に素晴らしい……。

双子は明るく元気で、ハル様は完璧に麗しく、イレーナは性格が透けて見え、酔っ払いたちはどうしようもなくダメになっていていい！　そしてその後のアルベスが、ルシアが、フィルが、もう、もう、もうっ……！　私は絶叫のち茫然自失。魂が抜けました。わちゃわちゃした前半から次第にルシアが幸せに向かう様を見事に表現していただいて、じわじわと胸がいっぱいになります。ルシアおめでとう……フィルはルシアに幸せにしてもらえよ。アルベスは早く結婚しろ。

先崎真琴様には本当に素晴らしいイラストを描いていただきました。初書籍の感動と共に、一生の思い出です。ありがとうございました。


そして！　本作はガンガンONLINEにてコミカライズしていただけることになりました。夢のようです！

漫画を担当してくださるのは、ちらしま様。

キャララフやネームを拝見していますが、フィルのちょろさ、ダメさに笑い、たまに格好よくてドキドキします！　とても楽しみです！

また、ちらしま様からはイラストもいただきました。この雰囲気、最高にいい！　ルシアを囲っているフィルの手がものすごく好みすぎる！　これを何の心の準備もなく見てしまった私の気持ちをご想像ください。二人は一生いちゃいちゃしていればいいと思う。

それにありがたいお言葉まで……本当に光栄です。

悩みながらも楽しく書いたルシアの物語は、たくさんの方々のお力添えにより美しい本に仕上げていただきました。こんなに幸せなことはありません。特に編集S様にはぎりぎりまでご迷惑をおかけしつつ、いろいろ助けていただきました。S様に担当していただけたことも幸運の一つだったと思っています。

本作を手に取って読んでくださった皆様にも心より感謝いたします。皆様のおかげで最後まで書き切ることができました。

——それから、温かく見守ってくれた家族にも感謝します。ありがとう。

最後まで読んで下さって
ありがとうございました!!

登場人物が増えて、にぎやかな1冊になりました。
藍野先生が書く人物は皆、魅力的で
いつも原稿をもらうのが楽しみです。

イラスト. 先崎真琴

10年後くらいの
アル・リダは益々
どっちか分かんなく
なってそう....
(想像図です)

2巻発売
おめでとうございます!!!
ナナカ先生の あたたかみのある
キャラクターたちが 大好きです
ちらしま

大人のエンタメ、ど真ん中！
SQEX ノベル 毎月7日発売
SQEXノベル
片田舎のおっさん、剣聖になる
～ただの田舎の剣術師範だったのに、大成した弟子たちが俺を放ってくれない件～
著者：佐賀崎しげる　イラスト：鍋島テツヒロ
万能「村づくり」チートでお手軽スローライフ
～村ですが何か？～
著者：九頭七尾　イラスト：イセ川ヤスタカ
私、能力は平均値でって言ったよね！
著者：FUNA　イラスト：亜方逸樹
逃がした魚は大きかったが釣りあげた魚が大きすぎた件
著者：ももよ万葉　イラスト：三登いつき
悪役令嬢は溺愛ルートに入りました!?
著者：十夜　イラスト：宵マチ
●婚約破棄されたのに元婚約者の結婚式に招待されました。断れないので兄の友人に同行してもらいます。
●聖女が「甘やかしてくれる優しい旦那様」を募集したら国王陛下が立候補してきた
●皇帝陛下のお世話係～女官暮らしが幸せすぎて後宮から出られません～　他
おかげさまで創刊2周年!!
SQEXノベル大賞、開催中！
詳しくはコチラ➡
https://magazine.jp.square-enix.com/sqexnovel/awards01/

SQUARE ENIX WEB MAGAZINE
ガンガンONLINE
オンライン
毎日更新
GC ONLINE 毎月12日発売
合コンに行ったら女がいなかった話
蒼川なな
月刊少女野崎くん
椿いづみ
スライム倒して300年、知らないうちにレベルMAXになってました
原作：森田季節（GAノベル／SBクリエイティブ刊）　漫画：シバユウスケ
キャラクター原案：紅緒
性別「モナリザ」の君へ。
吉村旋
たとえばラストダンジョン前の村の少年が序盤の街で暮らすような物語
原作：サトウとシオ（GA文庫／SBクリエイティブ刊）　作画：臥待始
キャラクター原案：和狸ナオ
わたしの幸せな結婚
原作：顎木あくみ（富士見L文庫／KADOKAWA刊）　漫画：高坂りと
キャラクター原案：月岡月穂
私がモテないのはどう考えてもお前らが悪い！
谷川ニコ
同居人の佐野くんはただの有能な担当編集です
ウダノゾミ
最強WEB雑誌！
https://www.ganganonline.com/

GFantasy
月刊Gファンタジー
毎月18日発売
GFC 毎月27日発売
妖怪学校の先生はじめました！
田中まい
黒執事
枢やな
地縛少年 花子くん
あいだいろ
東京エイリアンズ
NAOE
アラフォー男の異世界通販生活
原作：朝倉一二三（ツギクルブックス）
キャラクターデザイン：やまかわ
漫画：うみハル
DISNEY TWISTED-WONDERLAND
THE COMIC EPISODE of HEARTSLABYUL
原案：枢やな 構成：葉月わかな 作画：コヲノスミレ ©Disney
●紅い霧の中から ●メイデーア転生物語 この世界で一番悪い魔女
●兎角ノ兄弟 ●魔法科高校の劣等生 ●竜の花嫁お断り
●ただ幸せな異世界家族生活 ～転生して今度こそ幸せに暮らします～ 他
木曜更新
Pファンタピー
pixiv×Gファンタジー
●妖怪学校の生徒はじめました！
●ワケあり薬師の万覚帳
●放課後少年 花子くん 他
https://comic.pixiv.net/magazines/226
©Hifumi Asakura/Tugikuru Corp.